Les Mille et Une Nuits

Première de couverture : © Kharbine-Tapabor/Coll. Jonas.
Deuxième de couverture : [g] © Leemage/Josse ; [d] © Kharbine-Tapabor/Coll.Grob/Coll.part.
Troisième de couverture : [h] Coll. Christophe © Les Films du Cyclope ; [b] © Bridgeman Images/Tom Bowles.
Page 71 : © iStock/vividvic.
Page 154 : © iStock/FrankRamspott.
Page 277 : © iStock.

Cahier photos
Page I : [h] © Aurimages/Collection Dagli Orti/Bibliothèque de l'université Istanbul/Gianni Dagli Orti ; [b, g] © Kharbine-Tapabor/British Library ; [b, d] © Leemage/Costa © Adagp, Paris 2019.
Page II : © Akg-images/Bibliothèque nationale de France.
Page III : [h, g] © Leemage/Costa ; [h, d] © Leemage/Bianchetti ; [b] © Leemage/Gusman.
Page IV : [h] © Bridgeman Images/Bonhams, Londres ; [b] © Kharbine-Tapabor/Coll. IM.

170 bis, boulevard du Montparnasse, 75680 Paris cedex 14

ISBN 979-10-358-0493-0
ISSN 1958-0541

CLASSICOCOLLÈGE

Les Mille et Une Nuits

Aladin, Ali Baba, Sindbâd

Adaptation par Marie-Ange Spire,
d'après la traduction d'Antoine Galland pour
« Histoire d'Aladin ou la Lampe Merveilleuse »
et « Ali Baba et les quarante voleurs »

Traduction de Jamel Eddine Bencheikh pour
« Sindbâd de la mer »

Choix des contes et dossier
par Virginie Manouguian
Agrégée de lettres modernes

BELIN ■ GALLIMARD

Sommaire

Introduction

Formules magiques, cavernes secrètes et trésors éblouissants... ce sont autant d'ingrédients qui ont fait le succès des *Mille et Une Nuits* à travers les siècles.

D'abord transmis oralement, ces contes ont été ensuite compilés par écrit, enrichis et transformés au fil du temps. L'« Histoire d'Aladin ou la Lampe merveilleuse », « Ali Baba et les quarante voleurs » et « Sindbâd de la mer », réunis dans ce recueil, sont parmi les plus connus. Invitations à voyager dans l'Orient des sultans et des génies, ils nous font partager les aventures de héros prêts à tout pour rendre leur vie exceptionnelle.

Entrez sans attendre dans l'univers exotique et étincelant des *Mille et Une Nuits* et laissez-vous emporter par les récits haletants de celle qui, une heure avant chaque lever du soleil, déploie ses talents de conteuse pour échapper à la mort : Schéhérazade.

Histoire d'Aladin ou la Lampe merveilleuse

Adaptée et racontée par Marie-Ange Spire, d'après la traduction d'Antoine Galland

Chapitre 1

Aladin pris au piège !

Autrefois, au cœur de la capitale du vaste royaume de Chine, vivait, dans une extrême pauvreté, la famille de Mustapha le tailleur[1]. Le brave homme, trop épuisé par son labeur[2], avait, avec sa femme, négligé[3] l'éducation de leur unique enfant. Aladin grandissait et leur désobéissait chaque jour davantage.

Le temps d'apprendre un métier arriva. Le père d'Aladin essaya de lui transmettre l'art de la couture mais le garçon, incapable de se concentrer sur son travail, trouvait tous les prétextes pour s'échapper de la boutique et rejoindre ses amis dans la rue. Aucun argument, aucune punition ne firent changer de comportement le mauvais garnement[4]. Accablé[5] de tristesse et de chagrin, le tailleur mourut en quelques mois, emporté par une grave maladie. Sa veuve[6] fut obligée de vendre l'échoppe[7] pour nourrir son fainéant de fils[8].

1. **Tailleur** : artisan qui réalise des vêtements.
2. **Labeur** : travail.
3. **Négligé** : ici, laissé de côté.
4. **Garnement** : jeune garçon turbulent.
5. **Accablé** : envahi par.
6. **Veuve** : épouse d'un homme décédé.
7. **Échoppe** : petite boutique.
8. **Fainéant de fils** : fils qui ne veut pas travailler.

Un oncle providentiel[1]

À quinze ans, Aladin passait ses journées dehors à jouer sans penser au lendemain. Un jour, un inconnu l'interpella[2] :

– N'es-tu pas le fils de mon frère Mustapha, le tailleur ?

Surpris, le jeune garçon acquiesça[3]. Qui était cet étranger originaire d'Afrique qui larmoya[4] en apprenant la mort du couturier et lui glissa quelques sous dans la poche ? Aladin courut annoncer à sa mère l'arrivée de son oncle. Mais la veuve du tailleur, perplexe[5], expliqua à son fils que son pauvre mari n'avait plus de famille depuis que son seul frère avait disparu des années auparavant. Aladin insista. Pourquoi alors cet homme très généreux l'aurait-il chargé d'avertir sa mère qu'il viendrait lui présenter ses condoléances[6] ?

Le lendemain matin, l'individu aborda[7] à nouveau Aladin qui s'amusait avec ses camarades et, tout en lui offrant deux nouvelles pièces d'or, le pria de lui indiquer le chemin de sa maison. Une fois de plus, le jeune garçon, très étonné, rentra chez lui et remit l'argent à sa mère qui le dépensa aussitôt pour recevoir dignement son hôte[8]. La journée consacrée à la préparation du souper se terminait lorsqu'on frappa à la porte.

L'homme se tenait sur le seuil[9], les bras chargés de provisions. Après avoir salué la veuve, il s'enquit[10] de la place

---

1. **Providentiel** : qui arrive au bon moment.
2. **L'interpella** : lui parla de manière brusque.
3. **Acquiesça** : approuva.
4. **Larmoya** : pleura.
5. **Perplexe** : pleine de doutes.
6. **Condoléances** : participation à la douleur de quelqu'un qui a perdu un proche.
7. **L'aborda** : s'approcha de lui.
8. **Hôte** : personne accueillie, invitée.
9. **Seuil** : entrée d'une maison.
10. **S'enquit** : se renseigna.

que le tailleur avait coutume d'occuper au salon. Il s'assit juste en face, essuya ses larmes et souhaita qu'on lui raconte les derniers moments du défunt[1]. Un peu plus tard, d'une voix très émue, il reprit la parole. Il était temps de leur expliquer les raisons de son propre éloignement. Il avait quitté ce pays quarante ans auparavant et n'avait cessé de voyager à travers les Indes, la Perse[2], l'Arabie, la Syrie et l'Égypte. Depuis plusieurs années, il vivait en Afrique. Mais se voyant vieillir, il avait éprouvé[3] le désir de revoir les siens avant qu'il ne soit trop tard. Hélas, il n'avait pas eu la chance d'arriver à temps pour embrasser une dernière fois son seul frère ! Son unique consolation avait été de retrouver Aladin. Comme cet enfant ressemblait à son père !

Attendrie par le souvenir de son époux, la veuve du pauvre homme s'épancha[4]. Elle se faisait du souci pour son enfant. Ce paresseux n'aimait pas travailler ! Silencieux, Aladin, tête baissée, n'en crut pas ses oreilles lorsqu'il entendit cet étranger lui faire des propositions incroyables. Le fils du tailleur n'avait aucun penchant pour le travail manuel ? Qu'à cela ne tienne[5], il existait d'autres métiers ! Et s'il devenait marchand d'étoffes[6] ?

Aladin n'en revenait pas. Il accepta avec joie l'offre de son oncle. Leur hôte lui donna rendez-vous le lendemain pour l'habiller richement afin qu'il occupe désormais cette fonction honorable qui semblait lui convenir. Tant de bonté et de générosité envers son fils rassurèrent la mère d'Aladin,

1. **Défunt** : mort.
2. **Perse** : ancien nom de l'Iran.
3. **Éprouvé** : ressenti.
4. **S'épancha** : se confia.
5. **Qu'à cela ne tienne** : peu importe.
6. **Étoffes** : tissus.

la persuadant du lien qui unissait cet homme à la famille de son mari défunt. On se sépara très tard dans la nuit après une soirée fort agréable.

Aux premières heures de la journée, l'étranger accompagna son prétendu[1] neveu dans une échoppe où l'on vendait de très beaux habits. Sans discuter les prix, il acheta le costume convoité[2] par Aladin qui n'en revenait toujours pas. Puis, l'homme l'accompagna dans les lieux les plus réputés de la ville pour le présenter aux notables[3]. Lorsque le soleil déclina, l'hypocrite[4] invita son protégé à dîner au khan[5]. À la fin de cette belle soirée, il insista pour raccompagner Aladin chez lui.

La veuve du tailleur s'émerveilla de voir son garçon ainsi transformé. Comment allait-elle pouvoir remercier son généreux beau-frère ? L'oncle promit de revenir dès le lendemain, vendredi, jour de congé[6]. En attendant le samedi où il irait acheter la boutique promise à Aladin, il proposa de l'emmener en dehors de la cité vers des jardins fréquentés par du beau monde. Pour devenir un homme digne de sa condition, il fallait que son neveu connaisse les divertissements de la bonne société !

1. **Prétendu** : soi-disant ; celui qui prétend être ce qu'il n'est pas.
2. **Convoité** : vivement désiré.
3. **Notables** : personnes ayant une position importante au sein d'une société.
4. **Hypocrite** : personne malhonnête.
5. **Khan** (ou caravansérail) : lieu de repos, auberge où font halte les nomades.
6. **Vendredi, jour de congé** : dans la religion musulmane, le vendredi est un jour consacré à la prière.

Une drôle de promenade

Impatient, Aladin était déjà prêt sur le seuil de la porte, lorsque son parent[1] présumé[2] se présenta au début de la matinée. Ensemble ils visitèrent des palais et des jardins tous plus merveilleux les uns que les autres. L'étranger, qui n'était autre qu'un magicien africain, entraîna Aladin loin de la ville sans que ce dernier s'en aperçoive. Prétextant[3] la fatigue, l'individu, qui poursuivait son projet malhonnête, invita l'orphelin à se reposer près d'une fontaine. Une eau limpide[4] jaillissait de la gueule d'un lion majestueux sculpté dans le bronze. Assis sur le bord du bassin, le sorcier africain convia[5] le garçon à partager gâteaux et fruits tout en tirant de sa ceinture un chiffon qu'il étendit en guise de[6] nappe. Le jeune homme écoutait les conseils prodigués[7] par l'adulte qui l'obligea à reprendre leur promenade, après le déjeuner. Aladin, fatigué, constata qu'ils se trouvaient fort[8] loin de son quartier. Il avertit son compagnon, craignant de manquer de force pour le retour. Mais le magicien, pour l'entraîner là où il voulait, redoubla d'imagination[9], lui racontant des histoires fabuleuses. Il allait lui faire découvrir des merveilles…

1. **Parent** : ici, personne avec laquelle on a un lien de parenté ; de la même famille.
2. **Présumé** : supposé.
3. **Prétextant** : donnant pour raison.
4. **Limpide** : très claire, transparente.
5. **Convia** : invita.
6. **En guise de** : pour servir de.
7. **Prodigués** : donnés généreusement.
8. **Fort** : très.
9. **Redoubla d'imagination** : eut une très grande imagination.

Prisonnier !

Après de longues heures de marche, il s'arrêta et informa Aladin qu'ils étaient enfin arrivés. Il voulait lui montrer des choses extraordinaires que personne n'avait encore jamais vues. Bientôt son neveu lui serait reconnaissant ! En attendant, il lui imposa de ramasser du petit bois. Une fois le feu allumé, le fourbe[1], en marmonnant, jeta un parfum qui épaissit la fumée. La terre trembla et s'ouvrit à cet endroit, laissant apparaître une énorme pierre avec un anneau en son milieu. Aladin, effrayé, fit mine[2] de s'enfuir, mais l'homme le frappa avec une telle violence que le garçon ne put retenir ses larmes. Son bourreau[3] exigea sa confiance. Il ne souhaitait que son bien !

– Au lieu de penser à t'en aller, il vaudrait mieux t'appliquer à soulever cette dalle qui cache un trésor. Au fond de ce caveau[4], tu trouveras une lampe magique. Tu es le seul, Aladin, à pouvoir me la rapporter, à condition de déjouer[5] les pièges sur ton chemin. Si tu y parviens, elle t'apportera la félicité[6].

À ces mots, le fils du tailleur, effaré[7], se releva, retint ses sanglots et promit d'obéir pour obtenir ce qui devait le rendre heureux à jamais.

Rassuré de voir Aladin revenu à la raison, le magicien africain se calma puis lui tendit un anneau qu'il lui ordonna

1. **Fourbe** : personne malhonnête.
2. **Fit mine** : fit semblant.
3. **Bourreau** : personne qui torture quelqu'un, physiquement ou moralement, et est chargée des exécutions.
4. **Caveau** : petite cave, lieu souterrain et obscur.
5. **Déjouer** : éviter.
6. **Félicité** : bonheur extrême.
7. **Effaré** : à la fois très surpris et effrayé.

de porter. Maintenant, il suffisait de prononcer le nom de son père et de son grand-père pour déplacer cette plaque qui lui semblait si lourde. Aladin exécuta les ordres. Sans difficulté, il réussit à la pousser avant de s'engager dans le souterrain en dévalant les escaliers. Devant lui, s'ouvrait une lourde porte. Il traversa sans s'arrêter trois grandes salles encombrées par des vases remplis d'or et d'argent. Il se garda bien de manipuler quoi que ce soit, serrant contre lui ses vêtements de peur de frôler les murs. Les menaces de son faux oncle résonnaient encore en lui, il n'avait pas envie de mourir ! Il continua de marcher le long d'un jardin planté d'arbres fruitiers et atteignit un autre escalier qui menait vers une terrasse.

Là, une faible lueur attira son attention. Dans une niche, il découvrit la lampe allumée. Les propos menaçants de son prétendu protecteur lui revinrent en mémoire : « Et surtout ne t'avise pas[1] de revenir sans la lampe ! » Soulagé de l'avoir dénichée[2], Aladin éteignit la mèche, puis cacha sous sa chemise l'objet refroidi. À présent, il pouvait croire aux promesses de l'Africain. Le jeune homme rebroussa chemin. Heureux à la pensée de devenir riche, il cueillit de superbes fruits sur des arbres multicolores. Ignorant leur valeur, il en remplit ses poches, sa ceinture et poursuivit son chemin, chargé de richesses sans le savoir. Avec les mêmes précautions[3] qu'à l'aller, il atteignit l'entrée du caveau où l'imposteur[4] l'attendait avec impatience.

1. **Ne t'avise pas** : ici, n'essaie pas.
2. **Dénichée** : trouvée.
3. **Les mêmes précautions** : la même prudence.
4. **Imposteur** : qui se fait passer pour quelqu'un d'autre.

– Donne-moi d'abord cette lampe ! hurla l'odieux[1] personnage, se moquant des prières d'Aladin pour remonter à la surface de la terre.

Méfiant, le jeune homme refusa d'obéir, au risque d'exciter la colère du magicien qui essaya toutes les ruses, en vain[2]. L'un s'entêta, l'autre insista. Fou de rage, perdant patience, le sorcier grommela[3] quelques paroles magiques, avant de jeter trois gouttes de parfum dans le feu qu'il n'avait pas éteint. La dalle retrouva sa place. Le silence retomba.

1. **Odieux** : horrible.
2. **En vain** : sans succès.
3. **Grommela** : râla à voix basse.

Chapitre 2

Le génie de la lampe

Le plan du magicien avait donc échoué ! Tous ces efforts pour impressionner Aladin, afin qu'il réalise ses volontés ! Réduits à néant[1] ! Lorsque l'homme avait été initié[2] à la sorcellerie, il avait appris qu'il existait quelque part en Chine une lampe merveilleuse. Elle aurait dû faire de lui le seigneur le plus riche et le plus puissant de la Terre, à condition qu'un autre la lui remette en main propre. Il avait choisi Aladin pour être celui-là sans prévoir que le garçon se rebifferait[3]. L'Africain, pressé de regagner son pays sans être vu ou reconnu, avait, dans sa précipitation, oublié de reprendre l'anneau magique passé au doigt d'Aladin.

Que de miracles !

Pendant deux jours et deux nuits, le jeune homme demeura enfermé. Désespéré, affamé et assoiffé, il s'en remit à Dieu et pria. Tout à coup, surgi de nulle part, un génie,

1. **Néant** : rien.
2. **Initié** : formé.
3. **Se rebifferait** : se rebellerait.

énorme, se planta devant lui. Tandis qu'il se déployait[1] dans le caveau, occupant bientôt tout l'espace, il lui demanda :

– Que puis-je pour toi ? Je suis ton esclave et l'esclave de ceux qui ont l'anneau au doigt.

– Sors-moi d'ici, répondit sans réfléchir Aladin.

À l'instant même, il fut aveuglé par la lumière du jour ! Étourdi, il constata qu'il se trouvait à l'endroit exact où il avait quitté cet homme qui prétendait être son oncle. Reprenant ses esprits, il décida de rentrer chez lui.

Il n'avait toujours pas d'explication à ces événements mystérieux, lorsque sa pauvre mère ouvrit la porte. Bouleversée, elle serra dans ses bras ce fils qu'elle avait cru disparu. Elle lui interdit de dire un mot avant d'avoir repris des forces.

Pour une fois, le fils du tailleur suivit les recommandations maternelles. Il mangea à sa faim et consacra sa journée au repos. Lorsqu'il se sentit mieux, il ne put s'empêcher de reprocher à sa mère sa trop grande naïveté. Comment avait-elle pu le laisser aller en compagnie d'un individu qu'ils ne connaissaient ni l'un ni l'autre ? Certes, ils avaient tous deux été trompés par les démonstrations de gentillesse d'un homme qui s'était présenté comme son oncle. Mais pourquoi avaient-ils fait confiance à cet odieux personnage ? Ils auraient dû se méfier de ses belles paroles ! Au lieu de cela, Aladin l'avait suivi, satisfaisant les volontés du fourbe. Pour récompense il avait été roué de coups[2] ! En ce moment même, ce traître qui le croyait mort avait pris la fuite.

1. **Se déployait** : se dépliait.
2. **Roué de coups** : battu violemment.

La lampe magique

Son récit achevé, Aladin sortit de sa chemise la lampe merveilleuse et les divers fruits en verre coloré qu'il avait ramassés. Comme son fils, la vieille femme, qui ignorait ce que pouvaient être des pierres précieuses, regarda ces richesses avec indifférence. L'état de santé d'Aladin l'inquiétait davantage. Elle était tellement en colère contre ces magiciens ! De véritables pestes publiques[1] ! Ils allèrent se coucher.

Après une longue nuit réparatrice, le jeune garçon commanda à sa mère un bon déjeuner. Il avait très faim. Désolée, elle dut lui avouer qu'il ne restait plus rien à la maison, il avait tout mangé la veille. Elle s'apprêtait justement à se rendre en ville pour vendre quelques fils de coton afin de se procurer de quoi lui préparer un dîner. Aladin lui proposa plutôt de céder[2] la lampe magique. Elle pouvait bien leur rapporter de quoi se nourrir pour au moins deux repas.

La vieille femme voulut l'astiquer[3] pour en tirer le meilleur prix. Au premier frottement, un énorme génie effrayant surgit de la lampe et lui demanda ce qu'il pouvait faire pour lui obéir. La pauvre femme tomba évanouie sur le sol. Aladin se précipita. Sans perdre son sang-froid, il ordonna sur-le-champ[4] qu'on lui apporte à manger. Quand sa mère revint à elle, le génie avait disparu après avoir installé un banquet somptueux[5] composé d'une douzaine de couverts en argent. La mère et le fils s'approchèrent de la table,

1. **Pestes publiques** : ici, ennemis publics.
2. **Céder** : vendre.
3. **Astiquer** : frotter pour faire briller.
4. **Sur-le-champ** : aussitôt.
5. **Banquet somptueux** : magnifique repas pour plusieurs invités.

ne résistant pas plus longtemps aux odeurs délicieuses. Ils remarquèrent que chaque mets[1] était accompagné de six pains, deux bouteilles et deux coupes. La veuve du tailleur interrogea Aladin sur tant de luxe, mais ce dernier avait déjà commencé à se régaler sans s'interroger davantage.

Ils restèrent à table jusqu'au dîner. Une fois rassasiés[2], la pauvre femme, prévoyante, réserva[3] de quoi faire au moins deux autres repas. Le jeune garçon, ébahi[4] comme sa mère, lui raconta qui était le second génie qui avait surgi. Si le premier s'était présenté comme esclave de l'anneau, le second, qui ne ressemblait en rien à celui du caveau, avait déclaré être au service de la lampe. Horrifiée[5], la vieille voulut se débarrasser de cet objet maléfique[6] ! On ne commerçait pas avec ces démons ! Mais Aladin s'y opposa. Pourquoi se conduire de la sorte[7] ? Le magicien africain, lui, n'avait pas hésité à entreprendre un très long voyage pour s'emparer[8] de cette lampe ! Eux n'avaient rien demandé mais ils allaient en profiter ! Pour ne pas attirer la convoitise[9] des voisins, ils agiraient raisonnablement. Quant à l'anneau, Aladin continuerait de le porter au doigt car, sans lui, il ne serait plus en vie ! Ne voulant plus avoir affaire à ces génies, la vieille dame bougonna[10] qu'elle n'en parlerait plus jamais.

1. **Mets** : plat.
2. **Une fois rassasiés** : quand ils n'eurent plus faim.
3. **Réserva** : mit de côté.
4. **Ébahi** : très étonné.
5. **Horrifiée** : remplie d'horreur.
6. **Maléfique** : de malheur.
7. **De la sorte** : ainsi.
8. **S'emparer** : voler.
9. **Convoitise** : jalousie.
10. **Bougonna** : râla entre ses dents.

Soudaine richesse

Comme les provisions s'épuisaient, Aladin décida de vendre un des couverts en argent. Il s'adressa à un brocanteur[1] qui, rusé, faisant mine d'ignorer la valeur de l'objet, demanda au jeune garçon de fixer un prix. Aladin, gêné, le laissa libre d'annoncer une somme. L'homme, malin, lui proposa une pièce d'or qu'Aladin s'empressa d'accepter, sans savoir qu'elle couvrait à peine la soixante-deuxième partie de la vraie valeur de l'objet. Aladin se retira, fit des courses sur le chemin du retour et donna le reste de la somme à sa mère. Chaque fois que les provisions venaient à manquer à la maison, il se rendait chez le bijoutier et lui vendait pour le même prix un plat. Quand Aladin eut dépensé la douzième pièce d'or, il convoqua le marchand chez lui pour évaluer le prix du bassin qui avait servi au génie à transporter le banquet. Le commerçant, constatant que l'objet précieux pesait dix fois plus lourd que les plats, lui proposa dix pièces d'or. Aladin s'en contenta.

Quelques semaines plus tard, les vivres[2] manquèrent à nouveau. La mère d'Aladin, comprenant que son fils se servirait encore de la lampe, trouva un prétexte pour sortir de la maison afin de ne pas croiser le génie. La même scène se reproduisit, le même génie s'adressa plus courtoisement[3] à Aladin qui lui fit la même demande que la première fois. Aussitôt, une douzaine de plats disposés dans un bassin d'argent ornèrent[4] un magnifique banquet. En rentrant,

1. **Brocanteur**: personne revendant des objets ayant déjà servi.
2. **Les vivres**: la nourriture.
3. **Courtoisement**: très poliment.
4. **Ornèrent**: embellirent.

la vieille femme n'en crut pas ses yeux. Deux jours après, comme la fois précédente, Aladin décida de vendre un des plats en argent au commerçant.

Mais, en chemin, il fut accosté[1] par un vieil homme respectable[2]. C'était un orfèvre[3] qui l'avait vu douze fois chez ce marchand. L'honnête homme lui conseilla de se méfier de cet escroc et l'entraîna dans sa boutique. Là, après avoir pesé le plat qu'Aladin tenait sous le bras, il lui proposa soixante-douze pièces d'or pour l'acquérir[4]. Aladin, fou de joie et de reconnaissance, accepta la somme. Désormais, il irait chez ce commerçant. La veuve du tailleur et son fils demeurèrent cependant modestes[5].

Pendant des années, en se servant de temps en temps de la lampe, ils purent vivre dignement[6] sans changer leurs habitudes. Au cours de cette période, Aladin, en fréquentant régulièrement de riches marchands et des joailliers[7], apprit l'inestimable prix des fruits dont il avait rempli ses poches dans le caveau. Loin d'être en verre coloré, ils étaient sculptés dans des pierres précieuses. Il ne parla à personne de sa découverte.

---

1. **Accosté** : ici, abordé.
2. **Respectable** : digne de respect.
3. **Orfèvre** : fabricant ou marchand d'objets en métaux précieux, comme des chandeliers, de la vaisselle, etc.
4. **Acquérir** : acheter.
5. **Modestes** : raisonnables.
6. **Dignement** : de manière convenable.
7. **Joailliers** : fabricants ou marchands de bijoux en métal précieux, souvent ornés de pierreries.

Chapitre 3

Pour l'amour d'une princesse

Un jour, en se promenant en ville, Aladin s'arrêta pour écouter le crieur public[1] qui diffusait à la ronde les ordres du sultan[2]. Boutiques et maisons devaient fermer leurs portes sur le passage de la princesse Badroulboudour pendant qu'elle se rendait au bain[3]. Cette annonce aiguisa[4] la curiosité d'Aladin.

Un amour insensé[5]

Comment faire pour apercevoir la princesse ? Se tenir derrière des volets ? Cela ne servirait à rien puisque le visage de la jeune fille serait recouvert d'un voile selon la coutume. Aladin décida donc de se cacher derrière la porte du hammam. Là il ne pourrait pas la manquer.

L'attente ne fut pas longue. À travers une fente, il vit venir la princesse entourée de ses servantes. À trois ou quatre pas de lui, elle se découvrit sans se douter de la présence du jeune homme qui, très ému, la contemplait.

---

1. **Crieur public** : personne qui annonce dans la rue des nouvelles.
2. **Sultan** : souverain d'un pays musulman.
3. **Au bain** : au hammam, établissement de bains de vapeur, pour y prendre le bain.
4. **Aiguisa** : éveilla.
5. **Insensé** : déraisonnable.

C'était la première fois qu'il ressentait un tel trouble ! Aladin n'avait jamais vu d'autres femmes dévoilées que sa mère. La beauté parfaite de la demoiselle brune aux yeux vifs et brillants l'éblouit[1]. Bouleversé, il rentra chez lui. Sa mère s'inquiéta de le voir refuser de manger. Que lui était-il arrivé ? Silencieux, il se coucha tôt. Le lendemain matin, il accepta de se confier. Avec émotion, il relata[2] les événements de la veille. La vue de la princesse avait provoqué en lui des sentiments si violents qu'il ne pouvait les exprimer. Leur intensité augmentait avec le temps qui passait. Il s'apprêtait[3] à demander celle-ci en mariage.

La veuve du tailleur se moqua de son fils.

Aladin avait-il perdu la raison ? Mais, lui, insistait. Il savait qu'elle réagirait de la sorte, pourtant sa décision était prise : il la priait d'être son intermédiaire[4]. Entendant ces paroles, elle se mit en colère :

– Mais comment peux-tu, toi, fils d'un misérable tailleur, avoir tant d'audace[5] ? lui reprocha-t-elle. As-tu oublié que les sultans n'accordent leur fille qu'à d'autres sultans ?

– Je sais, acquiesça-t-il, mais je ne changerai pas. Veux-tu me voir mourir de chagrin ? Ou acceptes-tu de te dévouer[6] pour ton enfant ?

– Je suis prête à faire beaucoup de choses pour toi, affirma-t-elle. S'il s'agissait de la fille d'un voisin, j'irais volontiers et j'aurais à cœur de réaliser ce projet même si, pour réussir,

1. **L'éblouit** : le fascina.
2. **Relata** : raconta.
3. **S'apprêtait** : se préparait.
4. **Intermédiaire** : personne qui sert de lien entre deux autres ; ici, messagère.
5. **Audace** : courage qui pousse à tenter des choses impossibles.
6. **Dévouer** : se charger d'une tâche pénible.

il me fallait les convaincre que tu es un homme de bien[1] et d'honneur. Comment oses-tu faire une demande aussi disproportionnée à ton sultan ? As-tu réfléchi à la manière dont je pourrais l'approcher ? Ne crois-tu pas que ses serviteurs me chasseront en me considérant comme une pauvre folle ? Qu'inventer pour vanter[2] tes mérites ? Quelles prouesses[3] as-tu accomplies que je puisse raconter ? Qu'as-tu fait pour ton prince ? Enfin, quels cadeaux oserais-je offrir au sultan pour qu'il m'accorde le simple droit d'être écoutée ? Non, vraiment, mon fils, sois raisonnable et renonce à ce projet extravagant[4].

Aladin demeura un long moment pensif avant de reprendre la parole :

– Tu as certainement raison ! Mais jamais je n'ai aimé de la sorte. Comment veux-tu que j'abandonne mon projet ? Merci de me rappeler l'essentiel ! As-tu oublié ces fruits que tu crois être en verre coloré, ceux que j'ai rapportés en même temps que la lampe ? J'ai découvert, depuis peu, qu'il s'agissait de pierres précieuses. Ce cadeau te suffit-il pour obtenir une audience[5] auprès du monarque[6] ? Donne-moi un plat assez grand pour les contenir.

Les pierreries[7], disposées selon leurs formes et leurs couleurs dans la vaisselle de porcelaine, brillaient de mille feux. Aladin insista :

– Alors, mère, est-ce assez beau et assez riche ?

---

1. **Homme de bien** : homme respectable.
2. **Vanter** : mettre en avant.
3. **Prouesses** : exploits, performances.
4. **Extravagant** : fou.
5. **Audience** : entretien.
6. **Monarque** : roi.
7. **Pierreries** : pierres précieuses.

La bonne femme acquiesça sans un mot mais bien vite reprit ses esprits. Elle le supplia de la dispenser[1] d'une telle démarche. Certes, toutes ces richesses amadoueraient[2] le sultan. Mais même si ce dernier acceptait de l'écouter, elle serait bien incapable de s'exprimer devant Sa Majesté. Elle risquait de perdre son temps et n'avait pas envie de gaspiller un présent[3] d'une si grande valeur. Surtout, elle ne voulait pas voir son enfant dépité[4] en apprenant que son projet avait échoué. Même si elle essayait de se faire violence, même si elle tentait de dépasser sa timidité pour oser transmettre la demande en mariage, le roi se mettrait en colère, la considérerait comme une vieille folle et la renverrait.

Toute la journée, Aladin tenta tour à tour de l'attendrir ou de lui faire peur, jurant que si elle ne faisait rien, il en mourrait. La pauvre femme essaya tantôt de le raisonner, tantôt de le sermonner[5]. Enfin, à court d'arguments, elle lui demanda quelle éventuelle réponse elle aurait à donner au cas où le sultan voudrait en apprendre davantage à propos de leurs biens. Son fils l'interrompit : ils avaient le temps d'y réfléchir. D'abord, elle verrait selon l'accueil et la réaction du roi à sa demande. Si par la suite il exigeait plus d'informations, Aladin aviserait[6]. Il comptait sur cette lampe qui les avait aidés pendant toutes ces années : elle pourrait encore les sauver.

---

1. **Dispenser** : autoriser à ne pas faire quelque chose.
2. **Amadoueraient** : séduiraient.
3. **Présent** : cadeau.
4. **Dépité** : très déçu.
5. **Sermonner** : gronder.
6. **Aviserait** : réfléchirait.

Dès l'aube, après un repos bien mérité, Aladin, impatient, réveilla sa mère qui avait fini par céder devant tant d'insistance. Le jeune homme amoureux voulait qu'elle se présente le plus tôt possible à la porte du palais.

Une demande en mariage extravagante

La veuve du tailleur, chargée du plat en porcelaine soigneusement enveloppé, pénétra dans le palais en même temps que ceux qui avaient affaire au diwan[1] ce jour-là. Elle assista aux plaidoiries[2] et aux jugements. Lorsqu'elle comprit que le sultan, qui s'était retiré une fois la séance achevée, ne réapparaîtrait plus, elle décida de rentrer chez elle. Aladin ne lui posa aucune question. Elle lui raconta ce qu'elle avait vu pour la première fois, et lui glissa qu'elle n'avait pas voulu déranger le sultan très occupé. Il l'avait vue, car elle s'était mise en face de lui, c'était l'essentiel. Elle y retournerait le lendemain, voilà tout ! Ce qu'elle fit mais elle trouva porte close car le Conseil ne se tenait qu'un jour sur deux. Six fois, elle y retourna, et six fois elle revint à la maison portant sous son bras le compotier[3] rempli de pierres précieuses. Impassible[4], son fils n'exprimait jamais sa déception.

Entre-temps, le sultan avait remarqué la présence assidue[5] et silencieuse de la mère d'Aladin aux assemblées du Conseil royal. Ce jour-là, intrigué par cette constance[6],

1. **Diwan** : conseil du sultan.
2. **Plaidoiries** : discours visant à défendre une cause, une personne.
3. **Compotier** : plat creux monté sur pied, pour les desserts.
4. **Impassible** : imperturbable, qui ne manifeste aucune émotion.
5. **Assidue** : régulière.
6. **Constance** : ici, présence permanente.

le souverain[1] ordonna qu'on étudie en priorité l'affaire de cette femme. Un huissier[2] la pria de s'avancer. Prosternée[3], le front contre les marches du trône, comme ceux qui l'avaient précédée, elle attendit que le monarque la prie de se relever et lui ordonne d'exposer son cas. Elle s'agenouilla une seconde fois. Comment oserait-elle formuler une requête[4] si extraordinaire ? Le roi insista. La vieille obéit. S'entourant de mille précautions pour prévenir[5] les réactions du sultan, elle lui décrivit les circonstances qui avaient poussé son fils à élaborer un projet aussi fou. Loin d'approuver son attitude, elle n'était là que pour éviter le pire dont la menaçait Aladin.

À sa grande surprise, au lieu de manifester quelque signe d'impatience ou de colère, le monarque l'invita à lui montrer le paquet qu'elle tenait sous le bras.

En soulevant le tissu qui recouvrait le plat et les pierres précieuses, le roi, ébloui par de telles merveilles, prit le temps de les admirer. Il les tint longuement dans la main et finit par interroger son vizir[6] : comment refuser une telle demande en mariage ? Tant de richesses convenaient au rang[7] de sa fille. Son ministre, qui cachait ses propres ambitions pour son fils, fit la moue[8]. Il se pencha vers son souverain pour le supplier de lui accorder un délai de trois mois qui lui permettrait d'offrir à son tour un présent encore plus

1. **Souverain** : roi.
2. **Huissier** : celui qui accueille les visiteurs et annonce leur présence, ici au sultan.
3. **Prosternée** : inclinée très fortement, le front touchant la terre, en signe de respect et d'adoration.
4. **Requête** : demande.
5. **Prévenir** : anticiper.
6. **Vizir** : ministre d'un souverain musulman.
7. **Rang** : place dans la hiérarchie de la cour.
8. **Moue** : grimace de mécontentement.

somptueux au moment où il demanderait la main de la princesse. N'avait-elle pas eu déjà l'occasion de montrer l'intérêt qu'elle portait au jeune homme ? Le souverain, désireux de ne pas froisser[1] son conseiller, se tourna vers la mère d'Aladin : elle pouvait avertir son fils qu'il acceptait la proposition, cependant il fallait respecter un délai de trois mois pour préparer le trousseau[2].

Lorsqu'il l'entendit rentrer plus tôt, qu'il la vit retirer précipitamment son voile, Aladin sut qu'il s'était passé quelque chose. La veuve du tailleur, bouleversée par ces dernières émotions, était incapable de répondre aux interrogations de son fils. Elle s'affala sur le sofa, épuisée. Le récit de son entrevue réjouit le jeune homme. La décision du roi, qui, d'après elle, n'était pas étrangère à l'effet produit par leur magnifique présent, le combla de joie. Il serait toujours reconnaissant à sa mère d'avoir conclu cette affaire, même si cette interminable attente était une nouvelle épreuve !

Le génie de la lampe au secours d'Aladin

Deux mois s'étaient déjà écoulés lorsque la mère d'Aladin vint à manquer d'huile. Elle sortit pour s'en procurer. En ville, elle fut très étonnée de constater qu'une fête se préparait. Curieuse, elle interrogea les gens autour d'elle et fut très surprise d'apprendre qu'on s'apprêtait à fêter l'union de la princesse Badroulboudour avec le fils du grand vizir[3]. Elle retourna immédiatement chez elle avertir Aladin, mais

1. **Froisser** : contrarier.
2. **Trousseau** : ensemble des vêtements et du linge de maison qu'on donne à une jeune fille qui se marie.
3. **Grand vizir** : premier conseiller du sultan.

son fils la rassura. À la manière dont il suggéra que la nuit de noces ne rendrait peut-être pas ce prince aussi heureux qu'il l'espérait, la veuve du tailleur comprit qu'Aladin envisageait de se servir de la lampe. Pendant qu'il s'enfermait dans sa chambre, elle se retira pour préparer à dîner.

Aladin frotta la lampe merveilleuse au même endroit que les autres fois et le génie apparut dans les mêmes conditions. Le fils du tailleur s'empressa de lui raconter ce qui lui arrivait. Pouvait-il transporter le lit des jeunes mariés chez lui, le soir même? Le djinn[1] disparut. Quelques instants plus tard, Aladin soupait avec sa mère comme si de rien n'était.

Lorsqu'elle se coucha, il attendit patiemment le retour du génie.

Pendant ce temps, au palais, les festivités du mariage s'achevaient. Le jeune marié regagna ses appartements[2] et fut le premier à se glisser dans le lit nuptial[3]. On lui amena sa jeune épouse, effrayée à l'idée de partager sa couche[4]. Dès que la porte fut fermée, le génie, pressé d'exécuter[5] l'ordre de son maître, se précipita pour enlever le lit nuptial afin de le déposer chez Aladin. Celui-ci, avant d'autoriser le génie à se retirer jusqu'à l'aube, le somma[6] d'enfermer le fils du vizir dans un placard pour la nuit. Enfin, Aladin put s'approcher de la fille du sultan pour la rassurer. Elle n'avait rien à craindre, il ne lui ferait aucun

1. **Djinn**: génie.
2. **Appartements**: suites de pièces qui lui sont réservées dans le palais.
3. **Nuptial**: des jeunes mariés.
4. **Couche**: lit.
5. **D'exécuter**: d'accomplir.
6. **Somma**: ordonna.

mal. La considération[1] qu'il éprouvait pour sa personne était plus forte que la passion qui l'enflammait. Si la promesse du monarque n'avait pas été bafouée[2], il n'aurait pas été obligé d'en arriver là ! C'est pour la protéger de son rival qu'il avait agi de la sorte.

La frayeur[3] de la princesse qui se lisait sur son visage augmenta lorsqu'elle vit Aladin se déshabiller. Le jeune homme, par respect, plaça entre eux son épée. Elle ne fut pas rassurée pour autant ! Cette nuit-là, seul Aladin, satisfait, dormit d'un sommeil profond et réparateur. Au lever du jour, il ordonna au génie de délivrer le fils du grand vizir, de le remettre à sa place dans le lit et de transporter le couple jusqu'au palais sans être vu.

À peine le lit retrouva-t-il sa place que le sultan pénétra dans la chambre pour saluer sa fille au lendemain de sa nuit de noces. Transi du froid de la nuit passée dans un placard, le marié avait disparu. Inquiet de trouver Badroulboudour seule et mélancolique[4], le père la pressa de questions[5]. Sans succès. Il quitta la chambre puis se dirigea vers les appartements de son épouse pour l'avertir et lui demander conseil. Celle-ci le renvoya. Décidément, l'homme ne pouvait rien comprendre à la pudeur[6] féminine ! La reine fut accueillie par la jeune mariée tout aussi froidement. Elle insista cependant pour que sa fille lui fasse des confidences. La princesse ne put retenir ses larmes. En l'écoutant raconter ses mésaventures, la sultane, sans rien dire, pensa que trop

1. **Considération** : estime.
2. **Bafouée** : trahie.
3. **Frayeur** : peur violente.
4. **Mélancolique** : d'humeur triste.
5. **Pressa de questions** : posa de nombreuses questions avec insistance.
6. **Pudeur** : gêne relative à des situations ou à des sujets intimes.

d'émotions avaient fait perdre la raison à la jeune mariée à qui elle conseilla de se reposer avant de se préparer pour la suite des festivités qui la divertiraient.

Après avoir laissé son enfant en compagnie de ses servantes, la femme du sultan s'empressa de rassurer son époux et convoqua le jeune prince pour l'interroger. Or, le fils du vizir, trop content de cette nouvelle alliance[1], se garda bien d'évoquer l'étrange épisode nocturne.

Les fêtes durèrent jusque tard dans la nuit. Lorsque sonna l'heure du repos, Aladin, comme la veille, prit la lampe, la frotta et fit la même demande au génie. Aussitôt dit, aussitôt fait: les événements se déroulèrent comme au premier soir. Le fils du vizir passa la nuit dans un placard, et son épouse se vit obligée de partager son lit avec cet inconnu qui, par respect, déposa son épée entre eux.

Le lendemain matin, dès l'aube, le génie remit tout en place. À peine avait-il disparu que le sultan pénétrait dans la chambre de la princesse. La voyant encore plus accablée que la veille, il tenta de la faire parler. Il se heurta[2] à un silence entêté, se mit en colère et menaça de la décapiter[3] si elle ne lui obéissait pas. Effrayée, la jeune fille en pleurs le supplia de lui pardonner. Lorsqu'elle lui raconta ses deux premières nuits de noces, le père, attendri, essaya vainement de la consoler. Elle pouvait lui accorder sa confiance. Il ne désirait que son bonheur. Il la protégerait afin que les prochaines nuits ne ressemblent pas au cauchemar qu'elle venait de vivre.

---

1. **Alliance**: mariage.
2. **Se heurta**: se trouva confronté.
3. **La décapiter**: lui trancher la tête.

Rentré dans ses appartements, le sultan convoqua son vizir pour l'informer de la situation. Stupéfait, le ministre se précipita à la rencontre de son fils pour le questionner. Le jeune marié, obligé de se livrer, confirma les propos de la princesse et avoua à son père avoir vécu, malgré son amour pour elle, les nuits les plus cruelles de son existence. Bien qu'il soit conscient de l'importance et de l'honneur que lui conférait[1] cette union, il le suppliait d'annuler ce mariage. Le vizir comprit immédiatement qu'il devait sauver son enfant. Il était trop malheureux.

Le conseiller du roi retourna chez le sultan et s'entendit avec ce dernier pour interrompre cette cérémonie le jour même. Les festivités furent immédiatement suspendues. Les rumeurs se répandirent aussitôt, on avait vu sortir le vizir et son fils du palais l'air bien triste. Seul Aladin se réjouissait en secret de l'heureux dénouement[2]. Il attendit patiemment le matin du dernier jour des trois mois de délai accordé par le sultan. Puis, il demanda à sa mère de rappeler au souverain ses engagements.

---

1. **Conférait** : donnait.
2. **Dénouement** : fin d'une situation problématique.

Chapitre 4

Un merveilleux mariage

La mère d'Aladin, dans la salle d'audience, s'assit à la place qu'elle occupait auparavant, face au monarque qui la reconnut aussitôt. Il coupa la parole au grand vizir pour inviter la vieille femme à s'approcher. Selon la coutume, elle se prosterna, se releva pour obéir aux ordres de son roi. Le délai de trois mois étant écoulé, elle venait aux nouvelles.

L'audace de cette dame, que le temps n'avait pas découragée, surprit le souverain. Elle osait renouveler cette demande en mariage extravagante ! Très gêné, il se tourna vers son vizir pour lui demander conseil. La réponse du conseiller fut immédiate : pour se débarrasser de cet inconnu et de sa mère, il fallait fixer un montant de dot[1] très élevé. Ces pauvres gens finiraient par abandonner leur requête. Le sultan réfléchit quelques instants et déclara à la mère d'Aladin que les rois étaient obligés de tenir leurs promesses. Il était donc prêt à accorder la main de sa fille à Aladin mais, pour cela, le prétendant[2] devait prouver qu'il possédait suffisamment de richesses pour rendre heureuse sa future

1. **Dot** : somme d'argent ou ensemble de biens que la famille de la mariée donne à celle du marié ; plus la dot est importante, plus la jeune femme peut espérer faire un riche mariage.
2. **Le prétendant** : celui qui veut épouser une femme.

épouse. Le roi s'engagea à satisfaire sa demande lorsqu'il aurait reçu de la part du jeune homme quarante bassins sculptés en or et remplis de pierres précieuses, portés par quarante esclaves noirs et quarante esclaves blancs tous richement vêtus.

Le roi l'invita à transmettre ce message à son fils. En attendant sa réponse, il patienterait.

La noce se prépare

Après s'être prosternée une dernière fois devant le trône, la vieille femme, affolée, rentra chez elle pour conseiller à son garçon d'abandonner ce projet insensé. Elle lui fit part des demandes extravagantes de son roi. Le problème était réglé, elle n'y retournerait pas de sitôt. Mais Aladin ne l'entendit pas de cette oreille[1]: les exigences du souverain ne représentaient qu'une infime partie de ce qu'il était capable d'offrir. Qu'elle ne s'inquiète pas, elle pouvait préparer son dîner.

Aladin s'enferma dans sa chambre, frotta la lampe et convoqua le génie qui surgit aussitôt. Promesse fut tenue d'exécuter sur-le-champ les souhaits d'Aladin. Lorsque sa mère revint du marché, elle ne put pénétrer chez elle. Les quarante esclaves noirs, chargés de quarante bassins d'or remplis de pierres précieuses plus brillantes et plus grosses les unes que les autres, occupaient avec les quarante esclaves blancs chaque pièce, la cour et le jardin très étroit de cette petite maison. Le génie, quant à lui, s'était retiré.

---

1. **Ne l'entendit pas de cette oreille**: n'était pas d'accord.

Devant tant de merveilles, la vieille, interloquée[1], tenta de se réfugier dans la cuisine pour poser ses provisions. Son fils l'empêcha de retirer son voile. Il désirait qu'elle se rende sur-le-champ au palais avant la fin de la séance du diwan pour que le sultan constate sa bonne volonté et sa générosité. Le jeune homme ouvrit la porte, ordonnant aux esclaves de sortir l'un derrière l'autre. Sa mère fermait la marche de ce cortège[2] impressionnant. Ce défilé majestueux attira la foule qui se pressait pour admirer ce spectacle. La beauté de ces hommes, leur allure et leur grâce formaient un tableau ravissant que personne ne voulait manquer. Les esclaves noirs comme les esclaves blancs portaient des tuniques brodées de pierreries. Ils traversèrent ainsi la ville avant de se présenter aux portes du palais. Les gardes, devant tant de luxe, s'avancèrent pour baiser le bas de la robe du premier esclave qu'ils prirent pour un roi. Mais celui-ci annonça qu'il n'était qu'un simple émissaire[3]. Le spectacle était grandiose[4] !

Les esclaves pénétrèrent dans la salle du Conseil royal où ils s'installèrent en demi-cercle. Un à un, chacun se prosterna, déposant aux pieds du sultan le bassin de pierres précieuses, puis s'agenouilla les mains croisées sur la poitrine.

Ébloui, le sultan entendit à peine les excuses de la mère d'Aladin. Il se tourna vers son vizir, lui demandant que penser d'une telle dot. Sa fille, la princesse Badroulboudour, ne la méritait-elle pas ? Quelle que fût l'origine du

1. **Interloquée** : extrêmement surprise.
2. **Cortège** : défilé.
3. **Émissaire** : ici, serviteur.
4. **Grandiose** : majestueux, sublime.

prétendant, pouvait-on refuser une telle alliance ? Le vizir, quoique blessé et jaloux, ne put en disconvenir[1]. L'assemblée de notables applaudit la décision du roi qui supplia la mère d'Aladin de porter l'heureuse nouvelle à son fils. Le souverain avait hâte de l'accueillir pour l'embrasser et lui accorder officiellement la main de sa fille.

La veuve du tailleur ne put s'empêcher de cacher sa joie. Comme elle était fière de son fils ! Elle se retira pendant que le souverain, lui, ordonnait que l'on porte les quarante bassins dans les appartements de la princesse, à qui il allait de ce pas raconter ce qui leur arrivait.

Pendant ce temps, la mère d'Aladin annonçait l'extraordinaire nouvelle à son fils. Elle lui conseilla de se préparer pour se présenter au palais où le roi l'attendait. Le génie, convoqué aussitôt, obéit, une fois de plus, aux ordres d'Aladin qu'il rendit invisible et qu'il transporta dans un hammam. Lavé délicatement, frotté avec l'attention que l'on portait aux grands de ce monde[2], parfumé avec des eaux aux mille senteurs, enfin habillé avec raffinement[3], il se trouva, quelques heures plus tard, installé à nouveau dans sa chambre où il ordonna au djinn de lui apporter le meilleur cheval du royaume, sellé le plus richement possible. Il commanda également quarante esclaves tous plus beaux les uns que les autres pour former son cortège, et six esclaves au service de sa mère, chargées chacune d'une robe. Enfin il réclama dix mille pièces d'or réparties en dix bourses[4].

1. **En disconvenir** : le contester.
2. **Grands de ce monde** : personnes importantes (roi, princes...).
3. **Raffinement** : délicatesse et élégance.
4. **Bourses** : petits sacs de cuir contenant des pièces de monnaie.

Les vœux d'Aladin furent à nouveau satisfaits. Il s'empressa d'offrir à sa mère les six esclaves qui seraient désormais à son service ainsi que les superbes robes brodées qu'elles apportaient. Il partagea les bourses, quatre pour les diverses dépenses, les six autres serviraient aux esclaves qui les jetteraient au peuple pendant la traversée de la ville. Impatient d'arriver au palais, il envoya l'un de ses serviteurs se renseigner sur le moment opportun[1]. L'homme ne tarda pas à revenir, déclarant que le roi les attendait.

Aladin se mit en route. Lui qui n'avait jamais appris l'équitation guidait sa monture[2] avec une dextérité[3] et une élégance sans pareilles. Personne ne pouvait reconnaître là le jeune garçon qui jouait encore dans la rue quelques années auparavant. Sur le chemin, il fut acclamé[4], admiré et remercié. Les cris de joie ponctuaient chaque pièce d'or attrapée au vol, les cris d'admiration saluaient le faste[5] et le luxe d'un seigneur. Tout le monde reconnaissait en Aladin un homme digne d'être l'époux de la princesse Badroulboudour.

Au palais, les courtisans[6], ébahis devant tant de splendeur, de fierté et de grandeur[7], convièrent l'heureux élu à se présenter devant le roi, sur son pur-sang[8], sans mettre pied à terre comme le dictait la coutume. Le monarque, frappé par la fière allure du jeune homme qui contrastait

1. **Moment opportun** : bon moment.
2. **Monture** : cheval.
3. **Dextérité** : habileté.
4. **Acclamé** : salué par des cris d'admiration.
5. **Faste** : déploiement de richesses.
6. **Courtisans** : personnes qui flattent les gens puissants, ici le sultan.
7. **Grandeur** : éclat prestigieux.
8. **Pur-sang** : cheval de race pure.

avec celle de sa mère, l'empêcha de s'agenouiller et le pria de s'asseoir entre lui et le vizir. Loin d'oublier d'où il venait, humblement[1], Aladin remercia le souverain de son accueil. Puis, rougissant, il lui expliqua comment sa passion pour la princesse l'avait rendu si hardi[2].

Le sultan, sous le charme du personnage, donna le signal du début des festivités. Le père de la princesse Badroulboudour mangea seul avec son hôte dans un superbe salon où les seigneurs, selon leur rang, furent invités à les accompagner. L'art de la conversation d'Aladin, son savoir, sa rigueur[3] et sa sagesse impressionnèrent le monarque au plus haut point[4]. À la fin du repas, il commanda à un juge qu'il avait convoqué d'établir un contrat de mariage entre les deux jeunes gens. Aladin obtint sans peine[5] un délai pour construire le plus vite possible une demeure digne de recevoir sa future épouse.

Séduit par les bonnes manières de ce gendre[6], le sultan lui proposa d'élever son château près du sien comme il l'avait lui-même prévu depuis longtemps.

Le plus beau des châteaux

Pour retourner chez lui, Aladin traversa la ville sous les acclamations de ses habitants qui lui souhaitaient bonheur et prospérité[7]. Une fois à demeure, il se précipita dans sa

1. **Humblement** : d'une manière modeste et respectueuse.
2. **Hardi** : courageux, qui prend des initiatives risquées.
3. **Rigueur** : ici, sa logique, sa précision.
4. **Au plus haut point** : très fortement.
5. **Sans peine** : facilement.
6. **Gendre** : mari de sa fille.
7. **Prospérité** : réussite.

chambre, s'enferma et s'empara de la lampe pour convoquer le génie. Après l'avoir loué pour les bienfaits accomplis au nom de la lampe, il lui commanda un palais digne de sa femme. La construction se ferait avec les matériaux les plus riches. Le salon, conçu comme un dôme aux quatre surfaces égales, reposerait sur des assises en or et en argent massifs. Les jalousies[1] des six croisées[2] de chaque façade devraient être parfaites et enrichies de diamants, de rubis et d'émeraudes, excepté une seule. Ce château se dresserait face à celui du sultan. Dans les cuisines, les offices[3] et les armoires seraient pleines des denrées[4] les plus rares et les plus précieuses. Des écuries abriteraient les plus beaux chevaux du royaume, entretenus par des écuyers maîtrisant parfaitement l'art équestre[5]. Il ne fallait pas oublier enfin le personnel nécessaire pour le service de la princesse.

Le lendemain matin, dès l'aube, Aladin, qui dormait d'un sommeil très léger depuis qu'il était amoureux, sursauta lorsque le génie le réveilla. Ce dernier venait le chercher pour visiter son nouveau palais. Aladin s'étonna de voir son vœu exaucé en une seule nuit. Sans avoir eu le temps de réaliser ce qui lui arrivait, il se trouva au beau milieu du salon, ébahi devant un tel miracle.

Rien ne manquait à cette nouvelle demeure somptueuse, où chaque serviteur se tenait à son poste. L'unique porte fut ouverte par un trésorier digne de confiance. Ce n'étaient que sacs d'or et de pierres précieuses de différentes grandeurs,

1. **Jalousies** : volets à lames orientables permettant de voir sans être vu.
2. **Croisées** : éléments en bois qui entourent une fenêtre.
3. **Offices** : pièces voisines de la cuisine où l'on conserve les provisions.
4. **Denrées** : marchandises, objets.
5. **Écuyers maîtrisant parfaitement l'art équestre** : personnes chargées de s'occuper des chevaux d'un grand seigneur, maîtrisant parfaitement l'art de monter à cheval.

empilés les uns sur les autres jusqu'au plafond. Aladin examina avec joie les moindres coins et recoins du palais. Il resta bouche bée[1] devant la coupole du salon et les vingt-quatre croisées : tant de richesses, tant de talents exprimés dans cette seule pièce ! Il se retourna vers le génie, cherchant ses mots pour le féliciter. Il exprima sa joie et ajouta qu'il regrettait d'avoir oublié un seul détail : un tapis de velours déroulé depuis la porte du palais du sultan pour que la princesse marche dessus le jour où elle pénétrerait dans son nouveau château.

Lorsque le djinn disparut, Aladin constata que son ordre venait d'être exécuté. À peine eut-il le temps de réagir qu'il se trouva transporté chez lui.

En poussant la porte du palais, les serviteurs du sultan découvrirent cette merveille. La nouvelle se répandit assez vite. Le vizir fut le premier à avertir le souverain. Il lui fit part de son étonnement : cet ouvrage était si étrange qu'il ne pouvait être que le résultat d'un enchantement[2]. Le roi, pensant que seule la jalousie le motivait, lui rappela que ce jeune homme avait déjà prouvé qu'il était certainement fort capable de faire construire une telle splendeur en une nuit. L'heure du Conseil sonna la fin de cette discussion.

Le plus beau des mariages

Pendant ce temps, chez Aladin, on s'organisait. Sa mère, habillée comme une reine et entourée de ses esclaves, attendait les ordres de son fils. Celui-ci ne tarda pas à l'envoyer se

1. **Bouche bée** : sans voix.
2. **Enchantement** : opération magique.

présenter au sultan pour lui annoncer qu'elle accompagnerait la princesse dans sa demeure à la tombée de la nuit. Le cortège de femmes voilées fut accueilli avec les honneurs. La musique retentit dans la ville où chacun se préparait à fêter l'événement. La construction mystérieuse de ce palais plus riche et plus luxueux que celui du sultan était l'objet de toutes les curiosités et de tous les commentaires.

La princesse se précipita pour embrasser la mère d'Aladin qui avait été invitée à s'introduire avec sa suite[1] dans ses appartements. On leur offrit un léger repas en attendant que les servantes terminent d'habiller la future épouse. Le sultan vint passer un moment auprès de sa fille chérie dont il allait se séparer. Il échangea quelques paroles avec la mère d'Aladin qu'il n'avait pas eu l'occasion de voir sans son voile. Il fut agréablement surpris de découvrir une aimable personne, richement vêtue, à la conversation agréable. La nuit tombée, le monarque embrassa tendrement son enfant et la lui confia. Le cortège s'ébranla[2] aux sons des instruments de musique. À la tête de cent esclaves, de cent huissiers, de quatre cents pages[3] tenant chacun un flambeau à la main, les deux femmes foulèrent[4] le tapis de velours qui se déroulait jusque chez Aladin.

C'est avec une joie immense que le marié accueillit la princesse Badroulboudour. Il l'accompagna dans le superbe salon où était dressé un banquet. La jeune fille n'en crut pas ses yeux : elle n'avait jamais vu, même chez son père, autant de richesses ! Ils goûtèrent aux mets les plus fins alors

1. **Suite** : personnes qui accompagnent un haut personnage.
2. **S'ébranla** : se mit en marche.
3. **Pages** : jeunes garçons nobles au service d'un roi.
4. **Foulèrent** : posèrent le pied sur.

que de très belles voix féminines entamaient des chants accompagnés d'un chœur d'instruments[1] les plus divers. Une troupe de danseurs et de danseuses vint remplacer les musiciens à la fin du repas. À minuit, selon la coutume de ce pays à cette époque, Aladin mit fin à la soirée en invitant la princesse Badroulboudour à danser. Les spectateurs furent éblouis par leur grâce. À la fin de la danse, le jeune époux prit la main de sa femme et la mena vers ses appartements.

1. **Chœur d'instruments** : groupe d'instruments.

Chapitre 5

La vengeance du magicien

Le lendemain matin, Aladin se rendit au palais du sultan pour l'inviter à déjeuner en compagnie de sa fille. Il convia également le grand vizir et les seigneurs de sa Cour. Le roi accepta l'invitation avec plaisir et l'on se mit en route.

En pénétrant dans le château d'Aladin le souverain fut stupéfait de découvrir un ouvrage aussi parfait. Le salon à vingt-quatre croisées et ses ornements[1] l'éblouirent. Jamais il n'avait vu pareille merveille ! Il s'approcha des vingt-quatre jalousies pour admirer leur perfection. Mais l'imperfection de la vingt-quatrième attira son attention. Peu convaincu par l'explication de son ministre qui pensait que le temps avait peut-être manqué à Aladin, le souverain questionna le jeune homme qui les rejoignait à ce moment-là. Il fallait y voir un signe de reconnaissance : le père de la princesse aurait ainsi le plaisir d'achever le palais et le salon en même temps.

Le roi ordonna qu'on fît chercher immédiatement les meilleurs joailliers du royaume pour terminer ce chef-d'œuvre et se dirigea, quelques instants plus tard, en compagnie d'Aladin, du vizir et de nombreux seigneurs,

1. **Ornements** : éléments de décoration.

vers les appartements de sa fille. Dès qu'il y pénétra, le père de la princesse Badroulboudour comprit au premier regard que son enfant chérie était ravie de son mariage. On se mit à table. Chacun se régala en goûtant aux mets délicats arrosés de boissons exquises. Un orchestre jouait des airs mélodieux. À la fin du repas, le sultan rejoignit les joailliers qui venaient d'arriver au salon. Il leur ordonna de finir la jalousie imparfaite. Comme les artisans s'excusaient de ne pas avoir de pierres aussi précieuses, le monarque les rassura en leur promettant de leur donner celles qu'Aladin lui avait offertes.

Pendant six mois, on essaya de terminer l'ouvrage sans succès. Aladin eut pitié de ces bijoutiers. Voyant qu'ils étaient incapables de réaliser un travail équivalent, il les congédia[1] en leur rendant les joyaux[2]. Une fois seul, Aladin sortit la lampe, convoqua le génie et lui demanda de rendre la dernière jalousie pareille aux vingt-quatre autres. Aussitôt dit, aussitôt fait.

Le sultan, ayant appris de la bouche même de ses artisans qu'Aladin les avait remerciés[3], se rendit aussitôt sur son cheval au château. Au salon, il rencontra le jeune homme qui arrivait. Il le questionna. Pourquoi vouloir laisser absolument ce détail imparfait dans ce lieu merveilleux ? Son gendre, pour éviter de lui avouer que ses richesses étaient insuffisantes, le mit au défi de lui montrer cette imperfection. Le père de la princesse Badroulboudour examina les jalousies et fut contraint de reconnaître, à sa grande

1. **Congédia** : renvoya.
2. **Joyaux** : pierres précieuses.
3. **Remerciés** : renvoyés.

surprise, qu'elles étaient parfaites. Il félicita le jeune homme, le combla de louanges[1] et s'en retourna au palais.

Étrange disparition

Plusieurs années s'étaient écoulées depuis la fuite du magicien africain qui ne se doutait pas qu'il avait contribué malgré lui à la réussite d'Aladin. Ce dernier, heureux, vivait dans l'insouciance et le luxe. En Afrique, le sorcier, qui avait repris ses activités diaboliques, apprit un jour l'histoire merveilleuse d'Aladin. Cette nouvelle le rendit fou de rage. Comment ce fils de tailleur avait-il découvert les pouvoirs de la lampe magique ? Ce qui augmentait sa colère et sa rancune, c'est que loin d'être mort comme il l'avait cru, Aladin jouissait[2] de tous les bienfaits de cet objet extraordinaire. Le jaloux se promit que le jeune homme n'en profiterait pas longtemps !

Après des semaines de voyage, le magicien s'installa incognito[3] en ville. Il voulait connaître ce qui se disait à propos du mari de la princesse. Un soir, en bonne compagnie, dans un lieu extrêmement fréquenté, il se renseigna sur ce palais dont tout le monde parlait. Cet étranger venait certainement de loin pour ne pas savoir où se situait un si bel édifice[4] ! En suivant les indications qu'on lui avait données, il découvrit ce fameux château. La vision de cette œuvre magnifique le fit pâlir de jalousie. Aucun être humain

1. **Louanges** : paroles qui rendent honneur à quelqu'un.
2. **Jouissait** : profitait.
3. **Incognito** : en cachant sa véritable identité.
4. **Édifice** : construction, bâtiment.

n'aurait pu réaliser un tel prodige[1] ! Il fallait maintenant trouver la lampe qui avait permis à Aladin de réaliser cette merveille…

De retour dans son khan, il prit son carré de sable. La séance de géomancie[2] lui révéla que la lampe se trouvait dans le palais. Le méchant homme se frotta les mains. Non seulement il allait récupérer l'objet magique, mais il prévoyait de se venger d'Aladin en le condamnant à vivre dans la plus grande pauvreté.

Quand il retourna en ville, il apprit que depuis trois jours le prince était parti chasser. Il entra dans la boutique d'un marchand de lampes et lui en commanda une douzaine en cuivre bien poli[3]. Le lendemain, il paya un bon prix la marchandise qu'il rangea dans un cabas[4] avant de se rendre chez Aladin. Là, il cria qu'il changerait à qui voulait de vieilles lampes pour des neuves. Le magicien déguisé rôda autour du palais entouré par une ribambelle[5] d'enfants. Cet individu qui semblait avoir perdu la raison attira l'attention de la princesse Badroulboudour. Elle envoya sa servante voir ce qu'il en était. Quelques instants plus tard celle-ci revint en se moquant de ce pauvre homme qui échangeait des lampes neuves contre des anciennes.

Sur la cheminée traînait la fameuse lampe magique qu'Aladin avait pris soin de déposer avant son départ. Une des servantes proposa à la princesse de s'en servir pour vérifier que l'homme se conduirait comme il le disait.

1. **Prodige** : fait, événement extraordinaire, qui semble magique.
2. **Géomancie** : pratique de magie pour connaître l'avenir, de voyance.
3. **Poli** : à la surface lisse, brillante.
4. **Cabas** : panier.
5. **Une ribambelle** : un grand nombre.

Ignorant sa valeur, la princesse accepta. Elle la donna à un eunuque[1] qui se dirigea vers la porte. Il héla[2] le magicien africain qui reconnut l'objet au premier coup d'œil. Le sorcier déguisé s'empressa de lui montrer son couffin[3] pour que l'esclave y trouve son bonheur. Pendant ce temps, il cacha la lampe magique sous sa vieille tunique. Autour de lui, les enfants qui assistaient à la scène redoublèrent de moqueries mais le méchant homme les ignora. Se faufilant dans des ruelles désertes, il s'éloigna rapidement du quartier après s'être débarrassé du panier dont il n'avait plus besoin. Il fit quelques provisions et quitta la ville sans même aller chercher le cheval resté au khan. Désormais, il était sûr de ne plus en avoir besoin !

Lorsqu'il atteignit une clairière[4] à l'écart des chemins fréquentés, il attendit patiemment la nuit pour poursuivre son projet. Le soir venu, il frotta la lampe. Aussitôt le génie apparut, se présentant comme un serviteur fidèle. Le magicien lui ordonna de le transporter, ainsi que le palais et la princesse, à l'instant même, en Afrique.

Ce matin-là, comme à son habitude, le sultan s'apprêtait à admirer du balcon la résidence de ses enfants. La place était vide ! Il se pencha, d'un côté, de l'autre, mais aucune trace du château ne subsistait[5].

Il attendit un moment, espérant être victime d'une illusion[6]. Se rendant à l'évidence, il se retira dans ses appartements où il convoqua de toute urgence le grand vizir

1. **Eunuque** : esclave castré employé au service des femmes.
2. **Héla** : appela de loin.
3. **Couffin** : panier.
4. **Clairière** : espace dégarni d'arbres dans une forêt.
5. **Subsistait** : restait.
6. **Illusion** : hallucination.

qui, en homme fidèle, se précipita sans remarquer que le palais d'Aladin avait disparu. Aussi apprit-il la nouvelle de la bouche du sultan. Du balcon, il put constater non sans effarement cette disparition. Il retourna auprès de son roi et, sans vouloir l'offenser[1], lui rappela qu'à plusieurs reprises, dans le passé, il avait essayé de lui faire entendre que tant de miracles, tant de richesses relevaient de la magie. Le monarque, ivre de colère[2], refusa de reconnaître qu'il s'était trompé. Il ordonna qu'on arrête Aladin immédiatement et qu'on le lui livre enchaîné.

Le grand vizir demanda à ses troupes d'aller surprendre Aladin qui chassait à quelques lieues[3] de la ville. Il ne fallait pas éveiller ses soupçons. Les hommes annoncèrent au prince que le souverain l'envoyait chercher. Près du palais, les soldats de la garde arrêtèrent les chevaux. Là, un officier informa Aladin qu'un ordre du sultan les obligeait à lui passer une chaîne au cou comme un criminel.

Bien que surpris, le jeune homme n'opposa aucune résistance, n'ayant rien à se reprocher. Entravé[4] et attaché à un cavalier par un bout de la chaîne fort longue, Aladin termina à pied le chemin du retour.

Ce spectacle provoqua la colère des habitants du faubourg, persuadés qu'on s'apprêtait à lui couper la tête. L'hostilité[5] de la foule reconnaissante des bienfaits d'Aladin ralentit la progression du cortège qui atteignit avec beaucoup de difficultés la porte du palais.

---

1. **Offenser**: manquer de respect.
2. **Ivre de colère**: fou de colère.
3. **Lieues**: ancienne mesure de distance (environ 4 kilomètres).
4. **Entravé**: lié.
5. **Hostilité**: opposition.

Le sultan, en compagnie du grand vizir, ordonna immédiatement au bourreau qu'il avait convoqué d'exécuter Aladin sans même lui demander d'explication. Après lui avoir retiré ses chaînes, on lui banda les yeux et on le jeta sur une peau de cuir rougie par le sang de ceux qui l'avaient précédé. Le bourreau s'apprêtait à lui trancher la gorge, lorsque le vizir supplia le monarque de suspendre[1] l'exécution. Le peuple venait d'envahir la cour et certains escaladaient déjà les murailles. Il fallait absolument éviter l'émeute[2] en différant[3] la punition.

Le sultan, à la fois surpris et effrayé, annonça aussitôt qu'il accordait sa grâce[4] et que chacun pouvait se retirer. Les habitants de la ville rentrèrent chez eux, trop contents d'avoir sauvé la vie d'un homme qu'ils aimaient tant.

Pendant ce temps, Aladin leva la tête vers le balcon où se tenaient le roi et son vizir pour supplier Sa Majesté de l'informer. Quel crime avait-il commis pour être traité de la sorte ? Le souverain faillit s'étrangler de fureur[5]. Qu'il le rejoigne immédiatement et il verrait ! Aladin s'approcha de la fenêtre et regarda dans la direction de son palais comme l'exigeait son beau-père. L'emplacement béant[6] le laissa sans voix. Comment cet édifice avait-il mystérieusement disparu ? Qu'était devenue son épouse ? Le jeune homme n'en avait aucune idée. Comment expliquer au sultan ce qui s'était produit ? Il l'ignorait, bien sûr !

1. **Suspendre** : annuler provisoirement.
2. **Émeute** : soulèvement populaire.
3. **En différant** : en reportant.
4. **Accordait sa grâce** : annulait la condamnation à mort.
5. **Fureur** : violente colère.
6. **Béant** : ici, vide.

Mais le père de la princesse Badroulboudour, hors de lui[1], n'avait que faire de l'émotion d'Aladin. Il lui couperait la tête s'il ne lui ramenait pas sa fille très prochainement. Profondément humilié, le prince, en proie à[2] un grand chagrin, demanda un délai de quarante jours pour la retrouver. Il jura que s'il dépassait ce terme[3], il se présenterait lui-même au roi pour que sa tête soit tranchée. Accablé, il se retira après que le souverain lui eut accordé cette grâce tout en le prévenant de respecter la parole donnée.

Ses anciens amis se gardèrent bien de l'approcher pour l'aider. Lorsqu'on le vit aller de porte en porte demander si personne n'avait vu son palais, on le crut devenu fou. Pendant trois jours et trois nuits, il erra[4], se nourrissant des dons[5] de ceux qui, fort heureusement, n'avaient pas oublié ses bienfaits.

Un matin, désespéré, il quitta la ville pour ne s'arrêter qu'à la nuit tombée quelque part au milieu de la campagne, près d'un ruisseau. Là, après avoir longuement réfléchi, découragé et meurtri[6] à l'idée qu'il ne reverrait jamais sa bien-aimée, il décida de se jeter dans la rivière. Il se prépara à prier une dernière fois et voulut faire ses ablutions[7]. En se penchant, il glissa sur la pente mouillée. Par réflexe, il s'accrocha à un petit rocher au bord de l'eau. Le jeune homme avait complètement oublié qu'il portait l'anneau que le magicien lui avait donné avant de descendre dans le

1. **Hors de lui**: furieux.
2. **En proie à**: ressentant.
3. **Terme**: ici, date limite.
4. **Erra**: alla sans direction précise.
5. **Dons**: ici, nourriture donnée sans rien attendre en retour.
6. **Meurtri**: blessé moralement, très triste.
7. **Ablutions**: pratique religieuse qui consiste à se laver pour purifier son corps.

caveau. Mais lorsque sa main effleura la pierre, un génie, semblable à celui du souterrain, apparut. Se présentant comme son esclave et celui de tous ceux qui ont l'anneau au doigt, il lui demanda d'exprimer sa volonté.

Aladin sauvé par le génie de l'anneau

Cette soudaine apparition redonna des forces à Aladin qui implora[1] le djinn de le sauver une seconde fois en lui indiquant où avaient disparu son palais et sa femme. Mais le génie de l'anneau avoua son impuissance. Ceci relevait du pouvoir du maître de la lampe. Sans attendre, Aladin reformula un vœu : pouvait-il le transporter dans son château quel que soit le lieu ? Instantanément, il se retrouva sous les fenêtres d'un palais plongé dans le silence de la nuit. Il reconnut sa demeure. À nouveau plein d'espoir, rasséréné[2], Aladin s'abrita sous un arbre pour n'être vu de personne. Il s'accorda enfin un peu de repos, lui qui avait perdu le sommeil depuis plusieurs jours.

C'est le chant des oiseaux qui le réveilla à l'aube. À travers ses yeux mi-clos, il goûta au plaisir de contempler la façade de sa résidence, moment paisible bien vite interrompu par l'envie irrésistible de revoir sa bien-aimée. Il se leva et fit les cent pas sous les fenêtres de la princesse, en attendant que le jour se lève. Il eut le temps de réfléchir et de se reprocher d'avoir négligé[3] sa lampe en ne la conservant pas sur lui. Seul cet objet pouvait provoquer un événement

1. **Implora** : supplia.
2. **Rasséréné** : redevenu serein, calme.
3. **Avoir négligé** : ne pas avoir fait attention à.

à ce point inexplicable ! Qui donc enviait son bonheur au point de lui faire tant de mal ?

Depuis son enlèvement, la jeune épouse avait pris l'habitude de se lever tôt. Ce matin-là, une des servantes, ayant fini d'habiller sa maîtresse, aperçut Aladin à travers une jalousie. Elle avertit aussitôt la princesse Badroulboudour qui se précipita pour vérifier ses dires. Maîtrisant ses émotions, la princesse chuchota à son mari qu'elle avait fait envoyer quelqu'un pour lui ouvrir une porte secrète par laquelle il se glisserait auprès d'elle. Les époux restèrent un long moment enlacés[1], exprimant tour à tour leur joie d'être réunis. Lorsqu'ils retrouvèrent leurs esprits, Aladin s'enquit de la fameuse lampe qu'il avait laissée négligemment sur la cheminée. La princesse, désolée, lui avoua que tout avait commencé lorsqu'elle avait accepté l'échange de la vieille lampe pour la neuve.

Elle lui raconta son arrivée dans cette contrée[2] dont elle avait appris depuis qu'on l'appelait « Afrique ». Ce mot éclaira le visage d'Aladin qui venait de comprendre : le traître n'était autre que ce magicien perfide[3]. Il ne fallait pas perdre de temps ; où se trouvait cette lampe ? Badroulboudour lui confia que leur ennemi la dissimulait[4] dans ses vêtements. Elle ajouta que cet être odieux se présentait à elle une fois par jour pour la persuader d'oublier Aladin. Il désirait l'épouser. Jusqu'à présent, elle avait réussi à le repousser. Les larmes qu'elle versait à chaque fois et le désespoir qu'elle exprimait le faisaient fuir. Espérant qu'elle céderait avec le

1. **Enlacés** : dans les bras l'un de l'autre.
2. **Contrée** : pays.
3. **Perfide** : qui souhaite nuire, faire du mal.
4. **Dissimulait** : cachait.

temps, il revenait quotidiennement, dénigrant[1] Aladin et le traitant d'ingrat[2]. Il ne manquait pas une seule occasion de rappeler que le prince lui devait sa fortune.

Tout en écoutant son épouse, Aladin avait échafaudé[3] un plan : pouvait-elle le laisser retourner en ville, et, au premier coup frappé, lui ouvrir vers midi la porte secrète même s'il avait changé d'habit ? Il lui ferait alors part de ses projets.

Aladin quitta la princesse Badroulboudour après lui avoir recommandé la plus grande prudence. En chemin, il rencontra un paysan avec qui il échangea ses vêtements. Il poursuivit sa route, arriva en ville et se dirigea vers la rue des apothicaires[4]. Il entra dans la plus belle boutique, salua le marchand qui, en un clin d'œil, l'avait jugé trop pauvre pour acheter une quelconque marchandise. Le commerçant affirma que le prix de la poudre qu'Aladin voulait se procurer était extrêmement élevé. Il devait donc passer son chemin. Mais lorsque Aladin sortit de sa bourse une pièce d'or pour en acquérir quelques grammes, l'homme cupide[5] se tut, pesa la marchandise, et lui tendit le produit. Aladin fit ses courses avant de retourner très vite au palais.

Comme prévu, au premier coup frappé, il s'introduisit dans le passage secret et rejoignit son épouse. Il lui exposa alors son projet. Il savait combien ce magicien africain était effrayant, mais pour l'éliminer, elle allait devoir le tromper. Ce soir, elle se parerait[6] de sa plus belle robe pour le

1. **Dénigrant** : rabaissant.
2. **Ingrat** : personne qui n'est pas reconnaissante.
3. **Échafaudé** : construit.
4. **Apothicaires** : pharmaciens.
5. **Cupide** : attiré par l'argent, la richesse.
6. **Elle se parerait** : elle se vêtirait avec soin et élégance.

recevoir. Le visage triste, elle l'accueillerait en adoptant un comportement qui inviterait le sorcier à engager la conversation. Pour ne pas éveiller les soupçons, elle expliquerait longuement à quel point il lui était difficile et douloureux d'essayer d'oublier son mari. Elle ne refuserait pas de goûter le meilleur vin qu'il lui proposerait d'aller chercher dans sa cave. Pendant son absence, elle verserait dans une coupe la fameuse poudre qu'il venait de lui donner. Elle prendrait soin de la mettre de côté pour ordonner le moment venu qu'on y versât du vin. À la fin du repas, elle demanderait à sa servante de lui apporter cette coupe, ferait semblant d'y tremper ses lèvres avant de l'offrir au magicien africain. L'idée même révulsa[1] la princesse mais il fallait être raisonnable. À peine le magicien aurait-il bu une gorgée qu'il tomberait à la renverse, foudroyé[2] par le poison. Avant de se séparer, la princesse promit à son époux de faire comme ils en étaient convenus, puis Aladin s'éloigna du palais. Il attendit la nuit pour s'approcher à nouveau de la porte secrète.

Pour la première fois depuis très longtemps, Badroulboudour se préoccupa de sa beauté[3]. Elle convoqua ses servantes pour l'aider à s'habiller, se coiffer et choisir les plus beaux bijoux afin de mettre à exécution le plan d'Aladin.

Comme à l'accoutumée[4], le magicien africain se présenta. Intrigué par le changement d'attitude de la jeune femme, il n'en fut pas moins ébloui par cet être d'exception. Elle l'invita à s'asseoir et prit la parole. Afin de rassurer son

1. **Révulsa**: dégoûta.
2. **Foudroyé**: tué immédiatement.
3. **Se préoccupa de sa beauté**: se fit belle.
4. **Comme à l'accoutumée**: comme d'habitude.

ennemi, elle expliqua qu'elle avait longuement réfléchi au sort d'Aladin. Elle devait se rendre à l'évidence: le magicien avait raison, son mari avait certainement été exécuté par le sultan, son père. D'où le recueillement[1] qu'elle avait observé jusqu'à maintenant. Mais le temps faisait peu à peu son travail et elle avait pris la décision de changer. Elle était courageuse et aimait la vie, elle y parviendrait. D'ailleurs, pour lui montrer ses nouvelles résolutions[2], elle lui proposait de souper ensemble le soir même. Comme elle avait envie de goûter au vin d'Afrique, elle comptait sur lui pour lui en offrir du meilleur.

L'hypocrite n'en revenait pas. Fort ému, dissimulant sa joie de dîner en tête à tête avec elle, il prit congé[3] pour chercher deux carafes d'un vin excellent qu'il conservait dans un coffre. Elle lui avait bien suggéré d'envoyer quelqu'un, mais il avait refusé car lui seul possédait la clé de ce meuble.

Pendant son absence, la princesse versa la poudre achetée par Aladin dans une coupe qu'elle posa à part sur le buffet. Le fourbe, heureux des faveurs[4] de son hôtesse, revint aussitôt. Elle l'invita à s'asseoir dos au buffet. Au cours du dîner, une conversation charmante s'engagea. Le sorcier, séduit, acheva le troisième verre de ce vin qu'il avait offert. Vraiment, il n'en avait jamais bu de meilleur! La jeune femme avait pris soin de le flatter. Elle fit verser du vin dans la coupe posée sur le buffet tout en remplissant encore une fois celle de son ennemi. Badroulboudour interrompit son

1. **Recueillement**: silence ou retrait pour témoigner son respect à une personne décédée.
2. **Résolutions**: ici, décisions.
3. **Prit congé**: se retira, quitta les lieux.
4. **Faveurs**: marques d'attention.

invité pour le convier à observer une coutume de son pays, la Chine : l'échange des verres de deux amants pour sceller[1] leur amitié. Elle lui tendit le sien. Le magicien, heureux, la couvrit de compliments. Mais elle le pressa de boire, ils avaient la nuit pour discourir[2]. Elle trempa ses lèvres. Lui, comblé de joie, but d'un trait.

À la dernière gorgée, il vacilla[3] pendant que la coupe se brisait. Sans avoir eu le temps de dire un mot, il tomba de tout son poids sur le sol, sans vie.

Aladin accourut sans attendre qu'on lui ordonne de rentrer. Agenouillé près du corps de son ennemi, il demanda à sa jeune épouse, soulagée, de se retirer dans ses appartements. Il devait agir très vite. En fouillant rapidement le corps inerte[4] du magicien, il trouva la lampe qu'il frotta immédiatement, faisant apparaître le djinn à qui il demanda au nom de la lampe de bien vouloir transporter immédiatement le palais en Chine pour qu'il retrouve sa place. Le génie s'inclina avant de disparaître.

1. **Sceller** : ici, confirmer définitivement.
2. **Discourir** : avoir de longues conversations.
3. **Vacilla** : perdit l'équilibre.
4. **Inerte** : sans vie.

Chapitre 6

Enfin heureux !

Depuis l'enlèvement de son enfant, le sultan, inconsolable, avait pris l'habitude de s'accouder plusieurs fois par jour à ce balcon face au palais disparu. Il crut ce matin-là que ses larmes lui jouaient une fois de plus un mauvais tour. Pourtant, il se concentra et fut forcé de reconnaître que la demeure d'Aladin était à sa place.

Les retrouvailles

Fou de joie, il ordonna qu'on lui amène son cheval et se hâta vers la demeure. Aladin, qui avait tout prévu, avait revêtu à l'aube ses plus beaux vêtements pour accueillir son beau-père. Lorsque ce dernier se présenta au salon, il écarta le prince, exigeant de voir sa fille sur-le-champ. Aladin le conduisit dans la chambre de sa femme à qui il avait pris soin le matin même de rappeler qu'elle n'était plus en Afrique. Le sultan étreignit[1] Badroulboudour avec tendresse et soulagement. Tous les deux hésitaient entre les rires et les larmes. Le sultan s'assit, l'attira à lui et lui demanda de lui raconter ses aventures. Ce qu'elle fit avec

1. **Étreignit** : serra dans ses bras.

beaucoup de plaisir. Elle était la seule fautive, son époux, son bienfaiteur[1], pour qui elle avait craint la colère paternelle, l'avait sauvée. D'ailleurs il était le seul à pouvoir achever le récit des dernières péripéties[2]. Mais Aladin ne voulut rien ajouter, il n'avait pas grand-chose à dire. Comme preuve de sa bonne foi, il proposa d'accompagner le sultan dans le salon aux vingt-quatre croisées constater la mort du sorcier.

Devant le corps inanimé de cet individu malfaisant[3], le roi s'excusa auprès d'Aladin. Il regretta sa conduite. Comment se faire pardonner ? Entièrement dévoué[4] à son seigneur, Aladin déclara que l'unique cause de ses malheurs gisait[5] là à leurs pieds. Tout cela appartenait désormais au passé. Ordre fut donné de jeter le cadavre de ce magicien africain à l'extérieur de la ville pour que les animaux et les oiseaux s'en repaissent[6]. Puis le sultan proclama dix jours de festivités pour célébrer le retour des deux jeunes gens dans leur palais.

Un nouveau piège

De son côté, le frère cadet[7] du sorcier africain, qui vivait loin de son pays, s'inquiétait : depuis un an son frère ne s'était pas manifesté. Même si l'un se trouvait au couchant pendant que l'autre était au levant[8], ils avaient l'habitude

1. **Bienfaiteur** : celui qui apporte du bien, qui rend heureux.
2. **Péripéties** : rebondissements.
3. **Malfaisant** : qui fait le mal.
4. **Dévoué** : fidèle.
5. **Gisait** : était étendue.
6. **S'en repaissent** : en fassent leur repas.
7. **Cadet** : le plus jeune.
8. **Au couchant [...] au levant** : à l'ouest [...] à l'est.

de se donner des nouvelles l'un à l'autre. Ce deuxième géomancien sortit donc son carré de sable pour y tracer des figures qui lui révélèrent le sort de son frère. Bien qu'horrifié par ce qu'il venait d'apprendre, il jugea qu'il n'y avait pas de temps à perdre et décida de le venger sur-le-champ. Après avoir recueilli les renseignements nécessaires, il entreprit de voyager, traversa plaines, déserts et montagnes et atteignit la capitale de la Chine où il s'installa.

Les jours suivants, pour s'informer dans le but d'exécuter son projet détestable, le magicien fréquenta les lieux publics de la ville. Il apprit ainsi l'existence d'une sainte femme, nommée Fatime, qui suscitait l'admiration de tous. Recluse[1], elle ne sortait que deux jours par semaine pour accomplir des miracles. Elle consacrait son temps aux jeûnes[2], vivait dans une grande austérité[3] et donnait le bon exemple. Le sorcier pensa que cette personne pouvait l'aider, il la surveilla pour connaître ses habitudes.

Des semaines plus tard, un soir vers minuit, ce sombre individu[4] sortit de son hôtel pour se rendre chez Fatime. Comme la porte était à peine fermée, il s'introduisit sans peine dans la mansarde[5]. S'approchant du corps endormi de la sainte femme, il tira son poignard. La lame brilla à la lumière du rayon de lune. Effrayée, Fatime sursauta. Il la menaça avec son arme pour l'obliger à échanger leurs vêtements et la forcer à le maquiller. À condition que la

1. **Recluse**: isolée du monde.
2. **Jeûnes**: pratiques religieuses qui consistent à limiter ou à interrompre son alimentation pendant une période donnée dans le but de se purifier.
3. **Austérité**: rigueur dans la manière de vivre, sans excès.
4. **Sombre individu**: personne aux mauvaises intentions.
5. **Mansarde**: petite pièce au plafond bas.

ressemblance soit frappante, elle n'avait rien à craindre pour sa vie. Fatime s'empara d'une liqueur indélébile[1], lui grima[2] le visage puis lui mit sa propre coiffure sur la tête avec un voile.

Elle venait de lui passer un collier de grosses perles autour du cou et s'apprêtait à lui confier le bâton qu'elle avait coutume de tenir, lorsque le magicien, oubliant ses promesses, l'étrangla et jeta le corps sans vie de la pauvre femme dans le puits qui se trouvait derrière la maison. Le lendemain, bien décidé à accomplir son funeste[3] projet, il se dirigea vers le palais d'Aladin.

En chemin, chacun croyant reconnaître Fatime, la vertueuse[4], qu'il imitait si bien, lui demandait de satisfaire ses vœux. À l'entrée du palais, l'affluence[5] était plus grande. Le bruit des querelles[6] des gens qui se disputaient pour approcher la sainte femme parvint aux oreilles de la princesse. Elle demanda à l'une de ses servantes de regarder par la jalousie pour lui dire quelle était la raison de ce vacarme[7]. L'esclave lui rapporta que l'on se pressait autour d'une vieille pour être soulagé de maux de tête qu'elle savait guérir par l'imposition[8] des mains.

Aussitôt Badroulboudour ordonna qu'on aille chercher cette sainte pour s'entretenir[9] avec elle. La foule se dispersa en voyant s'approcher les eunuques. Le magicien

1. **Indélébile** : qui ne peut pas être effacée.
2. **Grima** : maquilla.
3. **Funeste** : qui entraîne le malheur, la mort.
4. **Vertueuse** : qui est moralement irréprochable.
5. **Affluence** : foule.
6. **Querelles** : échanges de mots violents.
7. **Vacarme** : grand bruit.
8. **Imposition** : action de poser.
9. **S'entretenir** : parler.

déguisé jubilait[1] sous son voile : la première étape de son plan semblait fonctionner. Il accepta l'invitation qu'on lui faisait de s'introduire au palais. Sur le seuil des appartements de la princesse, il entama[2] une longue prière. L'épouse d'Aladin, qui pensait sincèrement que ceux qui se présentaient comme les serviteurs de Dieu étaient bons, fut impressionnée par ce spectacle. Elle convia donc la fausse vieille à s'asseoir auprès d'elle. Elle désirait connaître le récit de la vie d'une personne aussi pieuse[3] qui, par ailleurs, saurait certainement lui enseigner comment servir[4] Dieu. L'hypocrite lui répondit qu'il ne pouvait être interrompu dans ses prières et dans ses exercices de dévotion[5]. Compatissante[6], la jeune femme lui proposa de s'installer dans un appartement inoccupé.

Cet homme odieux, qui n'avait d'autre idée en tête que de se venger, fit mine de ne pouvoir refuser une offre aussi généreuse. Il la suivit, visita des appartements et choisit celui qui semblait le plus petit. Le perfide poursuivait son projet, soignant son image de sainte, pieuse et indifférente aux plaisirs et aux richesses de ce monde. Il alla, pour éviter d'avoir à ôter son voile, jusqu'à refuser l'invitation à dîner de la princesse, prétextant qu'il ne mangeait que du pain et des fruits secs. Badroulboudour, touchée par tant d'abstinence[7], lui accorda l'autorisation de se retirer en la priant d'accepter un repas très léger servi dans sa chambre.

---

1. **Jubilait** : éprouvait une grande satisfaction.
2. **Entama** : commença.
3. **Pieuse** : dévouée à la religion.
4. **Servir** : vouer sa vie à.
5. **Dévotion** : pratique religieuse visant à manifester sa fidélité à Dieu.
6. **Compatissante** : ici, compréhensive.
7. **Abstinence** : fait de se priver de quelque chose ; ici, de trop manger.

Elle lui fit promettre également qu'elle la rejoindrait, une fois le souper achevé.

Le magicien ne manqua pas de se présenter au salon à la fin du repas. Badroulboudour, qui voulait que Fatime bénisse[1] sa demeure, lui demanda son avis avant d'entamer la visite du palais pièce par pièce. Le magicien, qui continuait de garder la tête baissée, sembla admirer les splendeurs architecturales du salon. Enfin, il déclara, feignant mille précautions[2], qu'un seul détail manquait pour transformer ce lieu en merveille de l'Univers : un œuf de Roc, suspendu au milieu de la coupole. La princesse l'interrogea à propos de ce Roc et de l'endroit où l'on pourrait le trouver. D'après la prétendue Fatime, il s'agissait d'un immense oiseau qui vivait au sommet du mont Caucase[3]. Puis la conversation se poursuivit mais l'hôtesse n'oublia pas la remarque de sa protégée.

Lorsque Aladin revint de la chasse, il fut surpris de sentir son épouse plus distante. Elle ne l'accueillait pas comme à l'accoutumée. Comme il lui demandait les raisons d'une telle attitude, elle lui fit part de ses réflexions sans l'informer de la présence de Fatime dans le palais : elle était persuadée que leur demeure était une pure merveille, mais dans la pièce aux vingt-quatre croisées, cet après-midi même, elle avait constaté qu'il manquait au milieu de la coupole un œuf de Roc. Aladin la rassura. Son désir ne tarderait pas à devenir réalité. Il se retira au salon et sortit la lampe de son vêtement. Quand il l'eut frottée, le génie apparut. Aladin lui

1. **Bénisse** : fasse prospérer.
2. **Feignant mille précautions** : très habilement.
3. **Caucase** : chaîne de montagnes située entre l'Europe et l'Asie.

transmit la demande de sa femme. En prononçant le mot « Roc », il provoqua la colère du djinn dont les cris firent trembler les murs. Aladin se vit reprocher son ingratitude.

Suspendre un œuf de Roc au milieu de cette salle signifiait pendre son maître. Voulait-il être réduit en cendres, lui, la princesse et ce palais ? Heureusement qu'Aladin n'était pas l'auteur de ces propos, mais il fallait qu'il sache que le frère du magicien africain s'était introduit chez lui afin de venger son frère. Cet être malfaisant avait assassiné une vieille femme, avant de se déguiser en sainte. C'est lui encore qui avait suggéré cette idée abominable à Badroulboudour. Le génie lui recommanda de se méfier de cet individu qui voulait le tuer. À ces mots, il disparut.

Aladin, qui avait entendu parler de cette guérisseuse et de ses pouvoirs, regagna ses appartements. Il entra, s'assit et feignit un atroce mal de tête. La princesse convoqua aussitôt la fausse Fatime, tout en racontant à son mari pourquoi elle l'avait installée chez eux. Aladin remercia la bonne femme, lui exposa son mal et lui présenta sa nuque pour qu'elle y pose les doigts. Le magicien s'avança de côté, la main sur son poignard mais Aladin, vigilant, arrêta le bras meurtrier et planta son couteau dans le cœur du sorcier. Le corps tomba à terre sans vie.

Badroulboudour, choquée, hurla qu'il avait tué une sainte femme. Aladin la prit dans ses bras et lui raconta ce qui venait de lui arriver et dans quelles conditions il avait appris comment cet homme, frère du magicien africain, s'apprêtait à l'assassiner.

Un bonheur éternel

Délivré enfin de toute inquiétude, Aladin put goûter au bonheur de vivre avec sa bien-aimée. Lorsque, bien plus tard, le vieux sultan mourut, la princesse Badroulboudour, seule héritière, lui succéda. Et c'est ainsi que le fils du tailleur monta sur le trône pour régner aux côtés de son épouse devenue désormais prudente et sage.

Pendant de longues années, respectés de tous, ils gouvernèrent ensemble leur royaume, assurant à leurs sujets, par leur bienveillance[1], une vie paisible et prospère.

1. **Bienveillance** : qualité qui consiste à vouloir le bien des autres.

Arrêt sur lecture 1

Un quiz pour commencer

Cochez les bonnes réponses.

1 *Qui envoie Aladin chercher la lampe dans la caverne ?*

- ❒ Sa mère.
- ❒ Son oncle.
- ❒ Un homme qui prétend être son oncle.

2 ***Quelle est l'attitude d'Aladin et de sa mère après la découverte de la lampe ?***

- ❒ Ils demandent au génie de les couvrir d'or.
- ❒ Ils vivent modestement en revendant les objets des banquets offerts par le génie.
- ❒ Ils ne réclament rien au génie pour ne pas attirer l'attention de leurs voisins.

3 ***Pourquoi le sultan demande-t-il à Aladin de respecter un délai de trois mois avant d'épouser la princesse Badroulboudour ?***

- ❒ Il juge Aladin trop pauvre et indigne de sa fille.
- ❒ Il a déjà promis la main de sa fille à un prince étranger.
- ❒ Il préfère marier sa fille au fils de son vizir.

4 ***Comment Aladin parvient-il à épouser la princesse Badroulboudour ?***

- ❒ Il tue ses concurrents.
- ❒ Il utilise le génie de la lampe.
- ❒ Il supplie le sultan.

5 ***Où le magicien transporte-t-il le palais d'Aladin et de la princesse ?***

- ❒ En Chine.
- ❒ Au pôle Nord.
- ❒ En Afrique.

6 ***Qui aide Aladin à récupérer son palais et la princesse ?***

- ❒ Le génie de la lampe.
- ❒ Le génie de l'anneau.
- ❒ Les deux génies.

7 ***À qui la princesse Badroulboudour demande-t-elle de bénir son palais ?***

- ❒ À la mère d'Aladin.
- ❒ À une célèbre guérisseuse.
- ❒ Au frère du magicien déguisé en guérisseuse.

8 ***Comment le conte se termine-t-il ?***

- ❒ Le sorcier africain est vengé par son frère.
- ❒ Aladin vit heureux avec sa femme.
- ❒ La lampe et le génie sont détruits.

Des questions pour aller plus loin

→ *Entrer dans l'univers du conte*

Un conte oriental

1 Où se déroule la plus grande partie de l'histoire ? Relevez dans le texte des indicateurs spatiaux pour justifier votre réponse.

2 **Langue** Quelle est la figure de style employée dans la phrase suivante : « Il avait quitté ce pays quarante ans auparavant et n'avait cessé de voyager à travers les Indes, la Perse, l'Arabie, la Syrie et l'Égypte » (l. 43-46, p. 13) ? Qu'ont en commun les pays évoqués ?

3 Quels éléments du conte signalent son caractère oriental (lieux, personnages, rites, pratiques religieuses, etc.) ?

4 Quel personnage n'appartient pas à cet univers ? D'où vient-il ?

5 Recherchez l'étymologie et le sens du mot « exotisme ». Selon vous, pourquoi l'exotisme de ce récit est-il susceptible de plaire aux lecteurs de l'époque d'Antoine Galland, le traducteur du conte au XVIIIe siècle ?

Un conte merveilleux

6 Reliez chaque personnage à son pouvoir magique. Vous pouvez vous aider d'un dictionnaire :

Personnages	Pouvoirs magiques
Magicien africain •	• Géomancie
Génie de l'anneau •	• Réalisation de tous types de vœux
Génie de la lampe •	• Téléportation
	• Apparition et disparition de lieux (caveau/palais)

7 Quels objets magiques Aladin possède-t-il ? Comment les a-t-il obtenus ?

8 À quels moments du conte Aladin recourt-il aux objets magiques (lampe, anneau) ? Dans le tableau suivant, résumez les passages où il se sert de la magie et précisez s'il utilise la lampe ou l'anneau. Selon vous, fait-il toujours un bon usage de la magie ?

Moments du conte où Aladin recourt à la magie	Lampe	Anneau
1.		
2.		
3.		
4.		
5.		

Zoom sur la quête de l'objet magique (l. 118-163, p. 16-18)

9 Relisez les premières lignes du passage. Quel est l'objet de la quête du héros ? Que doit lui apporter cet objet ?

10 Langue Relevez l'indicateur spatial qui révèle où se trouve l'objet. Précisez sa fonction dans la phrase.

11 Sur l'axe ci-dessous, replacez dans le bon ordre les lieux traversés par Aladin avant d'atteindre la lampe. Comment le personnage se comporte-t-il à l'aller ? et au retour ?

① Niche ② Salles des trésors

③ Terrasse ④ Jardin luxuriant ⑤ Souterrain

12 Pourquoi Aladin reste-t-il prisonnier du caveau ?

Une histoire d'amour mouvementée

13 De quelles qualités Aladin fait-il preuve pour obtenir la main de la princesse Badroulboudour ? Observez le titre du chapitre 4 et de ses sous-parties : quelles remarques pouvez-vous faire sur les adjectifs employés ?

14 Par quelles actions Aladin témoigne-t-il son respect au sultan, le père de son épouse ?

15 Quel incident vient perturber le bonheur d'Aladin marié à la princesse Badroulboudour ? Quelle conséquence ce rebondissement a-t-il pour Aladin ? Grâce à qui le héros échappe-t-il alors à la mort ?

16 Résumez en cinq lignes le dénouement du chapitre 6.
La situation finale du conte est-elle originale ? Pour répondre, appuyez-vous sur votre connaissance des contes merveilleux.

✔ *Rappelez-vous !*

- Les contes des *Mille et Une Nuits*, sont des **contes merveilleux** qui se caractérisent par un **cadre oriental**. En témoignent les décors, les coutumes et le vocabulaire exotique qui s'y rapportent. **La magie** est un ressort essentiel de l'histoire : grâce à elle, Aladin change son destin ; mais le magicien africain tente par tous les moyens de lui nuire.
- Comme dans les autres contes, les personnages sont **stéréotypés** (Aladin est un héros courageux, celle qu'il aime est d'une beauté exceptionnelle). Ils sont entourés de personnages malveillants (le magicien africain et son frère), mais aussi de génies qui les aident. Le héros accède au bonheur après avoir déjoué les pièges qui le menaçaient.

De la lecture à l'expression orale et écrite

Des mots pour mieux s'exprimer

1 ***Complétez les phrases suivantes à l'aide de ces mots. Vous pouvez vous aider des notes de bas de page du conte. Effectuez les accords nécessaires.***

Coupole | Diwan | Djinn | Eunuque

Géomancie | Hammam | Khan | Vizir

a. Au début du conte, le magicien africain invite son prétendu neveu Aladin à dîner au ___________.
b. Le sultan traite les affaires en justice au ___________.
c. Le génie de l'anneau et le génie de la lampe sont des ___________.
d. La princesse Badroulboudour demande à un de ses ___________ de donner la lampe au magicien.
e. Aladin tombe amoureux de la princesse Badroulboudour lorsqu'il la voit se rendre au ___________.
f. Le magicien africain sait ce que son frère est devenu grâce à un carré de sable : il pratique la ___________.
g. Avant de donner sa fille en mariage à Aladin, le calife la destinait au fils du grand ___________.
h. Comme beaucoup de palais orientaux, celui d'Aladin est surmonté d'une ___________.

2 ***Associez à chaque personnage les expressions qui lui correspondent.***

La fille du sultan | Le garnement | Le fils du tailleur | L'oncle prétendu | La jeune princesse | L'odieux personnage | La belle jeune femme | Le traître | Le jeune homme ambitieux

Aladin	La princesse Badroulboudour	Le magicien
_ _ _ _ _ _ _	_ _ _ _ _ _ _	_ _ _ _ _ _ _
_ _ _ _ _ _ _	_ _ _ _ _ _ _	_ _ _ _ _ _ _
_ _ _ _ _ _ _	_ _ _ _ _ _ _	_ _ _ _ _ _ _
_ _ _ _ _ _ _	_ _ _ _ _ _ _	_ _ _ _ _ _ _

La parole est à vous

3 ***Choisissez un passage du conte d'une dizaine de lignes et lisez-le à voix haute de manière vivante et captivante, en suivant l'exemple de Schéhérazade.***

Consignes. Lorsqu'il est isolé du reste du récit, le passage que vous choisissez doit faire sens ; il doit être immédiatement compréhensible. Identifiez les phrases où vous devrez modifier le rythme et le ton de votre parole (pour rendre les dialogues vivants ou pour souligner une tension dramatique). Entraînez-vous en vous enregistrant sur un logiciel audio (type Audacity®), puis réalisez votre lecture devant la classe.

4 ***Aladin vous prête sa lampe merveilleuse et vous permet de formuler trois vœux. Présentez-les à la classe.***

Consignes. Dressez au brouillon la liste de vos vœux, en les classant du moins important au plus important, et exprimez-les à l'impératif: «Génie, fais que...», «Donne-moi...», etc.

À vous d'écrire

5 ***Le chapitre 3 évoque la «beauté parfaite» de la princesse Badroulboudour. Rédigez son portrait.***

Consignes. D'une quinzaine de lignes, votre texte précisera les caractéristiques physiques de la jeune femme. Vous veillerez à organiser votre description et à éviter les répétitions.

6 ***Imaginez le dialogue entre le héros et le sultan après la disparition du palais d'Aladin et de la princesse Badroulboudour (l. 116-143, p. 51-52).***

Consignes. D'une vingtaine de lignes, votre texte respectera la présentation du dialogue (guillemets, tirets, verbes de parole) et traduira les émotions des deux personnages: colère du sultan et incompréhension d'Aladin.

Du texte à l'image

Histoire des arts

- Aladin transporté par le génie, illustration des *Mille et Une Nuits*, début du XIXe siècle.
- Aladin et le magicien, illustration de Thomas Mackenzie, dans Arthur Ransome, *Aladin et sa lampe magique*, Nisbet & Co, Londres, 1919.
- Aladin et le génie de la lampe, illustration d'Edmond Dulac, dans *Sindbad le marin et d'autres contes des Mille et Une Nuits*, éditions Henri Piazza, 1919.

➡ **Images reproduites en page I du cahier photos.**

Lire l'image

1 Qui sont les personnages sur chacune de ces trois images ?

2 Quelles remarques pouvez-vous faire sur leur taille ?

3 Observez leur apparence (costumes, détails physiques) et leur attitude (gestes, actions) : à quel univers ces représentations renvoient-elles ?

Comparer le texte et l'image

4 Observez la première et la troisième image : selon vous, à quels moments du conte correspondent-elles ?

5 Quelles caractéristiques des deux génies du conte retrouve-t-on dans ces images ?

À vous de créer

6 En vous aidant d'Internet et des ressources de votre CDI, recherchez d'autres illustrations de l'« Histoire d'Aladin ou la Lampe merveilleuse ». Sélectionnez-en trois. Utilisez un logiciel de présentation de type PowerPoint® pour les mettre en forme. Projetez votre document et partagez-le oralement avec vos camarades. Vous préciserez la composition de vos images (premier plan, second plan, arrière-plan), situerez les éléments de décor qui s'y trouvent (en haut, à gauche, au centre) et décrirez avec précision les personnages représentés.

7 Si vous étiez l'éditeur de ce conte, parmi les images sélectionnées, laquelle choisiriez-vous pour illustrer sa couverture ? Justifiez votre réponse.

Ali Baba
et les quarante voleurs

Adapté et raconté par Marie-Ange Spire,
d'après la traduction d'Antoine Galland

Chapitre 1

« Sésame, ouvre-toi ! »

Aux confins[1] du royaume, dans une ville de Perse, vivaient deux frères, Cassim et Ali Baba. À la mort de leur vieux père, ils se partagèrent leur maigre héritage. Leur fortune aurait dû être égale : le hasard en décida autrement…

Cassim épousa une femme qui, peu de temps après leur mariage, hérita d'une boutique bien garnie, d'un magasin rempli de diverses marchandises qui améliorèrent rapidement sa situation. Il devint l'un des marchands les plus fortunés de la ville. Ali Baba, au contraire, qui s'était marié à une femme aussi pauvre que lui, était logé fort modestement[2]. Pour gagner sa vie et entretenir[3] sa famille, il était obligé d'aller couper du bois dans une forêt voisine. Il le chargeait sur les trois ânes qu'il possédait pour le vendre en ville.

Un jour, dans la forêt, le bûcheron achevait d'arranger les fagots[4] sur ses bêtes, lorsqu'il aperçut un énorme nuage de poussière qui s'élevait et avançait tout droit du côté

1. **Confins** : parties les plus reculées d'un territoire.
2. **Était logé fort modestement** : vivait dans un logement très simple, sans luxe.
3. **Entretenir** : faire vivre.
4. **Fagots** : morceaux de bois coupés pour faire du feu.

où il se tenait. Il regarda attentivement et distingua une troupe nombreuse de cavaliers qui avançaient bon train[1].

Même si personne n'avait jamais croisé de voleurs dans le pays, Ali Baba pensa que ces individus pouvaient en être. Sans considérer[2] ce que deviendraient ses ânes, il songea[3] à se protéger. Il monta sur un gros arbre, dont les branches, à mi-hauteur, se ramifiaient[4], si près les unes des autres qu'elles n'étaient séparées que par un très petit espace. Il se posta au milieu, avec d'autant plus d'assurance qu'il pouvait voir sans être vu. Isolé de tous les côtés, l'arbre s'élevait au pied d'un rocher imposant si difficile à escalader que personne ne s'y serait risqué[5].

Les cavaliers, grands, puissants, tous bien montés[6] et bien armés, arrivèrent près du rocher, où ils posèrent pied à terre. Ali Baba en compta quarante. À leur mine[7] et à leur équipement, il pensa que ces hommes étaient malhonnêtes. Il ne se trompait pas. En effet, c'étaient des bandits, qui, sans faire aucun tort[8] dans les environs, allaient exercer leurs brigandages[9] très loin. Ils avaient là leur rendez-vous ; et ce qu'ils firent confirma son opinion.

---

1. **Bon train** : ici, à bonne allure.
2. **Considérer** : réfléchir à.
3. **Songea** : pensa.
4. **Se ramifiaient** : se divisaient en d'autres branches.
5. **Personne ne s'y serait risqué** : personne n'aurait essayé.
6. **Bien montés** : assis sur de beaux chevaux.
7. **Mine** : visage.
8. **Sans faire aucun tort** : sans poser problème.
9. **Exercer leurs brigandages** : commettre des vols.

Chaque cavalier débrida[1] son cheval, l'attacha, lui passa au cou un sac plein d'orge[2]. Chacun se chargea d'une grosse malle. Voyant ces hommes courbés par le poids de leur fardeau[3], Ali Baba se demanda ce qu'ils pouvaient bien transporter ainsi.

Il remarqua immédiatement le capitaine des voleurs. Chargé comme les autres, ce dernier s'approcha du rocher, fort près du gros arbre où le bûcheron s'était réfugié. Après que le brigand se fut frayé un chemin[4] au travers de quelques arbrisseaux[5], il s'arrêta et prononça ces paroles :

– Sésame[6], ouvre-toi.

Ali Baba les entendit très distinctement[7] et, à sa grande surprise, constata qu'une porte creusée dans la roche pivotait[8]. Une caverne apparut dans laquelle la troupe s'engouffra[9]. Soudain, la porte claqua derrière le chef qui fermait la marche[10].

Un étrange silence envahit la forêt. Les voleurs demeurèrent longtemps dans la grotte. Ali Baba fut contraint de rester sur l'arbre patiemment. En effet, il craignait d'être repéré si l'un d'entre eux ou si tous ensemble décidaient de sortir pendant qu'il quittait son poste pour se sauver. Il fut tenté néanmoins de descendre pour s'emparer de

---

1. **Débrida** : enleva la bride, partie du harnais qui entoure la tête d'un cheval et aide à le diriger.
2. **Orge** : variété de céréales, ici utilisée pour nourrir les chevaux.
3. **Fardeau** : charge lourde.
4. **Frayé un chemin** : dégagé un passage pour avancer.
5. **Arbrisseaux** : petits arbres.
6. **Sésame** : désigne à l'origine une variété de céréales.
7. **Distinctement** : parfaitement.
8. **Pivotait** : tournait sur elle-même.
9. **S'engouffra** : pénétra.
10. **Fermait la marche** : était le dernier de la file de voleurs.

deux chevaux, en monter un, mener l'autre par la bride, et gagner au plus vite la ville en chassant ses trois ânes devant lui. Mais plongé dans l'incertitude, il prit le parti le plus sûr[1] : attendre.

La porte pivota enfin, les quarante voleurs sortirent. Entré le dernier, le capitaine ouvrait cette fois la marche. Ali Baba redoutait[2] d'être découvert. Il les vit défiler au pied de l'arbre. Il entendit le chef se retourner et prononcer ces paroles :

– Sésame, referme-toi.

Le pan[3] de roche s'ébranla avant de retomber lourdement. Chacun s'approcha de son cheval, le brida, rattacha son sac et remonta dessus. Quand les cavaliers furent prêts, leur chef, à la tête du cortège, reprit avec eux le chemin par où ils étaient venus.

Prudent, le brave homme ne descendit pas de l'arbre. Il pensa : « Ils peuvent avoir oublié quelque chose qui les oblige à revenir, et je me trouverais attrapé si cela arrivait. » Il les suivit du regard jusqu'à ce qu'ils disparaissent à l'horizon.

Le bûcheron attendit longtemps avant de quitter sa cachette. Il voulait être sûr de ne pas les voir surgir à nouveau. Comme il avait retenu les paroles par lesquelles le capitaine des voleurs avait fait ouvrir et refermer la porte, il voulut essayer à son tour et constater si, prononcées par lui, elles feraient le même effet. Il passa au travers des arbrisseaux et aperçut la porte qu'ils cachaient. Face à elle, il dit :

– Sésame, ouvre-toi.

À l'instant même, le lourd panneau de roche s'ébranla.

---

1. **Prit le parti le plus sûr** : choisit la conduite la moins dangereuse.
2. **Redoutait** : avait peur.
3. **Pan** : grand morceau.

Ali Baba se tenait immobile sur le seuil[1]. Il s'était attendu à découvrir un lieu de ténèbres[2] et d'obscurité, mais il fut surpris d'en trouver un bien éclairé, vaste et spacieux, creusé de main d'homme. Une voûte[3] fort élevée recevait la lumière par une large ouverture. Il admira les provisions abondantes[4], les ballots[5] de riches marchandises empilées, les étoffes de soie et de brocart[6], et les tapis de grand prix. Des sacs, des malles et des bourses de cuir remplis d'or et d'argent étaient entassés les uns sur les autres. Émerveillé devant tant de richesses, il supposa que cette grotte avait dû servir de retraite[7] à des voleurs qui s'étaient succédé les uns aux autres depuis des siècles.

Le pauvre bûcheron n'hésita pas une seconde : il pénétra dans la grotte. À peine à l'intérieur, il sursauta au bruit assourdissant[8] que fit la porte en se refermant. Mais cela ne l'inquiéta pas : il connaissait le secret pour l'ouvrir. Il ne s'attacha pas[9] aux pièces d'argent, mais aux pièces d'or, et particulièrement à celles qui étaient dans les sacs. Il en remplit ses poches, puis quelques paniers qu'il chargea sur ses trois ânes rassemblés par ses soins. Pour cacher son butin[10], il disposa du bois par-dessus, de manière qu'on ne pouvait l'apercevoir. Quand il eut achevé son chargement, il avança vers la sortie, et lança :

1. **Seuil** : ici, entrée de la caverne.
2. **Lieu de ténèbres** : endroit très sombre.
3. **Voûte** : plafond arrondi.
4. **Abondantes** : en grande quantité.
5. **Ballots** : colis.
6. **Brocart** : étoffe de soie brodée d'or.
7. **Retraite** : cachette secrète.
8. **Assourdissant** : extrêmement bruyant.
9. **Il ne s'attacha pas** : il ne s'intéressa pas.
10. **Butin** : ensemble des objets volés.

– Sésame, ouvre-toi !

Lentement, la lumière extérieure envahit et illumina[1] la caverne. Ali Baba, une fois dehors, se retourna et imitant le chef des voleurs, il prononça, sur le même ton, ces paroles :

– Sésame, referme-toi !

Il entendit le choc du panneau qui se refermait et constata que le rocher avait repris sa forme originale : aucune trace d'ouverture ne laissait deviner la présence de cet endroit merveilleux.

Cela fait, Ali Baba reprit le chemin de la ville. En arrivant chez lui, il fit entrer ses ânes dans une petite cour puis s'enferma à double tour. Il se débarrassa du peu de bois qui couvrait les sacs. Il les porta à l'intérieur de la maison, les posa et les arrangea devant sa femme qui était assise sur un sofa.

Celle-ci s'approcha des paniers. À la vue de tant de richesses, elle soupçonna son mari de les avoir volées. Quand il eut fini de tout déposer, elle ne put s'empêcher de lui dire :

– Ali Baba, serais-tu assez fou pour… ?

– Bah ! ma femme, l'interrompit-il, ne t'inquiète pas. Je ne suis pas un voleur. Tu cesseras de me soupçonner quand je t'aurai raconté ma bonne fortune[2].

Il vida les sacs. Devant ce gros tas d'or, son épouse fut éblouie. Alors il lui conta toute son aventure, du début à la fin. Lorsqu'il eut achevé son récit, il lui recommanda de garder le secret.

---

1. **Illumina** : remplit de lumière.
2. **Bonne fortune** : chance.

La femme, revenue et guérie de son épouvante[1], se réjouit avec son mari de ce bonheur inattendu. Elle voulut compter, pièce par pièce, tout l'or qui était devant elle.

– Ma femme, lui dit Ali Baba, tu n'es vraiment pas raisonnable : que fais-tu ? Quand vas-tu finir de compter ? Je vais creuser une fosse et y enfouir[2] ce trésor. Nous n'avons pas de temps à perdre.

– Il est bon, reprit l'épouse, que nous en sachions au moins à peu près la quantité. Je vais chercher une petite mesure[3] chez la voisine, et je le mesurerai pendant que tu creuseras la fosse.

– Ma femme, reprit Ali Baba, crois-moi, cela est inutile. Fais néanmoins ce qu'il te plaira. Mais souviens-toi : conserve le secret.

1. **Épouvante** : peur très forte et soudaine.
2. **Enfouir** : enterrer.
3. **Mesure** : récipient permettant de mesurer.

Chapitre 2

Le trésor d'Ali Baba

Pour satisfaire sa curiosité, ignorant les recommandations d'Ali Baba, l'imprudente se rendit chez son beau-frère qui ne demeurait pas loin. Cassim n'était pas chez lui. Sans réfléchir, trop excitée à l'idée de compter ses richesses, elle s'empressa de dire à sa belle-sœur :

– J'ai besoin d'une mesure. Peux-tu m'en prêter une ? Je n'en ai pas pour très longtemps. Je te la rendrai très vite.

– Tu la veux grande ou petite ?

– Petite, je te prie, lui répondit la femme d'Ali Baba en essayant de dissimuler sa joie.

– Bon, attends un moment je vais t'en apporter une.

L'épouse de Cassim disparut pour chercher la mesure et la trouva. Mais, comme elle connaissait la pauvreté d'Ali Baba, elle fut très curieuse de savoir quelle sorte de grain sa femme voulait mesurer. Elle décida, pour cela, d'appliquer adroitement du suif[1] sous la mesure. Puis elle la remit à sa belle-sœur, s'excusant de l'avoir fait attendre en prétendant qu'elle avait eu de la peine à la dénicher[2].

La femme du bûcheron revint chez elle sans tarder. Elle posa la mesure sur le tas d'or, l'emplit et la vida un

1. **Appliquer adroitement du suif** : étaler avec précision de la graisse animale.
2. **Elle avait eu de la peine à la dénicher** : elle avait eu du mal à la trouver.

peu plus loin sur le sofa. Elle répéta l'opération jusqu'aux dernières pièces d'or. Ravie du grand nombre de mesures qu'elle venait de compter, elle en informa son mari. Au même moment, celui-ci achevait de creuser la fosse.

Pendant que le maître de maison enfouissait l'or, son épouse, pour tenir parole, retourna chez sa belle-sœur afin de lui rendre l'objet qu'elle avait emprunté. Mais elle ne prit pas garde[1] qu'une pièce d'or était restée collée sur le fond de la mesure.

– Ma chère, dit-elle en la remerciant, tu vois que je ne l'ai pas gardée longtemps. Tiens, prends-la. Grand merci, je t'en suis bien obligée[2].

À peine eut-elle tourné les talons que la femme de Cassim posa la mesure à l'envers pour la ranger. Quel ne fut pas son étonnement d'y voir une pièce d'or collée par le suif ! La jalousie et l'envie s'emparèrent aussitôt de son cœur.

– Quoi ! marmonna-t-elle, Ali Baba possède de l'or ! Mais où le misérable l'a-t-il pris ? Serait-il devenu riche ? Par quel miracle ?

Son mari était à sa boutique, d'où il ne reviendrait que le soir. Comment allait-elle supporter de l'attendre ? La journée lui parut aussi longue qu'un siècle. Elle était folle d'impatience de lui apprendre une nouvelle dont il ne devait pas être moins surpris qu'elle.

À peine rentré chez lui, le riche marchand fut sidéré[3] d'entendre sa femme l'interpeller sur un ton de reproche :

---

1. **Elle ne prit pas garde** : elle ne fit pas attention au fait.
2. **Obligée** : ici, reconnaissante.
3. **Sidéré** : très surpris.

– Vous croyez être riche. Vous vous trompez ! Ali Baba l'est infiniment plus que vous. Lui ne compte pas son or comme vous, il le mesure.

– Parle sans énigme, lui ordonna Cassim. Que veux-tu dire ?

– Eh bien, sachez que j'ai reçu la visite de la femme de votre frère qui me demandait de lui prêter une mesure. Par curiosité, sans l'en informer, j'ai enduit l'objet de suie[1]. Voyez donc ce que l'innocente a rapporté sans le savoir : une pièce de monnaie si ancienne, que je ne peux même pas lire le nom du prince gravé sur l'une des faces !

Loin d'être sensible au bonheur qui pouvait être arrivé à son frère en le tirant de la misère, Cassim en conçut une jalousie mortelle. Il passa toute la nuit sans dormir. Le lendemain, à l'aube, il alla chez celui qu'il n'appelait plus frère. Il avait oublié ce nom depuis qu'il était marié à une riche veuve.

– Ali Baba, l'apostropha-t-il[2], tu es bien cachottier ! Tu joues le pauvre, le misérable, le gueux[3] et tu comptes ton or !

– Mon frère, reprit le bûcheron, je ne saisis pas ce que tu veux me dire. Explique-toi donc.

– Ne fais pas l'ignorant, répliqua Cassim, en agitant la pièce d'or que sa femme lui avait mise entre les mains. Avoue-moi plutôt combien tu possèdes de pièces semblables à celle-ci. Nous l'avons trouvée collée sous la mesure que ta femme est venue emprunter hier.

À ce discours, Ali Baba comprit qu'il était inutile de continuer de cacher ce que l'imprudence de son épouse

1. **Enduit l'objet de suie** : recouvert l'objet de cendre grasse et épaisse.
2. **L'apostropha-t-il** : s'adressa-t-il à lui brutalement.
3. **Gueux** : personne très pauvre.

avait révélé à ces envieux. La faute commise ne pouvait être réparée. Sans montrer la moindre marque d'étonnement ni de chagrin, le brave homme raconta son aventure à Cassim, par quel hasard il avait découvert la cachette des voleurs et en quel endroit. Enfin il lui offrit, s'il voulait garder le secret, de partager avec lui ses nouvelles richesses.

– Je l'entends bien ainsi[1], menaça le jaloux. Mais, je veux savoir aussi où se trouve précisément ce trésor. Il faut que tu m'indiques comment je pourrais entrer dans cette cachette, si j'en avais envie ; autrement je raconterai tout à la justice. Si tu refuses, tu n'auras plus à rien à espérer : tu perdras ce que tu as pris dans la grotte et moi je serai récompensé pour t'avoir dénoncé.

Les menaces insolentes d'un frère barbare n'intimidèrent pas[2] Ali Baba qui, plutôt par bon naturel[3], lui transmit toutes les informations. Il lui révéla également les paroles qu'il avait entendues, indispensables pour entrer et sortir de la grotte.

Cassim n'en demanda pas davantage. Il le quitta, rêvant de s'emparer du trésor pour lui seul.

---

1. **Je l'entends bien ainsi** : je suis bien d'accord avec ceci.
2. **N'intimidèrent pas** : ne firent pas peur.
3. **Par bon naturel** : parce qu'il a bon caractère.

Chapitre 3

L'oubli fatal[1]

Le lendemain, Cassim part de bon matin avec dix mulets[2] chargés de grands coffres qu'il a bien l'intention de remplir. Avant même d'avoir entamé cette expédition, il a déjà prévu de revenir avec encore plus de mulets lors d'un second voyage.

Il prend le chemin indiqué par Ali Baba, arrive près du rocher et reconnaît l'arbre sur lequel son frère s'est caché. Il cherche la porte, la trouve et prononce alors la formule magique :

– Sésame, ouvre-toi !

Le panneau rocheux pivote lourdement. Cassim se précipite à l'intérieur.

Aussitôt le voilà enfermé. En examinant la grotte, le marchand est ébloui de découvrir beaucoup plus de richesses qu'il ne l'avait imaginé. Son émerveillement grandit au fur et à mesure qu'il examine chaque chose en particulier. Avare[3] et cupide comme il est, il pourrait passer la journée à contempler ce trésor. Mais il ne doit pas oublier qu'il est venu pour prendre sa part et charger ses dix mulets.

---

1. **Fatal** : qui entraîne le malheur.
2. **Mulets** : animaux nés du croisement d'un âne et d'une jument.
3. **Avare** : qui aime accumuler de l'argent et ne partage pas ses richesses.

Il remplit donc un grand nombre de sacs, autant qu'il en peut porter. Mais, horreur ! En se présentant devant la porte, il n'arrive plus à se rappeler la formule nécessaire pour la faire ouvrir. Au lieu de : « Sésame », il dit : « Orge, ouvre-toi ! » Très étonné de voir que la porte ne s'ouvre pas, il essaie d'autres noms de grains, mais pas celui qu'il faut, et la porte ne bouge toujours pas.

Cassim ne s'attendait pas à cela. Face au grand danger qui le menace, la frayeur le saisit, et plus il fait d'efforts pour se souvenir du mot de « Sésame », plus il s'embrouille. Impossible de retrouver la formule magique ! On croirait qu'il ne l'a jamais sue. Il jette par terre les sacs dont il est chargé. Il fait les cent pas dans la grotte, tantôt d'un côté, tantôt de l'autre, et toutes les richesses qui l'entourent ne lui font plus aucun effet. Mais laissons ce jaloux pleurnicher sur son sort : il ne mérite pas de compassion[1].

Vers midi, les voleurs revinrent à la grotte. En s'approchant du lieu, ils aperçurent les mulets du marchand qui paissaient[2] librement près du rocher, chargés de coffres vides. Inquiets, les bandits avancèrent à toute bride[3] et firent prendre la fuite aux dix bêtes que le propriétaire avait négligé d'attacher. Effrayés, les ânes se dispersèrent dans la forêt, si loin qu'ils furent bientôt hors de vue.

Les brigands ne se donnèrent pas la peine de leur courir après : il leur importait davantage de trouver celui à qui ces animaux appartenaient. Pendant que certains tournaient autour du rocher pour chercher l'imprudent, le capitaine,

---

1. **Compassion** : sentiment qui consiste à partager les souffrances d'autrui.
2. **Paissaient** : broutaient l'herbe.
3. **À toute bride** : à toute vitesse.

avec les autres, mit pied à terre, alla droit à la porte, le sabre à la main, et prononça les paroles attendues.

La porte s'ouvrit.

Du fond de la caverne, Cassim avait entendu le bruit des chevaux. Réalisant que les voleurs étaient de retour, il ne douta point que sa fin était proche. Il devait tout tenter pour leur échapper et se sauver ! Il se posta près de la porte, prêt à se précipiter dehors quand elle s'ouvrirait. Dès qu'elle pivota, reconnaissant au passage le mot de « Sésame » qui avait échappé à sa mémoire, il se rua[1] dehors si brusquement qu'il renversa le capitaine par terre. Mais les autres voleurs, le sabre à la main, se jetèrent sur lui et lui ôtèrent la vie sur-le-champ.

Le premier soin[2] de ces brigands, après cette exécution, fut de se précipiter dans la grotte : ils trouvèrent près de l'entrée les sacs que Cassim avait préparés pour en charger ses mulets. Ils les remirent à leur place, sans remarquer qu'il manquait ceux qu'Ali Baba avait emportés auparavant.

En tenant conseil et en délibérant[3] sur cet événement, ils comprirent comment Cassim avait pu sortir de la caverne. Pourtant le mystère demeurait entier : de quelle manière y était-il entré ? Peut-être était-il descendu par le haut de la grotte… Non. Impossible : l'ouverture par où le jour pénétrait était trop élevée, et le haut du rocher était inaccessible[4] de l'extérieur ! Ils écartèrent cette hypothèse. L'homme était tout simplement entré par la porte ! Mais comment avait-il

1. **Se rua** : se précipita.
2. **Premier soin** : première idée.
3. **En tenant conseil et en délibérant** : en se réunissant et en discutant.
4. **Inaccessible** : impossible à atteindre.

réussi à l'ouvrir sans prononcer les paroles secrètes qu'eux seuls connaissaient ? Ne se doutant pas qu'ils avaient été épiés[1] par Ali Baba, et que c'était lui qui les avait entendues, ils ne parvinrent pas[2] à trouver une explication à cette énigme.

Qu'importe ! Dorénavant, il faudrait redoubler de précautions et mettre en sécurité leurs richesses communes. Ils convinrent[3] de découper en quatre quartiers le cadavre de Cassim. Ils les disperseraient près de la porte, à l'intérieur de la grotte, deux d'un côté, deux de l'autre, afin d'épouvanter quiconque aurait la hardiesse de vouloir y entrer[4].

Quand ils eurent achevé leur horrible besogne[5], ils fermèrent soigneusement leur retraite. Puis, sautant à cheval, ils regagnèrent les routes fréquentées par les caravanes[6], afin de les attaquer et d'exercer leurs brigandages habituels.

1. **Épiés** : observés en secret.
2. **Ne parvinrent pas** : ne réussirent pas.
3. **Convinrent** : se mirent d'accord pour, décidèrent.
4. **Aurait la hardiesse de vouloir y entrer** : oserait y entrer.
5. **Besogne** : tâche, mission.
6. **Caravanes** : convois de personnes, généralement à cheval et chargés de marchandises.

Chapitre 4

Morgiane la rusée

Pendant ce temps, la femme de Cassim était très inquiète de ne pas voir son époux de retour à la maison. Lorsque la nuit fut bien avancée, elle n'y tint plus[1] et se rendit chez Ali Baba.

Bouleversée, elle lui confia :

– Beau-frère, tu n'ignores pas que ton frère est allé dans la forêt. Tu sais pourquoi… Hélas, il n'est pas encore revenu, et la nuit est tombée. Je crains que quelque malheur ne lui soit arrivé.

Ali Baba s'était douté de cette expédition après la conversation qu'il avait eue avec son frère. Pour cette raison, il s'était abstenu d'aller[2] dans la forêt ce jour-là, afin de ne pas le déranger. Il la rassura :

– Rentre chez toi, chère belle-sœur. Il est trop tôt pour t'inquiéter. Cassim a certainement jugé qu'il fallait être très prudent. Il vaut mieux rentrer en ville à une heure tardive pour ne pas risquer de faire une mauvaise rencontre.

– Tu as raison, Ali Baba, acquiesça-t-elle. Mon mari aura voulu attendre que tout le monde soit endormi pour échapper aux regards indiscrets.

1. **Elle n'y tint plus** : elle ne put plus attendre.
2. **Il s'était abstenu d'aller** : il n'était pas allé.

– Sois patiente. Je suis sûr qu'il sera là avant minuit, lui conseilla Ali Baba.

Réconfortée par les paroles du bûcheron, l'épouse de Cassim retourna chez elle. Mais une fois passé minuit, ses angoisses redoublèrent, d'autant plus aiguës[1] qu'elle ne pouvait les exprimer ni les soulager par des cris. Elle avait bien compris qu'il ne fallait pas que le voisinage se doute de quelque chose. S'il était arrivé malheur à son mari, jamais elle ne se pardonnerait sa folle curiosité ! Elle n'aurait jamais dû s'immiscer dans les affaires[2] de son beau-frère et de sa belle-sœur.

Elle passa la nuit à pleurer et à se lamenter[3]. Puis, dès les premières lueurs du jour, elle courut chez ses parents[4] et leur annonça la terrible nouvelle : Cassim n'était pas rentré.

Ali Baba n'attendit pas que sa belle-sœur le supplie d'aller voir ce que Cassim était devenu. Il partit sur-le-champ avec ses trois ânes, et il se dirigea vers la forêt.

En chemin, il ne croisa ni son frère ni ses dix mulets. Mais, en approchant du rocher, il aperçut des traces de sang près de la porte. Un mauvais pressentiment[5] l'envahit.

– Sésame, ouvre-toi ! ordonna-t-il.

À peine ces paroles prononcées, le panneau rocheux s'ébranla.

1. **Aiguës** : ici, fortes.
2. **S'immiscer dans les affaires** : s'occuper des affaires.
3. **Se lamenter** : se plaindre.
4. **Parents** : ici, personnes avec lesquelles on a un lien de parenté ; son beau-frère et sa belle-sœur.
5. **Pressentiment** : intuition.

Ali Baba fut pétrifié d'horreur[1] en découvrant le triste spectacle du corps de Cassim, découpé en quatre quartiers. Mais il se ressaisit très vite. Il devait rendre les derniers honneurs[2] à son frère défunt, malgré le peu d'affection qu'il éprouvait pour lui. Il trouva de quoi faire deux paquets des quatre morceaux, qu'il cacha avec du bois dans les paniers portés par l'un de ses ânes. Puis il chargea les deux autres de sacs pleins d'or et disposa des branchages par-dessus, comme il l'avait fait la première fois, sans perdre de temps. Dès qu'il eut achevé sa tâche et qu'il eut commandé à la porte de se refermer, il reprit le chemin de la ville.

Ali Baba prit la précaution de s'arrêter, à la sortie de la forêt, assez de temps pour ne rentrer chez lui qu'à la nuit tombée. En arrivant, il fit pénétrer les deux bêtes chargées d'or dans la cour. Après avoir laissé à sa femme le soin de les décharger, le bûcheron l'informa brièvement de ce qui était arrivé à Cassim, et conduisit l'autre âne chez sa belle-sœur.

Là, le brave homme fut accueilli par Morgiane : c'était une esclave adroite[3], rusée, et habile. Très vive, elle était douée pour réussir les tâches les plus difficiles. Ali Baba avait entendu vanter ses qualités remarquables. Quand il fut entré dans le patio[4], il déchargea sa mule du bois et des deux paquets qu'elle portait.

Puis il se pencha vers la domestique qui se tenait debout à ses côtés et lui chuchota à l'oreille :

---

1. **Pétrifié d'horreur** : figé par la peur.
2. **Rendre les derniers honneurs** : rendre hommage à une personne décédée, lui témoigner une dernière fois son affection et son respect.
3. **Adroite** : précise.
4. **Patio** : cour intérieure d'une maison.

– Morgiane, la première chose que je te demande, c'est de garder un important secret: tu vas voir combien il nous est nécessaire d'être discrets, à ta maîtresse comme à moi. Voilà le corps de ton maître dans ces deux paquets. Il s'agit de l'enterrer comme s'il était mort de sa mort naturelle. Accompagne-moi pour annoncer cette triste nouvelle à ma belle-sœur, et sois attentive à ce que je lui dirai.

Lorsque l'épouse de Cassim sut qu'Ali Baba désirait la rencontrer, elle le fit entrer.

– Eh bien, beau-frère, interrogea la pauvre femme avec une grande impatience, quelle nouvelle apportes-tu de mon mari ? Aucun signe sur ton visage qui puisse me rassurer !

– Pauvre femme, répondit Ali Baba, il faut d'abord me promettre de m'écouter, du début jusqu'à la fin de mon récit, sans ouvrir la bouche. Il est essentiel, pour toi comme pour moi, de garder le silence, pour ton bien et pour ton repos. Personne ne doit se douter de ce qui est arrivé.

– Ah ! s'émut la veuve sans élever la voix, j'ai compris: mon mari n'est plus ! Dis, je t'écoute.

Ali Baba lui raconta les détails de son expédition.

– C'est un grand malheur pour toi, ajouta-t-il, d'autant plus grand que tu ne t'y attendais pas. Rien ne pourra te consoler de cette perte[1] irréparable, mais je t'offre de joindre au tien le peu de bien que Dieu m'a envoyé, en t'épousant. Ma femme n'en sera pas jalouse et vous vivrez bien ensemble. Si la proposition te convient, il faut faire croire à chacun que mon frère est mort de sa mort naturelle. Tu peux compter sur Morgiane pour t'aider à dissimuler

1. **Perte**: ici, mort.

la vérité, et je ferai tout ce que je peux de mon côté pour que le secret soit bien gardé.

Quel meilleur parti[1] pouvait prendre la veuve de Cassim que celui qu'Ali Baba lui proposait ? Elle possédait déjà les biens qui lui revenaient de la mort de son premier mari, et elle pouvait augmenter ses richesses grâce à la découverte du trésor qu'il avait faite. Elle ne refusa pas la proposition ; elle la regarda, au contraire, comme un motif[2] raisonnable de consolation.

En essuyant ses larmes qu'elle avait commencé de verser en abondance, en arrêtant les cris perçants ordinaires aux femmes qui ont perdu leurs maris, elle montra à son beau-frère qu'elle acceptait son offre.

Le bûcheron laissa la veuve de Cassim dans cette disposition[3]. Après avoir recommandé à Morgiane de bien s'acquitter de son rôle, le brave homme retourna chez lui avec son âne.

La fidèle servante ne perdit pas un instant. Elle sortit en même temps qu'Ali Baba et alla chez un apothicaire installé dans le voisinage.

Elle frappe à la boutique, on lui ouvre. Elle demande une sorte de remède très efficace contre les maladies les plus dangereuses. Le marchand lui en donne pour son argent et l'interroge : qui est malade chez son maître ?

– Ah ! dit-elle avec un grand soupir, c'est Cassim lui-même, mon bon maître ! On ne comprend rien à cette maladie : il ne parle plus et ne veut plus rien manger.

1. **Parti** : décision, choix.
2. **Motif** : cause.
3. **Disposition** : état d'esprit.

Sur ces mots, elle emporte le traitement dont, à la vérité, Cassim n'est plus en état de faire usage[1].

Le lendemain, la même Morgiane revient chez le même apothicaire et l'implore, les larmes aux yeux, de lui vendre une essence[2] qu'on avait coutume d'administrer[3] aux malades à la dernière extrémité[4]; si cette essence ne les faisait pas revivre, c'est qu'il n'y avait plus rien à espérer.

– Hélas ! dit-elle avec une grande affliction[5] en la recevant des mains du commerçant, je crains fort que ce remède ne fasse pas plus d'effet que le précédent ! Ah ! Comme je regrette de perdre un maître si bienveillant !

Par ailleurs, on vit toute la journée Ali Baba et sa femme, d'un air triste, faire plusieurs allées et venues chez leurs voisins. On ne fut donc pas étonné, le soir venu, d'entendre les cris et les lamentations[6] de l'épouse et surtout ceux de la domestique.

Ils annonçaient que Cassim était mort.

Le lendemain, à l'aube, alors que le jour ne faisait que poindre[7], Morgiane sortit. Elle alla trouver, sur la place, un savetier[8] fort vieux, qui ouvrait tous les jours sa boutique le premier, longtemps avant les autres. En l'abordant et en le saluant, elle lui glissa une pièce d'or dans la main.

---

1. **N'est plus en état de faire usage** : ne peut plus servir.
2. **Essence** : extrait de plante.
3. **D'administrer** : de donner.
4. **À la dernière extrémité** : sur le point de mourir.
5. **Affliction** : grande douleur.
6. **Lamentations** : plaintes fortes et prolongées entendues lors des funérailles musulmanes.
7. **Poindre** : commencer à apparaître.
8. **Savetier** : artisan qui répare des chaussures.

Baba Moustafa, connu de tout le monde sous ce nom, était naturellement gai et avait toujours le mot pour rire. Il regarda l'écu qu'il venait de recevoir. À la faible lueur du jour, il se rendit compte que c'était de l'or.

– Bonne étrenne[1] ! s'étonna-t-il. De quoi s'agit-il ? Me voilà prêt à bien faire.

– Baba Moustafa, répondit Morgiane d'un ton ferme, prenez ce qui vous est nécessaire pour coudre, et suivez-moi promptement[2]. Cependant je vous banderai les yeux quand nous serons arrivés là où je dois vous mener.

Lorsqu'elle se tut, le vieillard fit le difficile.

– Oh ! oh ! reprit-il, vous voulez donc me faire faire quelque chose contre ma conscience[3] ou contre mon honneur ?

– Dieu nous protège, s'exclama la jeune femme en lui mettant une autre pièce d'or dans la main. Je n'exige rien de vous que vous ne puissiez faire en tout honneur ! Venez seulement, et ne craignez rien.

Le vieillard se laissa conduire. En cours de route, Morgiane lui banda les yeux avec un mouchoir et le mena chez son défunt maître. Elle ne lui ôta le bandeau que dans la chambre où elle avait mis le corps, en disposant chaque quartier à sa place. Après lui avoir rendu la vue, elle lui expliqua avec autorité :

– Baba Moustafa, c'est pour vous faire coudre les pièces que voilà que je vous ai amené ici. Ne perdez pas de temps. Quand vous aurez fini, je vous donnerai une autre pièce d'or.

---

1. **Bonne étrenne** : beau cadeau.
2. **Promptement** : rapidement.
3. **Contre ma conscience** : contre mes valeurs.

Quand le travail fut achevé, Morgiane prit un mouchoir qu'elle noua de nouveau autour de la tête du vieux savetier. Elle lui donna la troisième pièce d'or promise et lui recommanda le secret. Elle le ramena alors à l'endroit où elle lui avait bandé les yeux. Là, après l'avoir libéré de son bandeau, elle le laissa retourner chez lui. Pendant un long moment, elle suivit le vieil homme du regard jusqu'à ce qu'il disparaisse. Elle voulait l'empêcher de revenir sur ses pas pour la surveiller.

De retour à la maison, la fidèle servante avait fait chauffer de l'eau pour laver le corps de Cassim. Ali Baba, qui arriva juste après elle, le nettoya, le parfuma d'encens[1] et l'ensevelit[2] selon la tradition. Morgiane reçut à la porte le menuisier qui apportait le cercueil qu'on avait commandé. Pour que l'étranger ne s'aperçoive de rien, elle le paya et le renvoya très vite sans lui laisser le temps d'entrer. Ensuite, elle aida son nouveau maître à déposer le corps de son frère dans la caisse et, pendant qu'il clouait les planches pour la sceller[3], elle alla à la mosquée avertir que tout était prêt pour l'enterrement. Les gens chargés de laver les corps des morts lui offrirent leurs services. Mais elle refusa, prétextant que c'était déjà fait.

Un peu plus tard, chez sa maîtresse, elle accueillit l'imam[4] accompagné de religieux. Quatre voisins chargèrent le cercueil sur leurs épaules ; et, en suivant l'imam qui récitait des prières, ils se dirigèrent vers le cimetière.

1. **Encens** : résine aromatique d'origine orientale, qui dégage une odeur forte quand on la brûle.
2. **L'ensevelit** : l'entoura d'un tissu.
3. **Sceller** : ici, fermer définitivement.
4. **Imam** : musulman qui tient le rôle de chef de la prière dans une mosquée.

Morgiane, en pleurs comme il convient à l'esclave d'un défunt, suivit le cortège, la tête nue, en poussant des cris pitoyables[1], en se frappant la poitrine de grands coups et en s'arrachant les cheveux. Ali Baba marchait derrière, accompagné de ses proches qui, tour à tour, se détachaient du groupe pour aider à porter le cercueil jusqu'au cimetière. Quant à l'épouse, elle resta chez elle, inconsolable, poussant des cris aigus avec les femmes du quartier. Selon la coutume, celles-ci avaient accouru pendant la cérémonie pour joindre leurs lamentations aux siennes. Une grande tristesse s'empara de la ville.

De la sorte, la mort tragique de Cassim fut si bien dissimulée par sa veuve, Morgiane, Ali Baba et sa femme que personne n'en eut le moindre soupçon.

Trois ou quatre jours après l'enterrement, une nuit, Ali Baba transporta le peu de meubles qu'il possédait et l'argent dérobé[2] au trésor des voleurs dans la maison de la veuve pour s'y établir. Ainsi fut rendu public son nouveau mariage avec sa belle-sœur. Et comme ces sortes de mariage ne sont pas extraordinaires dans notre religion[3], personne n'en fut surpris.

---

1. **Pitoyables**: qui provoquent la pitié.
2. **Dérobé**: volé.
3. La polygamie, le fait d'épouser plusieurs femmes, est évoquée dans le livre sacré de la religion musulmane: « *Si vous craignez d'être injustes pour les orphelins, épousez des femmes qui vous plaisent. Ayez-en deux, trois ou quatre, mais si vous craignez d'être injustes, une seule ou bien des esclaves de peur d'être injustes.* » (Coran, sourate 4, verset 3)

Quant à la boutique de son frère, Ali Baba la confia à son fils qui, depuis quelque temps, avait achevé son apprentissage chez un riche marchand très satisfait de sa bonne conduite.

– Te voilà devenu un jeune homme capable de te gouverner[1] avec sagesse, déclara le père d'un ton solennel[2]. C'est à toi de reprendre les affaires de ton pauvre oncle défunt. Je te fais la promesse, si tu réussis en affaires, de te trouver un bon parti[3] et de te marier très vite.

1. **Te gouverner** : prendre tes propres décisions.
2. **Solennel** : grave et sérieux.
3. **Un bon parti** : personne, homme ou femme, avec laquelle il est avantageux de se marier.

Chapitre 5

Des voleurs bernés[1]

Laissons Ali Baba jouir des premiers temps de sa bonne fortune[2], et parlons des quarante voleurs.

Ils retournèrent à leur retraite de la forêt quelques jours plus tard, comme ils l'avaient prévu. Mais ils furent très étonnés de ne pas y trouver le corps de Cassim. Leur désarroi[3] s'accentua quand ils constatèrent que le nombre de sacs d'or entassés dans la grotte avait diminué.

– Nous sommes découverts ! s'exclama le capitaine. Si nous n'y prenons garde, nous sommes perdus !

– Dénichons le coupable, renchérit l'un des brigands, ou nous perdrons toutes les richesses amassées si péniblement par nos ancêtres et par nous-mêmes.

– Pour l'instant, nous ne sommes certains que d'une chose, déclara leur chef : le voleur que nous avons surpris a bien découvert notre secret.

– Heureusement que nous sommes arrivés à point nommé[4], au moment où il allait sortir, interrompit un autre homme.

---

1. **Bernés** : trompés, piégés.
2. **Bonne fortune** : heureuse situation, chance.
3. **Désarroi** : trouble.
4. **À point nommé** : au bon moment.

– Mais il n'était pas seul, poursuivit le capitaine, il doit avoir un complice ! Son corps emporté et notre trésor diminué en sont la preuve. Apparemment, ils sont deux. Nous avons tué le premier, il nous faut trouver le deuxième pour l'éliminer à son tour. Qu'en dites-vous, mes braves ? N'êtes-vous pas du même avis que moi ?

Cette proposition fut trouvée si raisonnable par ses amis qu'ils l'approuvèrent tous et qu'ils tombèrent d'accord : il fallait abandonner tout autre projet pour s'attacher uniquement à celui-ci. Ils ne pourraient continuer leur commerce qu'une fois le mystère résolu.

– Je n'en attendais pas moins de votre courage, reprit le capitaine. Mais avant toute chose, il faut que quelqu'un parmi vous, hardi, adroit et entreprenant[1], se rende en ville, sans armes et déguisé en voyageur.

– Nous sommes tous volontaires ! s'exclamèrent d'une seule voix les brigands.

– Attendez, je n'ai pas fini : celui qui sera désigné emploiera tout son savoir-faire pour découvrir si on n'y parle pas de la mort étrange de celui que nous avons massacré comme il le méritait. Il faudra se renseigner sur qui il était et en quelle maison il demeurait.

– Allons sur-le-champ obtenir toutes ces informations ! s'écrièrent ses compagnons.

– Attention, avertit le chef, nous n'avons pas le droit à l'erreur. Ne dévoilons pas notre présence dans ce pays où nous sommes inconnus depuis si longtemps. Nous avons grand intérêt à le rester. La mission est délicate. Avant de vous engager, écoutez bien ce que j'ai à vous dire. Pour

1. **Entreprenant** : qui prend des initiatives.

empêcher celui qui sera désigné de se tromper, pour qu'il ne vienne pas nous rapporter de fausses nouvelles qui causeraient notre perte, je propose qu'il subisse la peine de mort en cas d'erreur.

– Je suis d'accord, approuva l'un des voleurs sans attendre que les autres donnent leur avis. C'est un honneur pour moi d'exposer ma vie en me portant volontaire pour accomplir cette mission. Si je n'y réussis pas, vous vous souviendrez au moins que je n'aurai manqué ni de bonne volonté ni de courage pour le bien commun[1].

Cet homme, après avoir reçu les louanges du capitaine et de ses camarades, se déguisa de manière que personne ne puisse le reconnaître plus tard.

En quittant le groupe, il partit la nuit. Il prit son temps et entra dans la ville au petit matin. Il avança jusqu'à la place, où il ne vit qu'une seule boutique ouverte : c'était celle de Baba Moustafa.

Le savetier était assis sur son siège, l'alêne[2] à la main, prêt à travailler. Le voleur l'aborda en lui souhaitant une bonne journée, et remarqua son grand âge.

– Bonhomme, lui dit-il, vous commencez très tôt ; il n'est pas possible que vous y voyiez bien, âgé comme vous l'êtes ; et, même s'il faisait plus clair, je doute que vous ayez d'assez bons yeux pour coudre.

– Qui que vous soyez, répondit le vieil homme, il faut que vous ne me connaissiez pas. J'ai beau être vieux, je n'en ai pas moins une vue excellente. Vous n'en douterez plus

1. **Pour le bien commun** : pour notre bien à tous.
2. **Alêne** : outil de cordonnier pour percer le cuir.

quand vous apprendrez que, il n'y a pas très longtemps, j'ai cousu un mort dans un lieu où il ne faisait guère plus clair que présentement[1].

Le brigand ressentit une grande joie. Voilà que, sans le vouloir, il s'était adressé immédiatement à la bonne personne ! Sans le savoir, le vieil homme venait de lui livrer une précieuse information…

– Un mort ? reprit-il, feignant[2] la surprise.

– Oui, monsieur, un mort, répondit fièrement le vieillard.

– Pourquoi coudre un mort ? s'étonna le voleur pour obtenir plus de détails. Vous voulez dire, sans doute, que vous avez cousu le linceul[3] dans lequel il a été enseveli.

– Non, non, rétorqua Baba Moustafa : je sais bien ce que je veux dire. Vous voulez me faire parler, mais vous n'en saurez pas davantage.

Le voleur n'avait pas besoin d'éclaircissement[4] pour être persuadé qu'il avait découvert ce qu'il était venu chercher.

Il tira une pièce d'or qu'il glissa dans la main du savetier en lui disant :

– Je n'ai garde de vouloir[5] entrer dans votre secret. Pourtant, si vous me le confiez, je peux vous assurer que je ne le divulguerai[6] pas. La seule chose dont je vous prie, c'est me faire la grâce[7] de m'indiquer ou me montrer la maison où vous avez cousu ce mort.

1. **Présentement** : maintenant.
2. **Feignant** : faisant semblant de.
3. **Linceul** : tissu dans lequel est enseveli un mort.
4. **Éclaircissement** : précisions.
5. **Je n'ai garde de vouloir** : je ne veux pas.
6. **Divulguerai** : révélerai.
7. **Me faire la grâce** : me faire le plaisir.

– Même si j'avais la volonté de vous accorder ce que vous me demandez, répliqua le vieil homme en tenant la pièce d'or, prêt à la rendre, je vous assure que je ne pourrais pas le faire.

– Et pourquoi donc?

– Vous devez me croire sur parole. En voici la raison: c'est qu'on m'a mené jusqu'à une certaine place où l'on m'a bandé les yeux. De là, je me suis laissé conduire jusqu'à la maison. Après avoir fini ce que j'avais à faire, on me ramena de la même manière au même endroit. Vous voyez que je suis dans l'incapacité de vous rendre service.

– Au moins, reprit le voleur, vous devez vous souvenir à peu près du chemin que vous avez parcouru les yeux bandés. Venez, je vous prie, avec moi. Je vous nouerai[1] un bandeau autour de la tête au même endroit. Puis nous marcherons ensemble et nous emprunterons le même chemin et les mêmes détours. Vous verrez, la mémoire vous reviendra. Comme toute peine mérite récompense, voici une autre pièce d'or. Venez, faites-moi le plaisir que je vous demande.

Les deux pièces d'or tentèrent Baba Moustafa. Il les regarda quelques instants dans sa main sans dire mot, réfléchissant à l'attitude qu'il devait adopter. Il tira enfin sa bourse de sa poche pour y glisser les écus. Il baissa la tête et marmonna:

– Je ne vous promets pas que je me souvienne précisément du chemin; mais, puisque vous le voulez ainsi, allons; je ferai ce que je pourrai.

Le vieillard se leva, à la grande satisfaction du voleur; et sans fermer sa boutique, où il n'y avait rien de précieux à

1. **Nouerai**: attacherai.

voler, il mena le brigand avec lui à l'endroit où Morgiane lui avait bandé les yeux.

– C'est ici, indiqua le savetier, qu'on m'a ôté la vue ; et j'étais placé comme vous me voyez.

– Voilà un mouchoir qui fera bien l'affaire, lui dit le bandit. Restez comme vous êtes pour que je le noue afin de vous cacher les yeux. Maintenant, essayons de retrouver le chemin.

Ils marchèrent côte à côte, l'un conduisant l'autre et réciproquement[1]. Après quelques hésitations, le vieil homme s'arrêta.

– Il me semble, dit Baba Moustafa, que je n'ai point été plus loin.

Et il se trouvait en effet exactement devant la maison de Cassim où Ali Baba demeurait alors.

Avant de lui ôter le bandeau, le voleur traça furtivement[2] une marque sur la porte avec de la craie qu'il tenait prête dans une poche.

– Sais-tu à qui appartient cette maison ? demanda-t-il au savetier en lui rendant la vue.

– Comment veux-tu que je le sache ? Je ne suis pas du quartier, répondit le vieil homme en secouant la tête.

Voyant qu'il ne pourrait en apprendre davantage, le brigand remercia Baba Moustafa de la peine qu'il lui avait fait prendre[3]. Après qu'il l'eut quitté et laissé retourner à sa boutique, il reprit le chemin de la forêt, persuadé qu'il serait accueilli comme un héros.

---

1. **Et réciproquement** : et inversement ; l'autre se laissant guider.
2. **Furtivement** : de façon discrète et rapide.
3. **De la peine qu'il lui avait fait prendre** : du mal que Baba Mustafa s'était donné.

Le matin même, Morgiane sortit de la maison d'Ali Baba pour quelque affaire. En revenant, elle remarqua le signe laissé sur la porte. Elle s'arrêta pour l'examiner.

« Que signifie cette marque ? s'étonna-t-elle. Quelqu'un voudrait-il du mal à mon maître, ou l'a-t-on faite pour se divertir ? Quelle que soit l'intention de son auteur, il est bon de se méfier. »

Elle prit aussitôt une craie. Et comme les portes voisines étaient semblables, sur chaque entrée elle reproduisit le même signe au même endroit. Puis elle rentra chez elle, sans parler de ce qu'elle venait de faire, ni à son maître ni à sa maîtresse.

Le voleur cependant, qui continuait son chemin, atteignit la forêt et rejoignit ses compagnons.

En arrivant, il fit part du succès de son voyage, en exagérant la chance qu'il avait eue d'avoir trouvé si vite l'homme qui avait pu parfaitement le renseigner.

Il fut écouté avec une grande satisfaction et félicité par le capitaine pour son extrême sérieux. Quelle efficacité !

– Mes chers compagnons, poursuivit le chef en s'adressant à ses hommes, nous n'avons pas de temps à perdre. Partons bien armés, mais sans que cela se voie. Nous nous séparerons à l'entrée de la ville pour ne pas éveiller les soupçons ; les uns iront d'un côté, les autres de l'autre. Nous nous retrouverons sur la grande place. Pendant ce temps, j'irai reconnaître la maison avec notre ami qui vient de nous apporter une si bonne nouvelle. Là, je déciderai en fonction des événements de la suite à donner à notre expédition.

Ce discours fut applaudi, et toute la troupe se mit en chemin par petits groupes de deux ou trois. En marchant à une distance raisonnable les uns des autres, ils pénétrèrent dans la ville sans éveiller de soupçon.

Le capitaine et son émissaire[1] du matin y entrèrent les derniers. Les deux hommes se dirigèrent vers la rue où le voleur avait marqué le logis[2] d'Ali Baba. En passant devant l'une des portes signées[3] par Morgiane, il la désigna à son chef d'un clin d'œil discret pour lui indiquer que c'était celle-là. Mais, alors qu'ils continuaient leur chemin sans s'arrêter, afin de ne pas se rendre suspects[4], le capitaine constata sur l'entrée de la maison voisine le même signe au même endroit.

– Regarde ! fit-il. N'est-ce pas plutôt ici ?

Son acolyte[5], confus[6], ne sut quoi lui répondre. Il regarda autour de lui. Toutes les portes portaient la même marque ! Troublé, il se tourna vers son capitaine.

– Je vous jure que je n'ai fait qu'une seule marque ! C'est à n'y rien comprendre[7]… Qui a bien pu l'imiter aussi bien ? Je suis incapable de reconnaître la mienne !

Le chef, en voyant son plan échouer, se rendit à la grande place où il fit dire à ses hommes, par le premier qu'il rencontra, qu'ils avaient perdu leur temps. Ce voyage s'avérait[8] inutile. Pas d'autres solutions que de rebrousser chemin[9]. Il en donna l'exemple, et ils le suivirent tous, dans l'ordre dans lequel ils étaient venus.

---

1. **Émissaire** : personne chargée d'accomplir une mission.
2. **Logis** : maison.
3. **Signées** : marquées.
4. **Se rendre suspects** : paraître bizarres.
5. **Acolyte** : complice.
6. **Confus** : troublé.
7. **C'est à n'y rien comprendre** : je n'y comprends rien.
8. **S'avérait** : se révélait.
9. **Rebrousser chemin** : faire demi-tour.

Quand ils se retrouvèrent dans la forêt, leur chef leur expliqua la raison pour laquelle il les avait fait revenir. Aussitôt le voleur fut condamné à mort à l'unanimité[1]. D'ailleurs il s'accabla[2] lui-même, en reconnaissant qu'il aurait dû mieux prendre ses précautions. Il présenta le cou sans trembler à celui qui fut désigné pour lui couper la tête.

Pour la sécurité de la bande, il s'agissait de ne pas laisser sans vengeance le tort subi. Un autre compagnon promit de réussir là où avait échoué celui qui venait d'être châtié[3]. Il se proposa et supplia d'être choisi pour cette mission.

Il fut écouté. Il se mit en route : il corrompit[4] Baba Moustafa, comme le premier l'avait corrompu, et Baba Moustafa lui indiqua la maison d'Ali Baba, les yeux bandés. Le brigand la marqua de rouge dans un endroit moins apparent[5], certain que c'était un moyen sûr pour la distinguer de celles qui étaient signalées par du blanc.

Mais peu de temps après Morgiane sortit de la maison, comme le jour précédent ; et, quand elle revint, le signe rouge n'échappa pas à ses yeux clairvoyants[6]. Elle fit le même raisonnement que précédemment et, aussitôt, traça la même marque rouge sur les portes voisines et aux mêmes endroits.

Le voleur, à son retour dans la forêt, se vanta haut et fort d'avoir eu recours à une précaution infaillible[7] pour ne pas

1. **À l'unanimité** : avec l'accord de tous.
2. **S'accabla** : se fit des reproches.
3. **Châtié** : puni.
4. **Corrompit** : donna de l'argent.
5. **Apparent** : visible.
6. **Clairvoyants** : attentifs.
7. **Précaution infaillible** : ruse qui ne peut pas échouer.

confondre la maison repérée avec les autres. Le capitaine et ses compagnons crurent avec lui que ce plan-là devait réussir. Ils se dirigèrent vers la ville dans le même ordre et en prenant les mêmes précautions qu'auparavant, armés et prêts à faire le coup qu'ils préméditaient[1]. Les voleurs et son chef, en arrivant, allèrent directement dans la rue concernée. Mais ils rencontrèrent la même difficulté que la première fois. Le chef des brigands en fut indigné[2]. Son compagnon, accablé, se désola[3] comme celui qui l'avait précédé la veille.

Ainsi, le capitaine, furieux, fut contraint de se retirer encore une fois avec ses amis aussi peu satisfaits que le jour précédent. Le voleur, coupable de cette méprise[4], subit à son tour le châtiment[5] auquel il s'était soumis volontairement.

La troupe ne pouvait se permettre de perdre ainsi ses membres l'un après l'autre ! Il fallait changer de plan pour retrouver la maison d'Ali Baba. Les deux hommes n'avaient pas été suffisamment méfiants. À l'avenir, on ferait preuve d'intelligence. Le chef décida de se charger de la mission lui-même ; il vint en ville, rencontra Baba Moustafa qui lui rendit le même service qu'à ses prédécesseurs[6]. Il ne s'amusa pas à faire de marque pour reconnaître la maison. Il l'examina attentivement, notant silencieusement tous les détails qui permettaient de la retrouver. Il passa et repassa

1. **Préméditaient** : préparaient.
2. **Indigné** : révolté, en colère.
3. **Se désola** : se lamenta.
4. **Méprise** : erreur.
5. **Châtiment** : sanction très sévère ; ici, exécution.
6. **Prédécesseurs** : ceux qui l'ont précédé.

plusieurs fois devant elle, jusqu'à ce qu'il soit certain de ne plus jamais se tromper.

Le chef de la troupe, satisfait de son voyage, retourna dans la forêt. Quand il arriva dans la grotte où sa bande l'attendait, il annonça :

– Mes amis, rien ne peut plus nous empêcher de nous venger. Je connais avec certitude la maison du coupable.

– Vengeance ! À mort ! Allons tout de suite le pendre ! vociféra[1] l'assemblée.

– Patience chers compagnons ! Nous devons agir avec discrétion. En chemin, j'ai songé aux moyens de le punir, de sorte que[2] personne ne puisse avoir connaissance du lieu de notre retraite et de notre trésor.

– Il a raison, approuvèrent certains. N'oublions pas l'essentiel. Que deviendrions-nous si nous étions découverts ?

– Notre expédition, au lieu de nous être utile, nous serait funeste. Pour parvenir à notre but, continua le capitaine, voici ce que j'ai imaginé. Quand je vous aurai exposé mon plan, celui qui aura une meilleure idée pourra la communiquer. Mais pas avant.

Alors, il leur indiqua de quelle manière il prétendait s'y prendre. Ses hommes lui donnèrent d'avance leur accord. Il leur ordonna de se séparer avant de se rendre dans les bourgs, les villages alentour et même dans les villes. Ils avaient pour mission d'acheter dix-neuf mulets et trente-huit grands vases de cuir pour le transport de l'huile. Seul l'un des récipients serait plein, les autres resteraient vides.

---

1. **Vociféra** : parla fort, avec colère.
2. **De sorte que** : afin que.

En deux ou trois jours, les voleurs réussirent à acquérir bêtes et jarres[1]. Comme celles-ci avaient une ouverture trop étroite pour l'exécution de son plan, le chef ordonna de les élargir un peu. Cela permettrait à ses compagnons avec leurs armes de s'y cacher un à un et de pouvoir respirer. Puis il les ferma de manière qu'elles paraissent pleines d'huile. Seule l'une d'entre elles en était pleine. Enfin, pour mieux tromper les curieux, il enduisit d'huile l'extérieur des jarres.

Une fois que le chef des brigands eut chargé les mulets des trente-huit vases au fond desquels étaient tapis[2] trente-sept voleurs, il prit le chemin de la ville sans perdre de temps.

1. **Jarres** : grands vases.
2. **Tapis** : cachés.

Chapitre 6

Drôles de jarres

Le chef des brigands arriva environ une heure après le coucher du soleil, comme il l'avait prévu. Le capitaine se dirigea droit vers la maison d'Ali Baba où il voulait passer la nuit avec ses bêtes, comptant sur l'hospitalité[1] du maître de maison. Le bûcheron était assis devant chez lui. Il prenait le frais[2] après le souper. Le faux marchand immobilisa ses ânes et lui adressa ces paroles :

– Seigneur, je transporte de l'huile de bien loin, pour la vendre demain au marché. À l'heure qu'il est, je ne sais où loger. Si cela ne vous incommode[3] pas, faites-moi le plaisir de me recevoir chez vous pour me reposer : je vous en serai reconnaissant.

Bien qu'ayant vu le brigand dans la forêt, et aussi entendu sa voix, comment Ali Baba aurait-il pu reconnaître le capitaine des quarante voleurs sous le déguisement d'un marchand d'huile ?

– Vous êtes le bienvenu, répondit-il.

---

1. **Hospitalité** : bon accueil que l'on fait à une personne étrangère, que l'on propose de nourrir et de loger.
2. **Il prenait le frais** : profitait de l'air frais.
3. **Incommode** : dérange.

Et sur ces mots, le brave homme invita l'étranger à entrer dans la cour avec son chargement.

En même temps, l'hôte[1] appela un de ses esclaves. Il lui ordonna, quand les mulets seraient déchargés, de les mettre à l'abri dans l'écurie, et de leur donner également du foin et de l'orge. Il prit aussi la peine de se rendre dans la cuisine et demanda à Morgiane de préparer sur-le-champ à souper pour l'invité qui venait d'arriver, sans oublier de lui faire un lit dans une chambre.

Soucieux de bien accueillir cet homme, Ali Baba le rejoignit dans l'écurie où le faux commerçant finissait de décharger ses bêtes tout en cherchant une place pour passer la nuit dehors. Le bûcheron l'invita à le suivre dans la salle où il recevait ses convives[2]. Il ne le laisserait pas dormir dans la cour ! Le capitaine des voleurs prétexta ne pas vouloir le déranger et commença par refuser. Cette invitation risquait de bousculer ses plans. Il tenait à être libre pour exécuter son funeste projet. Mais le maître de maison insista tellement que le bandit finit par accepter à contrecœur[3] son hospitalité.

Jusqu'à ce que Morgiane serve le souper, Ali Baba, non content de tenir compagnie à celui qui en voulait à sa vie, continua de l'entretenir de plusieurs sujets qu'il pensait dignes d'intérêt. Il ne le quitta qu'une fois achevé le repas dont il l'avait régalé.

– Je vous souhaite une bonne nuit, lui dit-il. Vous êtes ici chez vous. N'hésitez pas à demander ce dont vous pouvez avoir besoin. Tout, ici, est à votre disposition.

---

1. **Hôte** : ici, personne qui accueille, qui reçoit.
2. **Convives** : invités.
3. **À contrecœur** : contre sa volonté.

Les deux hommes se levèrent en même temps. Ali Baba, après avoir pris congé, passa par la cuisine pour parler à Morgiane. Le traître, lui, sortit dans la cour sous prétexte d'aller à l'écurie vérifier si rien ne manquait à ses mulets.

Après avoir recommandé de nouveau à la servante de prendre grand soin de son invité et de ne le laisser manquer de rien, le maître de maison conclut :

– Morgiane, je t'avertis que demain je vais au hammam[1] avant le jour ; fais attention que mon linge de bain[2] soit prêt. Tu le confieras à Abdallah (c'était le nom de son esclave). N'oublie pas de me préparer un bon bouillon que je prendrai à mon retour.

Peu après, il se retira pour se coucher.

Pendant ce temps, le chef de la troupe, à la sortie de l'écurie, alla donner des ordres à ses hommes. En commençant par le premier vase et ce jusqu'au dernier, il chuchota à chacun :

– Cette nuit quand tout le monde sera endormi, je jetterai de petites pierres de la chambre où l'on me loge. À ce signal, emparez-vous de vos couteaux pour fendre[3] vos vases depuis le haut jusqu'en bas. Dès que l'ouverture sera suffisante, sortez : aussitôt je vous rejoindrai.

Le couteau dont il parlait était pointu et affilé[4] pour cet usage.

Cela fait, l'homme retourna dans la maison et se présenta à la porte de la cuisine. Morgiane prit une lampe à huile

1. **Hammam** : en Orient, lieu avec des bains de vapeur.
2. **Linge de bain** : serviettes de toilette.
3. **Fendre** : couper dans le sens de la longueur.
4. **Affilé** : tranchant.

pour le conduire à la chambre qu'elle lui avait préparée. Là, elle le laissa, après s'être assurée qu'il n'avait plus besoin de rien. Pour ne pas éveiller de soupçon, il souffla la chandelle peu de temps après. Le voleur se coucha tout habillé, prêt à se lever dès qu'il aurait fait son premier somme[1].

La servante dévouée n'oublia pas les ordres de son maître : elle prépara son linge de bain, elle en chargea Abdallah, qui n'était pas encore allé se coucher, elle cuisina le pot-au-feu[2] pour en extraire le bouillon. Mais pendant qu'elle écumait le pot[3], la lampe s'éteignit. Il n'y avait plus d'huile dans la maison, et la chandelle manqua aussi. Que faire ? Elle avait besoin de voir clair pour finir sa tâche ; elle appela Abdallah.

– De l'huile ? lui dit l'esclave. Pourquoi ne vas-tu pas te servir dans une des jarres qui est dans la cour ?

Morgiane remercia Abdallah de son conseil. Pendant qu'il allait se coucher près de la chambre d'Ali Baba pour l'accompagner au hammam le lendemain, elle prit la cruche à huile et sortit la remplir.

Comme elle s'approchait de la première jarre, elle sursauta en entendant le voleur caché à l'intérieur demander, en chuchotant :

– Est-il temps ?

Le son de la voix était passé au travers de l'ouverture laissée par le capitaine des voleurs. Il n'avait pas pu faire autrement. Après avoir déchargé ses mulets, il avait dû ouvrir non seulement ce vase, mais aussi tous les autres,

1. **Somme** : temps de sommeil.
2. **Pot-au-feu** : repas chaud composé de légumes et de viande bouillis dans une marmite.
3. **Écumait le pot** : enlevait l'écume produite par la viande et les légumes qui bouillent.

pour permettre à ses hommes de respirer. Ils y étaient fort mal à l'aise, sans y être cependant privés d'air.

Tout autre esclave que Morgiane, surpris comme elle le fut en découvrant un homme dans un vase au lieu d'y trouver l'huile qu'elle cherchait, aurait fait un vacarme capable de causer de grands malheurs. Mais la fidèle servante était au-dessus de ses semblables[1]. Elle comprit en un instant l'importance de garder le silence. Son maître, sa famille, et elle-même couraient un grand danger. Il était urgent de réagir sans faire d'éclat[2]. Elle devait faire preuve de sagesse et de discernement[3] pour analyser la situation. Elle n'avait pas le droit à l'erreur.

Elle réfléchit très vite, et, sans laisser paraître aucune émotion, en imitant la voix du capitaine des voleurs, elle répondit à la question et dit:

– Pas encore, mais bientôt.

Elle s'approcha du vase suivant. La même question lui fut posée, la même réponse fut donnée, et ainsi de suite, jusqu'à ce qu'elle arrive au dernier récipient plein d'huile.

C'est ainsi que cette jeune femme d'une grande intelligence comprit que son maître, Ali Baba, qui avait cru offrir l'hospitalité à un marchand d'huile, avait permis à trente-huit voleurs de pénétrer chez lui. Elle remplit comme si de rien n'était sa cruche d'huile qu'elle prit dans la dernière jarre. À la hâte, elle revint dans sa cuisine, où, après avoir versé quelques gouttes dans la lampe et l'avoir rallumée, elle prit une grande marmite avant de retourner dans la

1. **Ses semblables**: personnes qui lui ressemblent.
2. **Sans faire d'éclat**: en toute discrétion.
3. **Discernement**: intelligence.

cour pour la remplir. Elle rapporta le chaudron plein à ras bord, le mit sur le feu qu'elle attisa[1] en y ajoutant du bois. Plus tôt l'huile bouillirait, plus tôt elle écarterait le danger de la maison.

L'huile se mit enfin à bouillir. Elle prit le récipient, et ressortit dans la cour. Puis elle versa suffisamment de liquide dans chaque vase pour étouffer et ébouillanter les voleurs.

C'est ainsi qu'elle leur ôta la vie.

Cette action digne du courage de Morgiane fut exécutée sans bruit, comme elle l'avait projetée[2]. De retour dans sa cuisine avec son récipient vide, elle ferma la porte. Elle éteignit le feu qu'elle avait allumé, laissant ce qu'il fallait de braises pour achever de réchauffer le bouillon d'Ali Baba. Ensuite, elle souffla la mèche[3] mais elle était résolue à ne pas aller se coucher. Elle voulait observer ce qui arriverait, par une fenêtre de la cuisine donnant sur la cour, autant que l'obscurité de la nuit le lui permettrait.

L'habile servante n'eut pas à attendre très longtemps.

Un quart d'heure plus tard, le capitaine des voleurs s'éveille. Il se lève, regarde par la fenêtre qu'il ouvre, n'aperçoit aucune lumière. Un grand silence règne dans la maison endormie. Aussitôt il donne le signal en jetant de petites pierres. L'écho qui lui parvient aux oreilles ne le fait pas douter un seul instant : plusieurs sont tombées sur les vases. Il écoute, mais n'entend ni n'aperçoit rien qui lui prouve que ses hommes se mettent en mouvement.

---

1. **Attisa** : ranima le feu en remuant les braises.
2. **Elle l'avait projetée** : elle l'avait prévue.
3. **Souffla la mèche** : éteignit la lampe.

Il en est inquiet : il jette de petites pierres une deuxième et une troisième fois. Elles tombent sur les jarres, et cependant pas un des voleurs ne donne le moindre signe de vie. Il ne peut en comprendre la raison. Il descend dans la cour, alarmé, en faisant le moins de bruit possible. Il approche avec précaution du premier vase et, quand il veut demander au voleur, qu'il croit vivant, s'il dort, il sent une odeur d'huile chaude et de brûlé qui s'en exhale[1].

Abasourdi[2], il réalise que son projet de tuer Ali Baba vient d'échouer. Il ne pourra pas piller sa maison ni récupérer l'or que ce maudit bûcheron a dérobé dans la grotte. Il va d'un vase à l'autre, passe et repasse mais ne peut que constater le triste sort de ses compagnons. Ils ont tous péri[3] brûlés vifs ! En voyant le récipient d'huile presque vide, il comprend comment on s'y est pris pour le priver du secours qu'il attendait. Alors, désespéré d'avoir manqué son coup, il s'enfuit par la porte du jardin d'Ali Baba et, de jardin en jardin, en passant par-dessus les murs, il disparaît bientôt.

Quand Morgiane n'entendit plus de bruit, elle attendit quelque temps encore. Mais ne voyant pas revenir le capitaine des voleurs, elle se douta qu'il avait dû s'échapper par le jardin. Satisfaite et soulagée d'avoir si bien réussi à protéger toute la maisonnée, elle se coucha enfin et s'endormit heureuse.

Ali Baba, cependant, sortit avant le jour et alla au hammam, suivi de son esclave, sans rien savoir du terrible événement

1. **S'en exhale** : s'en échappe.
2. **Abasourdi** : stupéfait.
3. **Ils ont tous péri** : ils sont tous morts.

survenu chez lui pendant son sommeil. Morgiane n'avait pas jugé à propos[1] de l'éveiller. La brave servante avait pensé, avec raison, qu'elle n'avait pas de temps à perdre face au grand danger qui les menaçait tous. Il était vraiment inutile de troubler le repos de son maître, même une fois les risques écartés.

Lorsqu'Ali Baba revint du bain et qu'il rentra chez lui, le soleil était levé. Ali Baba fut très surpris de voir les vases d'huile à la même place que la veille. Le marchand ne s'était vraisemblablement pas rendu au marché avec ses mulets. Tout était resté en l'état.

Il en demanda la raison à sa domestique. Elle n'avait touché à rien pour que son maître puisse contempler ce triste spectacle. Elle n'aurait ainsi aucune difficulté à lui expliquer à quel danger ils avaient tous échappé.

– Mon bon seigneur, répondit Morgiane à la question qu'il venait de lui poser, Dieu vous protège, vous et toute votre famille ! Vous allez comprendre : prenez la peine de venir avec moi.

Ali Baba la suivit, intrigué. Quand elle eut fermé la porte, elle le mena au premier vase.

– Regardez dans la jarre, lui dit-elle, et voyez s'il y a de l'huile.

Lorsqu'il se pencha, il aperçut à l'intérieur le corps d'un homme recroquevillé. Il se recula, effrayé, en poussant un grand cri.

– Ne craignez rien, le rassura sa servante. L'homme que vous voyez ne vous fera pas de mal. Il en a fait, mais il n'est plus en état d'en faire, ni à vous, ni à personne : il est mort.

---

1. **N'avait pas jugé à propos** : n'avait pas jugé utile.

– Morgiane, s'écria Ali Baba, que veut dire ce que tu viens de me montrer? Explique-le-moi.

– Je vous l'expliquerai, répondit-elle. Mais modérez[1] votre étonnement et n'éveillez pas la curiosité des voisins. Ils ne doivent pas se douter de ce qui se passe ici. Examinez auparavant tous les vases.

Le bûcheron inspecta les autres jarres les unes après les autres, de la première jusqu'à la dernière où il restait de l'huile, même si quelqu'un semblait avoir sérieusement entamé son contenu. Quand il eut terminé, il demeura immobile, tantôt jetant les yeux sur les vases, tantôt observant Morgiane, sans dire mot tant il était effaré. Au bout de quelques instants, il retrouva la parole pour demander:

– Et le marchand, qu'est-il devenu?

– Le marchand, répondit la jeune femme, est aussi peu marchand que je suis marchande. Je vous dirai qui il est et ce qu'il est devenu. Mais vous apprendrez toute l'histoire plus commodément[2] dans votre chambre. Car il est temps, pour votre santé, de prendre votre bouillon après être sorti du hammam.

Pendant que son maître se rendait dans sa chambre, Morgiane alla à la cuisine chercher le brouet[3] qu'elle lui apporta. Avant de le boire, Ali Baba la supplia:

– Commence ton récit. Je suis très impatient de connaître les moindres détails de cette étrange aventure.

– Seigneur, raconta sans tarder l'esclave obéissante, hier au soir, quand vous vous êtes retiré pour vous coucher, j'ai préparé votre linge de bain, comme vous me l'aviez

---

1. **Modérez**: diminuez, freinez.
2. **Commodément**: confortablement.
3. **Brouet**: bouillon.

commandé, et je l'ai confié à Abdallah. Puis j'ai cuisiné le pot-au-feu pour préparer le bouillon ; et comme je l'écumais, la lampe s'est éteinte tout à coup, faute d'huile. Il n'en restait plus une goutte dans la cruche. J'ai bien cherché quelques bouts de chandelle mais je n'en ai pas trouvé. Abdallah, me voyant embarrassée, m'a rappelé qu'il y avait des vases pleins d'huile dans la cour. Il était loin de se douter, comme moi, mais comme vous également, qu'on y trouverait autre chose ! J'ai donc pris la cruche et suis allée la remplir. Mais lorsque je suis arrivée près de la jarre la plus proche, il en est sorti une voix qui m'a demandé :

– Est-il temps ?

– Tu as dû avoir peur ! s'exclama Ali Baba.

– Non. Je n'ai pas été effrayée. J'ai immédiatement compris la malice[1] du faux marchand. J'ai donc répondu sans hésiter : « Pas encore, mais bientôt. » Je suis passée au vase suivant ; et une autre voix m'a posé la même question, à laquelle j'ai répondu de la même façon. Je suis passée d'un vase à l'autre : à pareille demande, pareille réponse. Ce n'est que dans le dernier vase que j'ai trouvé de l'huile dont j'ai rempli mon pot.

– Combien y avait-il de jarres ?

– Trente-huit, ce qui signifiait que trente-sept voleurs se trouvaient au milieu de votre cour ! Ces hommes n'attendaient que le signal de leur chef, celui que vous avez pris pour un marchand et à qui vous avez fait un si bon accueil, au point de mettre toute la maison à son service. Je n'ai pas perdu une minute : j'ai rapporté mon broc[2]. Une fois

1. **Malice** : ruse.
2. **Broc** : pot à liquide.

la lampe allumée, j'ai choisi la marmite la plus grande de la cuisine et suis allée l'emplir d'huile. Puis je l'ai mise sur le feu. Quand elle a été bien bouillante, je l'ai versée en grande quantité dans chaque vase où se cachaient les voleurs. Ainsi les ai-je tous empêchés d'exécuter l'odieux projet qui les avait amenés jusqu'ici. Lorsque j'ai eu achevé ma mission, je suis revenue dans la cuisine où j'ai éteint la lampe.

– Mon Dieu, tu es une sainte ! Comment te remercier de nous avoir sauvé la vie ? s'écria Ali Baba.

– Laissez-moi terminer mon récit. Je n'ai pas voulu me coucher avant de savoir comment réagirait le faux marchand d'huile, poursuivit Morgiane. Je me suis mise à la fenêtre. Au bout d'un moment, j'ai entendu l'homme jeter de sa chambre des petites pierres qui tombèrent sur les vases comme un signal. Il en a jeté une deuxième et une troisième fois. Aucun bruit, aucun mouvement. Très certainement inquiet de ce silence, il est descendu dans la cour. Là, je l'ai aperçu qui allait de vase en vase jusqu'au dernier. Mais la nuit est devenue de plus en plus noire au point que je l'ai perdu de vue. Je suis restée encore quelque temps ; et, comme il ne revenait pas, je me suis doutée qu'il s'était sauvé par le jardin, désespéré d'avoir échoué. Ainsi, persuadée que la maison était en sûreté, je me suis couchée.

– Mais dis-moi, Morgiane, interrogea Ali Baba, ébloui par le courage et la ruse de l'esclave, comment as-tu compris si vite que nous avions affaire à un faux marchand ?

– Mon histoire est terminée mais je pense qu'elle est liée à un détail étrange que j'ai remarqué, il y a deux ou trois jours. Je n'avais pas voulu vous en parler. En revenant de la ville, l'autre matin, j'ai aperçu sur notre porte d'entrée une marque blanche, et, le jour d'après, à côté de celle-ci, une autre rouge. Sans savoir dans quel but cela pouvait avoir été fait, chaque fois j'ai reproduit le signe au même endroit, sur les portes voisines. Si vous ajoutez à cela ce qui vient d'arriver, vous trouverez que le tout a été manigancé[1] par les voleurs de la forêt. Cela montre qu'ils avaient juré votre perte. Il est bon que vous vous teniez sur vos gardes, tant que nous n'avons pas retrouvé leur chef. Quant à moi, je veillerai avec soin à votre protection, comme l'exige mon devoir.

Quand le récit fut achevé, un lourd silence s'installa dans la chambre. Ali Baba était encore bouleversé par les exploits de cette femme modeste[2]. Elle n'avait pas hésité à braver tous les dangers pour le protéger. Il lui devait une reconnaissance éternelle. Il reprit ses esprits et s'adressa à elle solennellement :

– Je ne mourrai pas sans t'avoir récompensée comme tu le mérites. Je te dois la vie. Et, pour commencer à te prouver ma reconnaissance, je te donne la liberté dès à présent, en attendant de t'offrir un petit pécule[3] et une situation digne de toi en te mariant à un bon parti. Je suis persuadé comme toi que les quarante voleurs m'ont dressé ces embûches[4]. Dieu m'a délivré par ton intermédiaire[5]. J'espère qu'il continuera de me préserver de leur méchanceté et qu'en les éloignant de moi, il délivrera le monde de leur persécution et de leur engeance[6] maudite.

1. **Manigancé** : organisé.
2. **Modeste** : ici, simple.
3. **Pécule** : somme d'argent.
4. **Embûches** : pièges, obstacles.
5. **Par ton intermédiaire** : grâce à toi.
6. **Engeance** : catégorie de personnes.

Ce que nous avons à faire en priorité, c'est d'enterrer au plus vite les corps de cette peste du genre humain[1], dans le plus grand secret afin de n'éveiller aucun soupçon. Je cours demander de l'aide à Abdallah.

Le jardin d'Ali Baba était très grand, ombragé[2] par de nombreux palmiers. Sans tarder, il alla sous ces arbres avec son esclave creuser une fosse aussi longue que large pour y enterrer les trente-sept voleurs. Le terrain était aisé[3] à remuer, et ils ne mirent pas longtemps à achever cette tâche ingrate[4]. Ils tirèrent les corps hors des jarres et mirent de côté les armes dont les hommes s'étaient munis. Puis ils transportèrent les dépouilles[5] au bout du jardin et les jetèrent dans la fosse. Après les avoir recouvertes de terre, ils dispersèrent les mottes[6] qui restaient de manière que le terrain parût égal[7] comme auparavant. Enfin, Ali Baba cacha soigneusement les jarres à huile et les armes. Quant aux mulets, dont il n'avait pas besoin, il les envoya au marché en plusieurs fois où il les fit vendre par son esclave.

---

1. **Peste du genre humain** : catégorie de personnes mauvaises.
2. **Ombragé** : abrité par l'ombre.
3. **Aisé** : facile.
4. **Ingrate** : très désagréable à accomplir.
5. **Dépouilles** : corps morts.
6. **Mottes** : tas de terre.
7. **De sorte que le terrain parût égal** : pour que le terrain semble aussi plat.

Chapitre 7

La dernière ruse de Morgiane

Pendant qu'Ali Baba prenait toutes les précautions nécessaires pour cacher à ses voisins par quel moyen il était devenu riche en si peu de temps, le capitaine des quarante voleurs était retourné dans la forêt, profondément mortifié[1]. En proie à une grande agitation, ou plutôt à une grande confusion, il souffrait de cet échec si contraire à ce qu'il s'était promis. Il pénétra dans la grotte, sans avoir pu prendre aucune décision sur ce qu'il devait faire ou ne pas faire à Ali Baba.

La solitude où il se trouva dans cette sombre demeure lui parut affreuse.

– Braves gens, s'écria-t-il, compagnons de mes veilles[2], de mes courses et de mes projets, où êtes-vous ? Que puis-je faire sans vous ? Vous avais-je réunis et choisis pour vous voir périr tous à la fois par une destinée si fatale et si indigne de votre courage ? Je vous regretterais moins si vous étiez morts le sabre à la main, en hommes vaillants[3]. Quand pourrai-je organiser une nouvelle troupe d'hommes de main[4] de

1. **Mortifié** : blessé dans son honneur et peiné.
2. **Veilles** : ici, soirées.
3. **Vaillants** : très courageux.
4. **Hommes de main** : hommes au service d'un autre.

votre valeur? Et comment protéger tout cet or et cet argent de la cupidité de celui qui m'en a déjà dérobé une partie? Il faut, avant toute chose, que je me débarrasse de lui en le tuant. Ce que je n'ai pu accomplir avec vous, je le ferai tout seul; et, quand j'aurai réussi à protéger ce trésor du pillage, je trouverai d'autres compagnons afin de le faire croître et prospérer[1].

Cette résolution prise, il imagina sans peine les moyens de l'exécuter. Alors, plein d'espérance et l'esprit tranquille, il s'endormit et passa la nuit assez paisiblement.

Le lendemain, le capitaine des voleurs, éveillé de bon matin comme il l'avait prévu, revêtit[2] un habit fort convenable. Conformément au plan qu'il avait imaginé, il se rendit en ville où il prit un logement dans un khan.

Comme il était curieux de savoir si son aventure chez Ali Baba s'était ébruitée[3], il demanda au gardien, mine de rien[4], s'il y avait quelque chose de nouveau. Mais son interlocuteur parla de tout autre chose. Le brigand en conclut donc qu'Ali Baba avait une bonne raison de garder le secret: il ne voulait pas que l'on apprenne qu'il possédait un trésor ni comment il se l'était procuré. Et certainement qu'il se savait poursuivi pour cette raison. Cela redonna de l'espoir au bandit qui se promit de ne rien négliger pour se débarrasser de lui en secret.

Le chef des brigands se procura un cheval dont il se servit pour transporter dans son logement de nombreux

1. **Croître et prospérer**: augmenter et se développer.
2. **Revêtit**: s'habilla de.
3. **S'était ébruitée**: était devenue publique.
4. **Mine de rien**: sans en avoir l'air.

échantillons de riches étoffes et de toiles fines. Il multiplia les voyages dans la forêt en prenant les précautions indispensables pour cacher le lieu où il allait les chercher.

Quand il en eut amassé suffisamment, il chercha une boutique pour y débiter[1] ces marchandises. Il en trouva une, la loua à son propriétaire, la décora et s'y établit[2]. L'échoppe située vis-à-vis[3] de la sienne était celle qui avait appartenu à Cassim. Elle était occupée, à présent, par le fils d'Ali Baba.

Le voleur, ayant pris soin de dissimuler son identité sous le nom de Cogia Houssain, ne manqua pas de rendre visite aux marchands, ses voisins. En effet, il respectait ainsi une coutume bien établie dans la ville qui obligeait chaque nouveau venu à se présenter.

Trois ou quatre jours après son installation, il reconnut son ennemi qui, souvent, passait un long moment dans l'échoppe mitoyenne[4]. Après le départ d'Ali Baba, le faux marchand questionna son jeune voisin. Qui était donc cet homme ? Au cours de la conversation, le brigand apprit que c'était son père et se réjouit de cette nouvelle. Le traître multiplia ses gestes d'amitié envers le jeune homme, le flatta, lui offrit de petits présents, le régala même en l'invitant plusieurs fois à d'excellents dîners.

Le fils d'Ali Baba voulut rendre la pareille[5] à son ami, Cogia Houssain. Mais il était logé étroitement et il n'avait pas les mêmes conditions que lui pour le recevoir comme

1. **Débiter** : ici, écouler.
2. **S'y établit** : s'y installa.
3. **Vis-à-vis** : en face de.
4. **Mitoyenne** : collée à la sienne.
5. **Rendre la pareille** : faire de même.

il le souhaitait. Il parla de son projet à son père en lui assurant qu'il serait certainement très satisfait de rencontrer ce Cogia Houssain, un homme de bien. Ali Baba se chargea du dîner avec plaisir.

– Mon fils, dit-il, c'est demain vendredi, le jour où les marchands les plus riches, comme Cogia Houssain et comme toi, ferment leurs boutiques[1]. Invite-le à aller se promener en ta compagnie, et, en revenant, fais en sorte de passer chez moi. Tu t'arrangeras alors pour qu'il entre chez nous. Je pense qu'il vaut mieux que la chose se fasse de la sorte plutôt que de l'inviter officiellement. Je vais ordonner à Morgiane de préparer le souper et de le tenir prêt.

Le vendredi, les deux commerçants se retrouvèrent l'après-midi au rendez-vous qu'ils s'étaient donné. Ils se promenèrent longtemps. Au retour, le fils d'Ali Baba s'arrangea pour faire passer Cogia Houssain par la rue où demeurait son père. Quand ils furent arrivés devant la porte de la maison, il s'arrêta et frappa un grand coup.

– C'est, lui confia-t-il, la maison de mon père, à qui j'ai longuement parlé de notre amitié. Il serait très honoré de vous rencontrer. Je vous suis tellement redevable[2] ! Veuillez accepter cette invitation.

– Mais c'est moi qui suis votre obligé ! se récria[3] le faux marchand, satisfait d'atteindre si facilement le but qu'il s'était proposé[4] : s'introduire chez Ali Baba et lui ôter la vie, en toute discrétion, sans risquer la sienne.

---

1. **Ferment leurs boutiques** : dans la religion musulmane, le vendredi est un jour consacré à la prière.
2. **Je vous suis tellement redevable** : je vous dois tant.
3. **Se récria** : s'exclama sous l'effet de la surprise.
4. **S'était proposé** : s'était fixé.

Et il fit semblant de s'excuser et de prendre congé du fils. Mais, comme l'esclave d'Ali Baba venait d'ouvrir, le jeune homme le prit obligeamment[1] par la main et, en entrant le premier, il le tira et le força, de cette manière, à le suivre comme malgré lui[2].

Le maître de maison reçut l'homme et l'accueillit chaleureusement. Il remercia le fourbe des bontés qu'il avait pour son enfant.

– Mon fils et moi, nous vous sommes d'autant plus reconnaissants que c'est un jeune garçon qui n'a pas encore l'usage du monde[3], et que vous ne ménagez pas votre peine[4] pour l'aider à se former.

Cogia Houssain rendit compliment pour compliment à Ali Baba, en lui assurant que, si son fils n'avait pas encore acquis la sagesse de certains vieillards, il avait un bon sens qui lui tenait lieu d'expérience.

Après un bref échange sur divers sujets sans importance, Cogia Houssain voulut prendre congé. Ali Baba l'en empêcha.

– Seigneur, demanda-t-il, où voulez-vous aller ? Je vous prie de me faire l'honneur de souper avec moi. Le repas que je veux vous offrir est bien au-dessous de ce que vous méritez ; mais tel qu'il est, j'espère que vous l'apprécierez de bon cœur.

– Cher ami, répondit Cogia Houssain, je suis persuadé de votre générosité ; et, si je vous prie de me permettre de repousser votre invitation, ce n'est ni par mépris ni par

1. **Obligeamment** : avec amabilité.
2. **Comme malgré lui** : comme si c'était involontaire.
3. **Usage du monde** : habitudes et manières de la bonne société.
4. **Vous ne ménagez pas votre peine** : vous vous donnez du mal.

incivilité[1], mais parce que j'ai une raison que vous approuveriez si vous la connaissiez.

– Et quelle peut être cette raison ? s'étonna Ali Baba. Peut-on la connaître ?

– Je peux vous l'avouer, expliqua le faux marchand. C'est que je ne mange ni viande ni ragoût où il y ait du sel. Jugez vous-même de l'honneur que je ferais à votre table.

– Si vous n'avez que ce motif, insista Ali Baba, il ne doit pas me priver du plaisir de vous garder à souper, à moins que vous ne le vouliez pas. Premièrement, il n'y a pas de sel dans le pain que l'on mange chez moi : et, quant à la viande et aux ragoûts, je vous promets qu'il n'y en aura pas dans ce qui vous sera servi. Je vais en donner l'ordre. Ainsi faites-moi la grâce de rester, je reviens à vous dans un moment.

Ali Baba alla à la cuisine et pria Morgiane de ne pas mettre de sel sur la viande qu'elle servirait. Il lui demanda de préparer promptement deux ou trois ragoûts, en dehors de ceux qu'il lui avait commandés, où il n'y eût pas de sel.

Morgiane, qui était prête à servir, ne put s'empêcher de témoigner son mécontentement devant cette nouvelle exigence et de s'en expliquer à son maître.

– Qui est donc cet homme si difficile, qui ne mange pas de sel ? Votre souper sera gâché si je le sers plus tard.

– Ne te fâche pas, Morgiane, l'apaisa Ali Baba ; c'est un honnête homme. Fais ce que je te dis.

La servante obéit, mais à contrecœur. Elle eut la curiosité d'entrevoir cet invité qui ne mangeait pas de sel.

---

1. **Incivilité** : impolitesse.

Quand elle eut achevé les préparatifs du dîner et qu'Abdallah eut mis la table, elle l'aida à porter les plats. En regardant Cogia Houssain, elle reconnut le capitaine des voleurs malgré son déguisement.

En l'examinant avec attention, elle s'aperçut qu'il avait un poignard caché sous son habit.

«Je ne m'étonne plus, pensa-t-elle, que le scélérat[1] ne veuille pas manger de sel avec mon maître[2]; c'est son plus grand ennemi, il veut l'assassiner. Mais je l'en empêcherai.»

Quand tous les plats furent servis, l'ingénieuse[3] prit le temps, pendant que l'on soupait, de mettre au point tous les détails d'un plan d'attaque des plus hardis.

Elle finissait quand on vint l'avertir qu'il fallait présenter les fruits. Elle porta le dessert qu'elle servit dès que la table fut débarrassée. Puis elle plaça près d'Ali Baba une petite desserte[4], sur laquelle elle disposa la carafe de vin avec trois tasses. En sortant, elle emmena Abdallah avec elle, comme pour aller souper ensemble. Ali Baba, selon la coutume, pouvait librement, toute la soirée, s'entretenir avec son hôte et se réjouir agréablement en sa compagnie tout en lui servant à boire.

Alors, le faux Cogia Houssain, ou plutôt le capitaine des quarante voleurs, crut que l'occasion favorable pour ôter la vie du bûcheron était venue.

«J'enivrerai[5], pensa-t-il, le père et le fils; et le fils, à qui je veux bien laisser la vie, ne m'empêchera pas d'enfoncer

---

1. **Scélérat**: personne qui commet des crimes, des mauvaises actions.
2. Dans la religion musulmane, partager le pain et le sel à table est un moyen de sceller une amitié.
3. **Ingénieuse**: femme intelligente.
4. **Desserte**: meuble sur lequel on pose les plats que l'on retire de table.
5. **J'enivrerai**: je ferai boire jusqu'à les rendre ivres.

le poignard dans le cœur du père. Je me sauverai par le jardin, comme je l'ai déjà fait, pendant que la cuisinière et l'esclave n'auront pas encore terminé de souper ou seront endormis dans la cuisine. »

Au lieu de dîner, Morgiane, qui avait deviné l'intention du prétendu marchand, ne lui donna pas le temps de mettre à exécution son plan diabolique. Elle revêtit une tenue de danseuse fort élégante, se coiffa joliment et se ceignit[1] d'une ceinture d'argent doré. Elle y attacha un poignard dont la gaine[2] et le manche étaient de même métal. Elle s'appliqua un fort beau masque sur le visage. Enfin, déguisée de la sorte, elle dit à l'esclave :

– Abdallah, prends ton tambour de basque[3] pour offrir à l'hôte de notre maître et ami de son fils le divertissement que nous lui présentons quelquefois.

Abdallah prend l'instrument de musique, commence à en jouer et, avançant devant Morgiane, il entre dans la salle. La danseuse qui le suit, s'arrête au milieu du salon et exécute une belle révérence[4], comme pour demander la permission de montrer ce qu'elle sait faire. Chacun se tait, et tous les regards se portent sur ce charmant spectacle.

Quand Abdallah s'aperçut qu'Ali Baba voulait parler, il cessa de battre le tambour.

– Entre, Morgiane, entre, dit ce dernier. Mon invité jugera de quoi tu es capable. Il nous dira ce qu'il en pense. Seigneur, ajouta-t-il pour son hôte, ne croyez pas que je me

---

1. **Se ceignit** : s'entoura.
2. **Gaine** : étui.
3. **Tambour de basque** : tambourin.
4. **Révérence** : salut fait en inclinant son buste vers l'avant ou en pliant les genoux, en signe de respect.

mette en frais[1] pour vous donner ce divertissement. Vous voyez : il s'agit de mon esclave qui possède de nombreux talents. Elle danse aussi bien qu'elle cuisine. Elle s'occupe également de la maison : une vraie fée du logis[2] ! J'espère que vous trouverez le moment agréable.

Cogia Houssain ne s'attendait pas à ce que le maître de maison l'invite à prolonger le dîner par ce spectacle. Cela lui fit craindre de ne pas pouvoir profiter de l'occasion qu'il croyait avoir trouvée. Si c'était le cas, il attendrait un moment plus favorable tout en continuant d'entretenir son amitié avec le père et le fils. Ainsi, même si ce cadeau bousculait ses plans, le fourbe fit néanmoins semblant d'être honoré. Le faux marchand eut la politesse de témoigner à son hôte que ce qui lui faisait plaisir ne pourrait pas manquer de le réjouir lui-même.

Aussitôt qu'Ali Baba et Cogia Houssain se turent, Abdallah recommença à jouer de son instrument et à chanter un air qui invitait à danser. Morgiane, comme une danseuse professionnelle, dansa de manière à être admirée. Tous les regards se fixèrent sur ce magnifique tableau. Seul l'invité y accordait peu d'attention…

Après avoir exécuté plusieurs pas sur un rythme endiablé[3], pour le plus grand plaisir des yeux de ses admirateurs, Morgiane tira enfin le poignard. Le tenant à la main, elle entama un numéro dans lequel elle se surpassa par des figures différentes, des mouvements légers, des sauts surprenants et des effets merveilleux. Tantôt elle brandissait le

1. **Je me mette en frais** : je dépense beaucoup.
2. **Fée du logis** : femme qui tient une maison toujours propre et bien rangée.
3. **Rythme endiablé** : rythme très rapide.

poignard en avant, comme pour frapper, tantôt elle faisait mine de s'en frapper elle-même le sein.

Comme hors d'haleine enfin, elle arracha le tambour de basque des mains d'Abdallah et, le tenant à l'envers, elle le présenta à Ali Baba comme pour solliciter sa générosité[1].

Ali Baba jeta la première pièce d'or qui rebondit sur la peau de bête de l'instrument. Morgiane s'adressa alors au fils d'Ali Baba, qui suivit l'exemple de son père. Cogia Houssain, prévoyant qu'elle allait s'adresser également à lui, avait déjà sorti la bourse de sa poche pour lui faire son présent.

Il y mettait la main quand Morgiane, avec un courage digne de la fermeté et de la résolution[2] qu'elle avait montrées jusqu'alors, lui enfonça le poignard en plein cœur, si profondément qu'elle ne le retira qu'après l'avoir tué.

Ali Baba et son fils, épouvantés par cette action, poussèrent un grand cri.

– Ah ! malheureuse, s'écria Ali Baba, qu'as-tu fait ? Est-ce pour nous perdre, moi et ma famille ?

– Au contraire, répondit Morgiane, je l'ai fait pour vous protéger.

Alors, en ouvrant la robe de Cogia Houssain, elle leur montra le sabre dont il était armé.

– Voyez, dit-elle, à quel terrible ennemi vous aviez affaire, et regardez bien son visage : vous y reconnaîtrez le faux marchand d'huile et le capitaine des quarante voleurs. Pourquoi n'avez-vous pas réagi lorsqu'il n'a pas voulu manger de sel avec vous ? Vous en fallait-il davantage pour deviner sa

1. **Solliciter sa générosité** : encourager à donner de l'argent.
2. **Digne de la fermeté et de la résolution** : à la hauteur de l'assurance et de la détermination.

traîtrise ? Cette exigence étrange de votre convive a éveillé mon attention avant même de le voir. Convenez avec moi que mon soupçon n'était pas mal fondé.

Ali Baba manifesta à nouveau toute sa reconnaissance. La servante dévouée lui avait sauvé la vie une seconde fois. Il l'embrassa.

– Morgiane, déclara-t-il ému, lorsque je t'ai donné la liberté, je t'avais promis alors que ma gratitude[1] n'en demeurerait pas là. Je m'étais engagé et t'avais assuré d'un beau mariage et d'une riche dot. Ce temps est venu, et tu seras ma belle-fille.

Et, en s'adressant à son fils :

– Mon enfant, ajouta Ali Baba, je te crois assez sage et dévoué pour ne pas trouver étrange que je te donne Morgiane pour femme sans te consulter. Tu lui dois autant de remerciements que moi. Je pense que tu réalises avec effroi[2] comme moi que Cogia Houssain, ce traître, avait recherché ton amitié dans le seul but de réussir à me tuer. S'il avait exécuté ses plans, tu peux être certain que ce bandit t'aurait sacrifié aussi à sa vengeance[3]. Considère enfin qu'en épousant Morgiane, tu épouses le soutien de notre famille tant que je vivrai, et l'appui de la tienne jusqu'à la fin de tes jours.

Le fils, bien loin de témoigner un quelconque mécontentement, assura qu'il consentait[4] à ce mariage, non seulement parce qu'il ne voulait pas désobéir à son père, mais aussi parce qu'il y était porté par sa propre inclination[5].

1. **Gratitude** : reconnaissance.
2. **Effroi** : très grande peur.
3. **À sa vengeance** : pour se venger.
4. **Consentait** : acceptait.
5. **Inclination** : attirance.

Chapitre 8

Le bonheur d'Ali Baba

On songea ensuite, chez Ali Baba, à enterrer le corps du capitaine auprès de ceux des trente-sept voleurs. Cela se fit si discrètement qu'on ne l'apprit qu'après de longues années, lorsque plus personne ne s'intéressa à cette histoire mémorable[1].

Peu de jours après, Ali Baba célébra solennellement les noces de son fils et de Morgiane. On offrit un festin somptueux[2]. Toute la nuit, on dansa. On participa joyeusement à des spectacles et à des divertissements traditionnels. Les amis et les voisins, qui avaient été invités sans connaître les vraies raisons du mariage, félicitèrent l'heureux père de famille. Tous connaissaient, selon la rumeur publique, les nombreuses qualités de la servante dévouée. Ils louèrent[3] Ali Baba, vantèrent sa générosité et son bon cœur.

Après le mariage, le brave homme s'abstint de retourner à la grotte. Depuis qu'il en avait tiré et rapporté le corps de son frère Cassim sur un de ses trois ânes, avec l'or dont il les avait chargés, il avait craint d'y revenir de peur d'y trouver des voleurs ou d'y être surpris. Après la mort des

---

1. **Mémorable** : dont on se souvient.
2. **Festin somptueux** : grand et magnifique repas pour plusieurs invités.
3. **Louèrent** : manifestèrent leur admiration pour.

trente-huit brigands, y compris leur capitaine, il avait continué de s'interdire d'y aller, supposant que les deux autres, dont le destin ne lui était pas connu, étaient encore vivants.

Mais au bout d'un an, il remarqua que personne ne s'était manifesté. Son inquiétude s'estompa[1] pour laisser place à la curiosité.

Il décida d'entreprendre le voyage, en prenant les précautions nécessaires pour sa sécurité. Il monta à cheval et s'enfonça dans la forêt. Quand il atteignit l'entrée de la grotte, il se sentit rassuré, n'apercevant aucune trace d'hommes ou de chevaux. Il mit pied à terre. Il attacha sa monture et, en se présentant devant la porte, il prononça ces paroles: « Sésame, ouvre-toi ! », qu'il n'avait pas oubliées.

Le panneau pivota sans aucune difficulté. Il entra. En voyant l'état dans lequel se trouvait l'intérieur de la grotte, il en conclut que personne n'y avait pénétré depuis que le faux Cogia Houssain était venu louer une boutique dans la ville. Depuis ce temps-là, la compagnie des quarante voleurs s'était entièrement dispersée ou avait été exterminée. Il ne douta plus: désormais il était seul au monde à détenir le secret. Lui seul possédait l'immense pouvoir d'entrer dans la caverne. Le trésor qu'elle enfermait était à l'avenir à son entière disposition. Il n'avait pas oublié de se munir d'une malle et la remplit d'autant d'or que son cheval en put porter. Puis il revint en ville.

Plus tard, Ali Baba mena son fils à la grotte. Il lui enseigna la formule magique pour y entrer. Ainsi se transmit de génération en génération le secret de la caverne d'Ali Baba.

---

1. **S'estompa**: diminua.

Leurs descendants, alors, profitèrent de leur fortune avec la même modération[1] et vécurent heureux, riches, connus et respectés de tous.

1. **Avec la même modération**: de manière aussi raisonnable.

Arrêt sur lecture 2

Un quiz pour commencer

Cochez les bonnes réponses.

1 *Quel est le métier d'Ali Baba ?*

- ❑ Bûcheron.
- ❑ Marchand.
- ❑ Cordonnier.

2 *Comment Ali Baba entre-t-il dans la caverne des quarante voleurs ?*

- ❑ Il se faufile derrière le dernier voleur qui y entre.
- ❑ Il répète la formule magique qu'il a entendue.
- ❑ Il entre dans la caverne grâce à l'ouverture pratiquée à son sommet.

3 *Qu'arrive-t-il à Cassim, le frère d'Ali Baba ?*

- ❑ Il augmente sa fortune en pillant la caverne des voleurs.
- ❑ Par jalousie, il dénonce le vol d'Ali Baba.
- ❑ Prisonnier de la caverne, il est tué par les voleurs.

4 ***Qui est Morgiane ?***

- ❒ Une des femmes d'Ali Baba.
- ❒ L'esclave d'Ali Baba.
- ❒ La fille de Cassim.

5 ***Quel premier piège Morgiane déjoue-t-elle ?***

- ❒ Elle démasque un voleur déguisé en cordonnier.
- ❒ Elle prévient Ali Baba que sa maison est cernée par les voleurs.
- ❒ Elle remarque une croix sur la porte de la maison où vit Ali Baba et trace le même symbole sur les portes des maisons voisines.

6 ***Que deviennent les voleurs cachés dans les jarres ?***

- ❒ Ils sortent des jarres à la nuit tombée et tuent Ali Baba.
- ❒ Ils sont tués par Morgiane avec de l'huile bouillante.
- ❒ Ils s'enfuient de peur d'être démasqués.

7 ***Comment le capitaine des voleurs essaie-t-il de se venger ?***

- ❒ Il tue Morgiane.
- ❒ Il se déguise en marchand et se fait inviter par Ali Baba.
- ❒ Il recrute de nouveaux voleurs pour l'aider.

8 ***Qui aide Ali Baba à échapper à tous les dangers dans ce conte ?***

- ❒ Sa femme.
- ❒ Le vieux cordonnier.
- ❒ Morgiane.

9 ***Qui Morgiane épouse-t-elle à la fin du conte ?***

- ❒ Le chef des voleurs.
- ❒ Le fils d'Ali Baba.
- ❒ Ali Baba.

Des questions pour aller plus loin

→ *Étudier les péripéties du conte*

Le héros mis à l'épreuve

1 Les étapes du récit ont été mélangées, remettez-les dans le bon ordre sur la frise.

a. Morgiane comprend que le marchand est le chef des voleurs.

g. Morgiane tue les voleurs avec de l'huile bouillante.

b. Cassim se rend à la caverne.

h. Le chef des voleurs décide de tuer lui-même Ali Baba et se déguise en marchand.

c. Cassim est tué et Ali Baba épouse sa veuve.

d. Ali Baba découvre la caverne et y vole des pièces d'or.

i. Deux hommes sont envoyés au village pour éliminer le voleur de la caverne.

e. Morgiane découvre des croix sur la porte d'Ali Baba et trace les mêmes sur les portes voisines.

j. Les voleurs qui ont échoué sont exécutés.

f. Les voleurs se cachent dans des jarres chez Ali Baba.

k. Morgiane épouse le fils d'Ali Baba.

2 Quel événement déclenche toutes les péripéties du récit ? Quel(s) personnage(s), selon vous, est (sont) responsable(s) de ce qui se produit ensuite ?

Sagesse et prévoyance

3 Langue De « Ali Baba se tenait immobile » à « depuis des siècles » (chapitre 1, l. 88-99, p. 85), quelle figure de style souligne l'abondance des richesses présentes dans la caverne ? À quoi Ali Baba accorde-t-il le plus de valeur ? Pourquoi ?

4 En quoi Ali Baba et son frère Cassim sont-ils très différents l'un de l'autre ? Associez à chacun les adjectifs qui lui correspondent.

	• Pauvre
	• Fortuné
Ali Baba •	• Généreux
Cassim •	• Prudent
	• Jaloux
	• Égoïste

5 Quel est le caractère d'Ali Baba ? Entourez les adjectifs qui lui correspondent, puis classez-les dans la colonne qui convient.

Aisé — Attentif — Avare — Colérique — Cupide

Envieux — Méfiant — Naïf — Prévoyant — Reconnaissant

Qualités	Défauts

Zoom sur le récit de Morgiane (chapitre 6, l. 256-317, p. 128-130)

6 Relisez les répliques de Morgiane : que révèle-t-elle à son maître ?

7 Quels adjectifs caractérisent Morgiane ? Selon vous, qui exprime son point de vue ?

8 Quelle est la « mission » de Morgiane ? Justifiez votre réponse en relevant deux expressions significatives.

9 À la fin du dialogue, que promet Ali Baba ? Tiendra-t-il parole ?

Morgiane : alliée du héros ou héroïne du conte ?

10 Relevez tous les pièges tendus par les voleurs. Quels moyens Morgiane utilise-t-elle pour les déjouer et sauver Ali Baba ?

11 Observez les passages du conte dans lesquels Morgiane apparaît : que remarque-t-on à mesure que l'histoire progresse ? Est-elle un personnage secondaire ou principal ?

12 Morgiane donne la mort à deux reprises. Qui sont ses victimes et comment justifie-t-elle ses actes ?

✔ *Rappelez-vous !*

• Si le titre du conte met en avant Ali Baba, un autre personnage, féminin, joue un rôle essentiel dans le déroulement de l'histoire. Morgiane, l'esclave d'Ali Baba, est une **héroïne** comme on en trouve fréquemment dans le **conte oriental** : elle est entièrement dévouée au service et à la protection de son maître et de sa famille. Elle aide le personnage principal à surmonter les différentes épreuves auxquelles il est confronté.

• **Son courage, sa ruse et sa perspicacité** l'opposent aux deux autres femmes du conte, celle d'Ali Baba, imprudente, et celle de Cassim, attirée par les richesses.

De la lecture à l'expression orale et écrite

Des mots pour mieux s'exprimer

1 Langue ***Complétez le tableau suivant en accordant correctement les adjectifs.***

Masculin singulier	Féminin singulier	Masculin pluriel	Féminin pluriel
		Courageux	
	Sage		
Perfide			
			Cupides
Prudent			
		Jaloux	
Lâche			
	Fidèle		
		Odieux	
			Justes
Impatient			
		Avares	
Déterminé			

2 ***Indiquez à quel champ lexical appartient chacun des mots suivants :***

Bourses | Butin | Cachottier | Cercueil

Dénicher | Défunt | Fortune | Retraite | Veuve

Champ lexical de la richesse : ______________________________

Champ lexical du secret : __________________________________

Champ lexical de la mort : _________________________________

La parole est à vous

3 ***Ali Baba vole des voleurs et Morgiane tue des tueurs… Mais leurs crimes sont découverts ! Leurs procès ont lieu. Pour qui prendrez-vous parti ?***

Consignes. Avec vos camarades, constituez quatre groupes : une partie de la classe travaillera sur le procès d'Ali Baba (deux groupes) et l'autre moitié sur celui de Morgiane (deux groupes). Au sein de chaque groupe, répartissez-vous les rôles : une partie représentera les avocats de l'accusé(e), une autre l'avocat général, chargé de faire respecter la loi. Préparez vos arguments en vous appuyant sur votre connaissance des personnages (situation et caractère). Chaque procès peut alors commencer ! Un camarade rappellera les faits reprochés à l'accusé(e) ; ses avocats prendront la parole, avant de la céder aux représentants de l'avocat général, tous s'appliquant à respecter la parole des autres.

4 ***Transformez le début du chapitre 2 (de « Sans réfléchir » à « Par quel miracle ? », l. 3-39, p. 89-90) en scène de théâtre et jouez-le devant vos camarades.***

Consignes. Formez deux groupes. Répartissez-vous les rôles au sein de chaque groupe et entraînez-vous à jouer la scène en ne lisant que les dialogues (les passages de récit ne seront pas prononcés). Veillez à bien articuler et à avoir un débit et un volume de parole convenables. Vous présenterez ensuite votre scène devant la classe.

À vous d'écrire

5 ***« Alors il lui conta toute son aventure, du début à la fin » (chap. 1, l. 135, p. 86) : imaginez Ali Baba décrivant la caverne à sa femme.***

Consignes. D'une vingtaine de lignes, votre texte sera descriptif ; il évoquera à la fois le lieu et les richesses qui s'y trouvent. Veillez à employer des indicateurs spatiaux et des adjectifs qualificatifs variés.

6 ***Imaginez une péripétie supplémentaire : Morgiane déjoue un nouveau piège des voleurs. Racontez cet épisode.***

Consignes. D'une quinzaine de lignes, votre texte sera narratif. Vous emploierez les temps du passé et suivrez un schéma identique à celui des pièges déjoués par Morgiane dans le conte : Morgiane découvre un piège destiné à son maître / elle élabore une stratégie pour le déjouer / elle réussit et sauve son maître.

Du texte à l'image

Histoire des arts

• Le capitaine des voleurs et ses hommes, illustration de Roger Broders dans *Histoire d'Ali-Baba et des quarante voleurs*, Mame, 1949.

➡ **Image reproduite en couverture.**

• Hermann Emil Sprengel, *Schéhérazade*, huile sur toile, 1881, collection privée.
• Morgiane s'apprête à tuer le faux marchand, chromolithographie, v. 1900.

➡ **Images reproduites en page IV du cahier photos.**

Lire l'image

1 Décrivez précisément l'image de couverture (nature, composition, couleurs, attitude des personnages).

2 Dans les trois images, observez les tenues des personnages et les éléments de décor : quels sont ceux qui relèvent de l'exotisme oriental ?

Comparer le texte et l'image

3 Quelles péripéties du conte ces trois images illustrent-elles ?

4 Dans l'illustration de couverture, que pouvez-vous dire sur l'attitude du capitaine par rapport à ses hommes ?

5 Dans la troisième illustration, quel objet attire particulièrement l'attention du spectateur ? Commentez sa position dans l'image et rappelez en quoi consiste la ruse de Morgiane.

À vous de créer

6 Dans la chromolithographie, Morgiane tourne le dos au spectateur : comment l'imaginez-vous ? Rédigez le portrait physique de la jeune esclave. Vous pouvez vous inspirer des éléments visibles dans l'illustration, mais n'oubliez pas d'imaginer et de décrire son visage. Pensez à caractériser les différentes parties qui le composent.

Sindbâd de la mer

Traduction de Jamel Eddine Bencheikh
abrégée et adaptée

Prologue

Il se trouvait du temps du calife[1] Commandeur des croyants Haroun al-Rachid[2], dans la cité de Bagdad[3], un homme nommé Sindbâd le portefaix[4]. Il était pauvre et gagnait sa vie en portant des charges sur la tête.

Un jour d'entre les jours, il s'était chargé d'un lourd fardeau sous un soleil torride[5]. Exténué[6], il transpirait alors que la chaleur devenait intense. Il passa près de la demeure d'un négociant[7]. On avait balayé et arrosé le seuil d'eau de rose, il y faisait plus frais. Près de l'entrée se trouvait un large banc de pierre. Le portefaix se défit de sa charge et l'y déposa pour se reposer et prendre un peu d'air. Une délicieuse brise[8] portant d'agréables

1. **Calife** : chef suprême des musulmans, successeur du prophète Mohammed.
2. **Haroun al-Rachid** : cinquième calife abbasside (dynastie de califes) ayant régné à Bagdad dès l'âge de 20 ans, de 786 à 809.
3. **Bagdad** : capitale de l'Iraq et capitale religieuse du califat, la ville est, sous le règne de Haroun al-Rachid, un centre politique et économique mondial, un lieu d'art, de culture et de pensée.
4. **Portefaix** : métier qui consiste à porter des charges, des paquets de marchandises dans le cas de Sindbâd.
5. **Torride** : extrêmement chaud.
6. **Exténué** : extrêmement fatigué.
7. **Négociant** : marchand.
8. **Brise** : petit vent frais.

senteurs venait de la demeure. Le portefaix se délecta[1] de tout cela et s'assit sur le banc de pierre.

Il entendit à ce moment des accords de cordes. Un luth[2] accompagnait des voix récitant avec émotion des poèmes écrits dans un arabe des plus purs. Des oiseaux gazouillaient et glorifiaient Dieu le Très Haut sur tous les modes et dans toutes les langues. Ainsi lançaient leurs trilles[3] tourterelles et rossignols, merles et *bulbuls*[4], ramiers et perdrix[5].

Sindbâd était émerveillé et vivement ému. Il se leva, passa la porte de la demeure et aperçut un vaste jardin où s'affairaient jeunes serviteurs et esclaves, gens de maison et servantes, dans un déploiement[6] digne de souverains et de sultans. À ce moment, il huma[7] le fumet pénétrant[8] de toutes sortes de plats délicats et délicieux ainsi que les effluves[9] de boissons de qualité. Il leva les yeux et adressa au ciel cet appel :

– Magnifié[10] sois-Tu Seigneur, notre Créateur, Toi qui pourvois comme Tu l'entends à la subsistance[11] de chacun sans compter.

Puis il récita :

Combien de malheureux harassés[12]
jouissent d'un tel repos sous de si frais ombrages ?

---

1. **Se délecta** : en tira un très grand plaisir.
2. **Luth** : instruments à cordes.
3. **Trilles** : airs de musique.
4. ***Bulbuls*** : petits oiseaux brun et vert.
5. **Ramiers et perdrix** : autres variétés d'oiseaux.
6. **Déploiement** : ici, défilé.
7. **Huma** : renifla.
8. **Fumet pénétrant** : parfum fort.
9. **Effluves** : odeurs qui se dégagent.
10. **Magnifié** : célébré.
11. **Toi qui pourvois [...] à la subsistance** : toi qui permets de vivre.
12. **Harassés** : extrêmement fatigués.

Aladin, ou la découverte du merveilleux

Aladin transporté par le génie, illustration des *Mille et Une Nuits*, début du XIXe siècle.

➡ **Voir lecture d'images p. 77.**

Aladin et le magicien, illustration de Thomas Mackenzie, dans Arthur Ransome, *Aladin et sa lampe magique*, Nisbet & Co, Londres, 1919.

➡ **Voir lecture d'images p. 77.**

Aladin et le génie de la lampe, illustration d'Edmond Dulac, dans *Sindbad le marin et d'autres contes des Mille et Une Nuits*, éditions Henri Piazza, 1919.

➡ **Voir lecture d'images p. 77.**

Sindbâd, ou le héros à l'épreuve

Aussitôt que la baleine sentit la chaleur du feu, elle se secoua vivement et se plongea dans les flots, entraînant les pauvres marins avec elle, au fond de la mer.

Sindbad s'attacha avec son turban à la patte de l'oiseau qui l'enleva comme une plume. Bientôt l'oiseau arriva au dessus d'une île, et voyant un énorme serpent, il s'élança sur lui et le tua d'un coup de bec. Sindbad ayant vivement détaché le turban, l'oiseau s'envola avec le serpent.

Sindbad ayant remarqué qu'il venait à tout moment dans l'île, des Aigles immenses qui emportaient des serpens, se coucha à terre en faisant le mort. Bientôt un des plus grands Aigles l'aperçut et l'enleva, puis il le porta très loin vers le nid de ses Aiglons. Des chasseurs étant survenus à propos, tuèrent l'Aigle et le délivrèrent. Sindbad

Pendant la nuit Sindbad et son compagnon étant parvenus à se sauver des mains des sauvages, se promenaient en explorant l'île, lors que tout-à-coup un horrible serpent couvert d'écailles se mit à les poursuivre. Sindbad grimpa lestement sur un arbre, son compagnon voulut le suivre, mais le serpent le saisit et le dévora en un instant.

« Les aventures de Sinbâd le marin », *Les Mille et Une Nuits*, lithographies coloriées, Imagerie d'Épinal, v. 1850.

➡ **Voir lecture d'images p. 274.**

Troisième voyage de Sindbâd de la mer, chromolithographie, fin du XIXe siècle.

➡ **Voir lecture d'images p. 274.**

Premier voyage de Sindbâd de la mer, illustration de Léon Carré, *Les Mille et Une Nuits*, éditions Henri Piazza, 1931.

➡ **Voir lecture d'images p. 274.**

Quatrième voyage de Sindbâd de la mer, gravure de Gustave Doré, *Les Mille et Une Nuits*, 1865.

➡ **Voir lecture d'images p. 274.**

Schéhérazade et Morgiane, des héroïnes très rusées

Hermann Emil Sprengel,
Schéhérazade, huile sur toile,
1881, collection particulière.
➡ **Voir lecture d'images p. 156.**

Morgiane s'apprête à tuer le faux marchand, chromolithographie, v. 1900.
➡ **Voir lecture d'images p. 156.**

Et moi ma fatigue ne cesse de croître,
la lassitude m'accable[1] *tant s'accroissent mes charges.*
D'autres sont bienheureux loin de toute misère
qui jamais ne portèrent de pareils fardeaux,
Baignant dans une éternelle opulence[2]*,*
réjouis et honorés entre boire et manger.
Je suis semblable à toi et tu es mon semblable[3]*.*
Mais il y a si loin entre moi et toi,
autant qu'il est entre vinaigre et vin.

Ayant récité ces vers à voix haute, Sindbâd le portefaix s'apprêtait à reprendre sa charge et à repartir quand apparut un très jeune esclave, beau de visage, à la taille fine, portant des vêtements de prix. Il vint le prendre par la main et lui dit :

– Entre t'entretenir avec mon maître, il t'y invite.

Sindbâd songea d'abord à refuser de le suivre mais ne s'y résolut[4] pas. Il déposa alors son fardeau auprès du portier, dans le vestibule[5], et suivit le jeune esclave dans la demeure. Dans une vaste salle de réception il aperçut de nobles seigneurs et de grands dignitaires[6]. Toutes espèces de fleurs s'y épanouissaient en mille bouquets. Sucreries, fruits et mets les plus recherchés étaient disposés sur des plateaux ainsi que vins des meilleures treilles[7].

1. **La lassitude m'accable** : le découragement m'affaiblit.
2. **Opulence** : abondance de biens matériels.
3. **Tu es mon semblable** : tu me ressembles.
4. **Résolut** : décida.
5. **Vestibule** : pièce ou couloir d'entrée d'une maison.
6. **Dignitaires** : hommes importants.
7. **Treilles** : pieds de vigne.

De belles esclaves, assises en ordre, chacune selon le rang qui lui était assigné[1], tenaient des instruments de musique. Les convives avaient pris place autour d'un homme imposant qui inspirait le respect. C'était un vieillard au beau visage, impressionnant et digne, dont les ans avaient blanchi la barbe. Ses traits étaient délicats et agréables à regarder, sa physionomie empreinte de gravité[2], de bonté, de noblesse. Il émanait[3] de lui une grande impression d'autorité naturelle et de mâle assurance.

Sindbâd le portefaix resta stupéfait devant tant de splendeur. Il se dit en lui-même : « Par Dieu, je suis ici au paradis, à tout le moins[4] dans le palais d'un roi ou d'un sultan. » Puis il se souvint des convenances[5], salua l'assistance sur laquelle il invoqua la faveur divine[6], baisa le sol devant elle puis se releva et attendit, la tête humblement baissée.

Le maître de maison l'invita à s'asseoir à ses côtés, lui souhaita la bienvenue et le mit à l'aise en lui parlant avec amabilité. Il lui fit présenter quelques plats des plus délicats, merveilleusement apprêtés et succulents[7]. Sindbâd mangea son content[8] jusqu'à être rassasié. Il en fit louange à Dieu, se rinça les mains et remercia son hôte. Ce dernier lui dit alors :

– Tu es le bienvenu et bénie soit ta journée. Comment te nommes-tu et quel métier exerces-tu ?

---

1. **Le rang qui lui était assigné** : la place qui lui était attribuée.
2. **Sa physionomie empreinte de gravité** : son visage exprimant un grand sérieux.
3. **Émanait** : provenait.
4. **À tout le moins** : ou au moins.
5. **Convenances** : manières qu'il convient de respecter en société.
6. **Sur laquelle il invoqua la faveur divine** : à laquelle il souhaita la protection de Dieu.
7. **Apprêtés et succulents** : présentés et délicieux.
8. **Son content** : à sa faim.

– Monseigneur, je m'appelle Sindbâd le portefaix. Je transporte sur ma tête les charges que l'on me confie contre rétribution[1].

– Sache, portefaix, lui répondit le vieillard dans un sourire, que nous portons le même nom : je suis Sindbâd de la mer. Je souhaiterais t'entendre répéter les vers que tu récitais à ma porte.

Le portefaix, confus[2], se répandit en excuses :

– Ne m'en tiens pas rigueur, je t'en conjure[3] par Dieu ! La fatigue, les difficultés de l'existence et la misère inclinent à[4] la grossièreté et à l'impertinence[5].

– N'aie donc pas honte, tu es devenu mon frère. Récite-moi ces vers. Ils m'ont plu lorsque je t'ai entendu les dire.

Le portefaix s'exécuta[6] pour le plus grand plaisir de son hôte, qui lui confia :

– Sache que j'ai derrière moi une histoire merveilleuse. Je t'en raconterai toutes les péripéties. Je n'ai atteint au bonheur dans cette maison où tu me vois qu'après d'innombrables épreuves et d'immenses peines et non sans avoir échappé à de terrifiants dangers. J'ai fait sept voyages aussi extraordinaires et stupéfiants les uns que les autres. Ainsi l'avait voulu ma destinée fixée par décret divin[7] contre lequel il n'y a ni parade ni échappatoire[8].

Puis, s'adressant à l'ensemble des invités, il entreprit de conter le premier de ses voyages.

1. **Rétribution** : salaire.
2. **Confus** : ici, gêné.
3. **Conjure** : supplie.
4. **Inclinent à** : poussent à.
5. **Impertinence** : manque de respect.
6. **S'exécuta** : fit ce qu'on lui demandait.
7. **Fixée par décret divin** : voulue par Dieu.
8. **Ni parade ni échappatoire** : aucune issue, aucun moyen de s'échapper.

Le premier voyage

De l'île-baleine au royaume des cavales[1]

Sachez, nobles seigneurs, que mon père était marchand. Il comptait parmi les grands d'entre les gens, et les plus riches d'entre les négociants. Lorsqu'il vint à mourir, j'étais en bas âge. Il me laissa en héritage de l'argent, des bien-fonds[2] et des fermes. Devenu adulte, je mis la main sur tout cela. Je mangeai agréablement, bus les meilleures boissons et fréquentai des jeunes gens. Je me parai[3] des plus beaux vêtements et menai grand train[4] avec des amis et des compagnons. Je vécus ainsi longtemps jusqu'à ce que je retrouve la raison et revienne de mon égarement[5].

Je constatai alors que ma fortune s'était épuisée et ma situation détériorée[6]. Il ne me restait presque plus rien de tout ce que j'avais possédé. J'avais bien repris mes esprits mais me retrouvai stupéfait et effrayé. Je me souvins d'une parole que j'avais entendue dans la bouche de mon père.

---

1. **Cavales** : chevaux femelles.
2. **Bien-fonds** : propriétés.
3. **Parai** : habillai.
4. **Menai grand train** : dépensai sans compter.
5. **Égarement** : folie passagère.
6. **Détériorée** : dégradée.

Elle avait été dite par Salomon[1], fils de David, que le salut[2] soit sur eux deux : « Trois choses sont préférables à trois autres : le jour de la mort à celui de la naissance ; un chien vivant à un lion mort ; la tombe au dénuement[3]. »

Je me levai sur l'heure[4], rassemblai ce qu'il me restait de meubles et de vêtements et les vendis. Je fis de même pour mes terres et tout ce que je possédais d'autre. De tout cela, je tirai trois mille dirhams[5]. J'eus l'idée alors d'aller visiter d'autres pays.

Je m'en fus acheter des marchandises, toutes sortes d'objets et un nécessaire de voyage[6]. Je descendis sur la rive et m'embarquai avec d'autres marchands à destination de Bassora[7]. Là commença notre traversée. Nous voguâmes des jours et des nuits, d'île en île, de mer en mer, de contrée en contrée. Nous faisions escale dès que nous le pouvions pour vendre, acheter, troquer[8] des marchandises.

Nous accostâmes[9] un jour dans une île qui ressemblait à quelque jardin d'entre les jardins du paradis. Le capitaine

---

1. **Salomon** : fils de David et de Bethsabée, troisième roi d'Israël (v. 970-931 av. J.-C.), personnage biblique, auteur d'une œuvre poétique importante (psaumes). On lui attribue plusieurs livres de l'Ancien Testament.
2. **Salut** : protection de Dieu.
3. **Dénuement** : extrême pauvreté.
4. **Sur l'heure** : aussitôt.
5. **Dirhams** : monnaie des Émirats arabes unis et du Maroc.
6. **Nécessaire de voyage** : pochette qui renferme tout ce qui est indispensable à la toilette pendant un voyage.
7. **Bassora** : grande ville du sud de l'Iraq, principal port de commerce et centre culturel important. Hormis cette indication précise et quelques autres (telle l'île de Sarandîb dans les sixième et septième voyages), la géographie des voyages de Sindbâd paraît difficile à établir de façon satisfaisante. Aucune des tentatives menées par des chercheurs pour y parvenir ne s'est révélée convaincante. Il est néanmoins possible de constater que les voyages de Sindbâd se situent d'une part entre Bassora et la Chine, sur les routes maritimes longeant les côtes de l'Inde, et d'autre part sont à destination d'îles au large de l'Afrique.
8. **Troquer** : échanger un bien contre un autre.
9. **Accostâmes** : arrivâmes sur la côte.

décida d'y mouiller[1], jeta l'ancre et fit déployer l'échelle de coupée[2]. Tout le monde descendit à terre. On garnit les braseros[3] pour y allumer la braise. Chacun vaqua à ses occupations[4] : les uns préparaient le repas, les autres lavaient le linge et d'autres enfin, dont j'étais, se promenaient sur l'île. Puis nous nous rassemblâmes pour manger, boire et nous divertir. C'est alors que nous entendîmes le capitaine, appuyé à la rambarde, hurler à pleins poumons[5] :

– Sauve qui peut ! Vite, vite ! Revenez à bord ! Cette île sur laquelle vous êtes n'est pas une île ! Vous n'êtes pas sur la terre ferme, mais sur le dos d'un énorme animal marin qui s'est échoué là depuis si longtemps que le sable l'a recouvert. Il en a fait comme une île sur laquelle ont poussé des arbres depuis la nuit des temps. Lorsque vous avez allumé des feux, il a senti la chaleur et s'est remis en mouvement. À cette heure il s'enfonce dans la mer où vous allez tous être engloutis. Sauvez vos vies avant de périr !

Lorsqu'ils entendirent ses cris, les passagers se ruèrent vers le navire en laissant sur place attirail, effets[6], ustensiles, paquets et braseros. Certains purent regagner le navire, d'autres non. L'île s'ébranla et s'enfonça vers les profondeurs abyssales[7] au milieu d'un tourbillon furieux, en des remous qui engloutissaient les hommes restés sur le rivage et dont, hélas, j'étais.

---

1. **Mouiller** : arrêter le navire.
2. **Échelle de coupée** : échelle qui permet de monter ou de descendre d'un navire.
3. **Braseros** : récipients métalliques percés de trous et remplis de braises, servant au chauffage.
4. **Vaqua à ses occupations** : se consacra à une tâche.
5. **Hurler à pleins poumons** : hurler le plus fort possible.
6. **Attirail, effets** : affaires.
7. **Profondeurs abyssales** : zones les plus profondes sous la mer.

Mais Dieu le Très Haut vint à mon aide et me sauva de la noyade grâce à un baquet[1] de bois, de ceux qui servent à laver le linge. Il flottait à ma portée. Je m'y agrippai, puis réussis à me hisser[2] tant la volonté de vivre me donnait de la force. J'essayai d'avancer à l'aide de mes jambes, mais les vagues me ballottaient[3] tantôt vers la droite tantôt vers la gauche.

Le capitaine avait mis à la voile[4] et s'éloignait avec les rescapés sans s'inquiéter plus avant des hommes à la mer. Je regardai le bâtiment[5] jusqu'à ce qu'il disparaisse. Je fus alors sûr de périr. Bientôt les ténèbres m'enveloppèrent.

Après toute une journée et une deuxième nuit, toujours accroché à mon épave, je fus rejeté par le vent et la houle[6] contre une île escarpée[7], bordée d'arbres dont les branches pendaient jusqu'à la surface de l'eau. Je me saisis de l'une d'elles et me hissai à la force des poignets sur le sol ferme, après avoir bien cru périr noyé.

La plante de mes pieds était enflée et portait les marques de morsures de poissons. Je ne m'en étais pas aperçu tant j'étais exténué et dévoré par l'angoisse. Je m'écroulai comme mort pour n'émerger de mon inconscience et de ma frayeur que le lendemain, au matin, alors que le soleil était déjà haut.

Mes pieds étaient trop enflés pour me permettre de marcher et c'est en me traînant, moitié rampant, moitié à

---

1. **Baquet** : caisse.
2. **Me hisser** : m'élever.
3. **Ballottaient** : secouaient.
4. **Avait mis à la voile** : était parti discrètement.
5. **Bâtiment** : ici, le navire.
6. **Houle** : mouvement produit par les vagues à la surface de l'eau.
7. **Escarpée** : d'accès difficile.

genoux, que je pus me nourrir de nombreux fruits, étancher[1] ma soif à l'eau douce des sources. Je mis des jours et des nuits à revenir à la vie, à reprendre mes esprits et à retrouver mes forces. Je ne cessai de réfléchir, de déambuler[2] le long du rivage en admirant les arbres dont Dieu le Très Haut, avait gâté cette île. Je m'étais taillé un bâton sur lequel je m'appuyais.

Un jour que je me promenais ainsi, j'aperçus au loin la silhouette de ce que je crus être une bête sauvage ou un animal marin. Je m'approchai, regardai longuement et vis un cheval de très grande taille attaché sur le rivage. À ma vue il poussa un long hennissement[3]. Un peu effrayé, je m'apprêtais à m'éloigner quand un homme surgit de terre et me cria :

– Qui es-tu et d'où viens-tu ?

– Seigneur, je suis un étranger, solitaire. Je voyageais sur un bateau lorsque j'ai été précipité à la mer avec quelques-uns de mes compagnons. Dieu a bien voulu me pourvoir[4] d'un baquet en bois auquel je me suis accroché. Les vagues m'ont jeté sur cette île.

Ayant écouté ce que je venais de dire, l'homme me saisit la main et me dit de venir avec lui. Il me fit descendre dans un passage et me conduisit le long d'une galerie souterraine jusqu'à une grande salle. Il m'invita à y prendre place et me servit un repas auquel je fis honneur car j'étais affamé. Une fois repu[5] et rassuré, je demandai à mon hôte :

---

1. **Étancher** : satisfaire.
2. **Déambuler** : marcher sans but.
3. **Hennissement** : cri du cheval.
4. **Me pourvoir** : me donner.
5. **Repu** : qui a mangé à sa faim.

– Par Dieu, seigneur, pardonne mon indiscrétion, mais je t'ai parlé de tout ce qui me concerne et de ce qui m'est arrivé. J'aimerais bien qu'à ton tour tu me dises qui tu es, pourquoi tu vis sous terre et pourquoi tu attaches ce cheval au bord de la mer.

– Sache que nous sommes plusieurs hommes répartis sur les rivages de cette île. Palefreniers[1] du roi al-Mihradjân, nous sommes chargés de nous occuper de tous ses chevaux. Chaque mois, à la nouvelle lune, nous amenons de grand matin des pouliches[2] de pur sang et les attachons sur différents points de la côte. Cela fait, nous revenons nous cacher dans cette salle souterraine afin que nul ne puisse nous apercevoir. Attirés par l'odeur de femelle en chasse, les chevaux marins sortent des flots et gagnent la plage. Ils promènent leurs yeux de tous côtés et, ne voyant personne, se précipitent sur les cavales et les couvrent[3]. Puis ils essaient de les entraîner dans les profondeurs. C'est à ce moment que, bondissant de terre, nous intervenons à grands cris pour les repousser à la mer. Les juments ainsi fécondées[4] mettent bas[5] poulains et pouliches qui valent des fortunes. Ils n'ont pas de pareils sur toute la terre. Voici justement le moment où les étalons vont sortir de mer si Dieu le Très Haut le veut. Je te conduirai ensuite chez notre souverain.

1. **Palefreniers** : garçons d'écurie qui s'occupent des chevaux.
2. **Pouliches** : jeunes juments.
3. **Couvrent** : s'accouplent avec elles.
4. **Fécondées** : enceintes.
5. **Mettent bas** : mettent au monde.

Je le remerciai pour son obligeance[1] et sa bonté, invoquant en sa faveur la bénédiction divine[2]. Soudain, un cheval marin surgit de la mer. Il poussa un hennissement effrayant puis se jeta sur la pouliche et voulut l'entraîner avec lui mais en vain. Elle battait le sol de ses sabots et hennissait. Le palefrenier de garde, alerté par le bruit, se saisit d'un sabre et d'un bouclier et se précipita par la porte de la salle où nous nous tenions, ameutant[3] ses compagnons en hurlant : « Sus[4] au cheval » et battant de son sabre sur le bouclier. Ils accoururent, armés de lances, et se mirent eux-mêmes à pousser des cris. L'animal, effrayé, s'enfuit, plongea dans les flots avec la lourdeur d'un buffle et disparut.

Après quoi, l'homme et ses compagnons décidèrent de m'emmener avec eux. Nous nous mîmes en route – eux à cheval, moi sur une jument – et voyageâmes sans répit[5] jusqu'à la capitale du roi al-Mihradjân.

Ils allèrent informer le souverain de ma présence et lui racontèrent mon histoire. Il me fit mander[6]. On m'introduisit et je me présentai debout devant lui. Je le saluai, il me rendit mon salut, me souhaita la bienvenue, me prodigua les marques de sa générosité et me demanda ce qui m'était arrivé. Je le lui narrai sans rien omettre de ce que j'avais enduré et vu du début à la fin de mon aventure. Mon récit le stupéfia :

---

1. **Obligeance** : manière de faire plaisir.
2. **Invoquant en sa faveur la bénédiction divine** : priant Dieu de le bénir.
3. **Ameutant** : appelant à se rassembler.
4. **Sus** : cri prononcé pour mener une attaque.
5. **Sans répit** : sans nous arrêter.
6. **Mander** : chercher.

– Mon fils, par Dieu, tu as survécu par miracle. Sans la longue existence que Dieu t'a impartie[1], tu n'aurais jamais échappé à de telles épreuves. Louange à Celui qui t'a pris sous Sa sauvegarde !

Il me combla de largesses[2], me traita avec bienveillance, m'admit au nombre de ses familiers[3], m'honora de sa conversation et de ses faveurs. Il me nomma même super-intendant du port avec mission de vérifier la cargaison des navires venus au mouillage[4]. Bien plus, je devins son homme de confiance pour la gestion de ses intérêts propres. Il me traitait avec bonté et pourvoyait à tous mes besoins. Il me fit couper[5] une belle et riche robe de fonction. Il alla même jusqu'à me nommer médiateur, chef du service chargé d'instruire les requêtes que lui adressaient ses sujets.

Je vécus longtemps en sa compagnie mais n'oubliai pas pour autant Bagdad. À chaque fois que je me rendais au port, j'interrogeais les marchands, les voyageurs et les marins pour apprendre vers où se trouvait Bagdad, la Cité de la paix. J'espérais que quelqu'un me renseignerait et serait en mesure[6] de me conduire vers ma patrie. Mais nul ne la connaissait et personne ne savait qui devait s'y rendre. J'en fus stupéfait, accablé par la solitude que je vivais loin de mon pays natal.

Au cours de mes voyages dans le royaume d'al-Mihradjân, j'eus l'occasion de visiter une île nommée Kâbil.

---

1. **Impartie** : accordée.
2. **Largesses** : généreux dons.
3. **Familiers** : personnes qui lui sont proches.
4. **Venus au mouillage** : arrêtés dans le port.
5. **Couper** : coudre.
6. **Serait en mesure** : pourrait.

Chaque nuit on y entendait battre tambours et tambourins. Selon les dires d'insulaires[1] voisins et de voyageurs, les habitants en étaient gens sérieux et sensés[2]. J'ai également aperçu dans cette mer un monstre aquatique long de deux cents coudées[3] et un poisson à tête de hibou. Il m'a été ainsi donné de voir tant de choses merveilleuses ou étranges que vous les raconter serait par trop long[4].

Je ne cessais d'aller et venir dans ces îles du royaume. Un jour que je me promenais le long du rivage, un bâton à la main selon mon habitude, un grand navire se présenta, pénétra dans la darse[5] et s'ancra[6], voiles affalées[7]. La passerelle fut abaissée. Ce bateau transportait un grand nombre de commerçants. L'équipage entreprit de décharger sa cargaison dont je notai l'inventaire sur mes registres. Comme l'opération traînait en longueur, je demandai au capitaine s'il restait encore des marchandises à bord.

– Oui, Monseigneur, répondit-il, la cale contient celles d'un passager qui a péri en mer à proximité d'une île où nous avions jeté l'ancre. Je les ai gardées en dépôt[8] et me propose de les vendre, au bénéfice de la famille du disparu, à laquelle je remettrai la somme obtenue à Bagdad, la Cité de la paix.

– Et comment s'appelait-il donc ?

– Sindbâd de la mer qui s'est noyé dans les flots.

---

1. **Insulaires** : habitants d'une île.
2. **Sensés** : doués de bon sens.
3. **Coudées** : unité de mesure de longueur correspondant à la distance du coude aux doigts (environ 50 centimètres).
4. **Par trop long** : trop long.
5. **Darse** : bassin abrité à l'intérieur d'un port.
6. **S'ancra** : jeta l'ancre.
7. **Voiles affalées** : voiles repliées, descendues.
8. **En dépôt** : en lieu sûr.

À ces mots, je le regardai plus attentivement et ne pus réprimer[1] un grand cri de surprise en le reconnaissant :

– Mais, capitaine, c'est moi en chair et en os, je suis Sindbâd de la mer !

Mais lorsque j'eus raconté mon histoire et affirmé que les marchandises m'appartenaient, le capitaine s'écria :

– Il n'y a de force et de puissance qu'en Dieu le Très Haut, le Tout-Puissant. Personne aujourd'hui ne fait plus preuve de conscience ni de probité[2] !

– Capitaine, pourquoi cela ? Tu m'as bien entendu raconter mon histoire ?

– Et toi, tu as bien entendu que je transportais des marchandises dont le propriétaire s'était noyé ! Tu ne cherches qu'à te les approprier et mettre indûment[3] la main sur elles. C'est là un péché. Nous avons vu, de nos yeux vu, cet homme se noyer avec beaucoup d'autres. Aucun d'eux n'a survécu. Comment peux-tu prétendre que tu es le maître de ces biens ?

– Capitaine, prête une oreille attentive à mes propos et comprends-moi. Je dis la vérité ; seuls les hypocrites font usage[4] du mensonge.

Je lui racontai de nouveau tout ce qui m'était arrivé depuis notre départ de Bagdad jusqu'à notre arrivée dans l'île et comment nous allions nous noyer. Je lui rappelai des détails connus de nous seuls. Lui et les marchands – ses passagers – furent enfin convaincus. Ils me reconnurent et me félicitèrent de m'en être sorti indemne[5].

---

1. **Réprimer** : retenir.
2. **Probité** : respect des biens d'autrui.
3. **Indûment** : de façon malhonnête.
4. **Font usage** : se servent de.
5. **Indemne** : sain et sauf.

– Par Dieu, s'exclamaient-ils à qui mieux mieux[1], qui aurait pu imaginer que tu avais échappé à la noyade ? Le Seigneur t'a donné en l'occurrence[2] une seconde vie !

Ils me remirent alors mes marchandises : il n'y manquait rien et elles portaient encore mon nom. Je les déballai et choisis parmi elles un objet de très grand prix. Avec l'aide de quelques marins du vaisseau, je transportai cet objet jusqu'au palais pour l'offrir au roi. Je racontai à ce dernier que ce bateau était celui-là même sur lequel j'avais connu le malheur. Je lui dis que j'avais retrouvé et récupéré la totalité de mes biens. Le présent que je lui offrais en faisait partie.

À ces paroles, il manifesta un étonnement sans bornes[3]. Il était persuadé que je ne lui avais menti en rien, me témoigna un amour accru[4], se montra encore plus généreux à mon égard[5] et me fit de nombreux dons en remerciement du cadeau reçu.

Après cela, je vendis mes marchandises retrouvées et celles que j'avais acquises depuis, réalisant ainsi un très grand profit. J'en achetai d'autres sur place, diverses et variées. Lorsque les marchands du navire de Bagdad décidèrent de leur départ, j'y fis charger tout cela. J'allai ensuite prendre congé du souverain, le remerciant pour ses bontés et sa générosité. Je lui demandai l'autorisation de retourner chez moi, auprès des miens. Il me fit ses adieux et me donna pour le voyage toutes sortes de biens de sa cité.

---

1. **À qui mieux mieux** : comme s'ils rivalisaient entre eux.
2. **En l'occurrence** : en cette occasion.
3. **Sans bornes** : sans limites, sans retenue.
4. **Accru** : plus fort.
5. **À mon égard** : envers moi.

Nous embarquâmes à la grâce de Dieu et, servis par la chance, assistés par la destinée, nous ne cessâmes de voguer jour et nuit pour arriver à Bassora sans encombre[1]. Nous débarquâmes mais n'y restâmes que peu de temps. Heureux d'être revenu au pays sain et sauf, je regagnai Bagdad, la Cité de la paix, à la tête d'une quantité considérable de marchandises, d'objets et articles de grande valeur. Je retrouvai mon quartier et rentrai dans ma maison. Ma famille et mes amis m'y entourèrent. Je fis l'acquisition[2] de nombreux serviteurs et servantes, d'esclaves blancs et de couleur, de moult concubines[3]. J'avais acquis une immense fortune. J'achetai maisons, propriétés et biens fonciers[4], plus riche désormais que je ne l'avais jamais été.

Je fréquentai mes amis, me fis des compagnons intimes et vécus bien mieux qu'auparavant. J'oubliai tout ce que j'avais enduré : fatigues, solitude, épreuves, périls[5] et frayeurs. Je me plongeai dans les plaisirs et les divertissements. Je ne me refusai rien des délices de la table et des jouissances de la boisson. Je ne cessai de vivre ainsi. Voilà l'histoire de mon premier voyage. Demain, si Dieu le veut, je vous raconterai le deuxième.

Sindbâd de la mer retint Sindbâd le portefaix à dîner et lui fit remettre cent *mithqâls*[6] d'or pour lui avoir tenu compagnie. Son invité le remercia, accepta son don et s'en fut. Il était pensif, songeant à tout ce qui peut advenir[7] aux

1. **Sans encombre** : sans obstacle.
2. **Je fis l'acquisition** : j'achetai.
3. **Moult concubines** : nombreuses femmes.
4. **Fonciers** : immobiliers.
5. **Périls** : dangers.
6. ***Mithqâls*** : pièces de valeur élevée.
7. **Advenir** : arriver.

hommes, plongé qu'il était dans le plus grand étonnement. Il passa la nuit chez lui, et, au matin, revint chez Sindbâd de la mer. Il entra dans sa demeure ; son hôte lui souhaita la bienvenue, le reçut avec empressement[1] et le fit asseoir à ses côtés. Lorsque arrivèrent ses amis, on servit à manger et à boire. Le moment était délicieux et tous étaient heureux de vivre. Le maître de maison se mit à conter son deuxième voyage.

1. **Empressement** : hâte.

Le deuxième voyage

L'oiseau rukhkh[1] et la vallée aux diamants

Je vous disais hier, mes frères, que j'avais repris le cours d'une existence des plus heureuses et parfaitement joyeuse. Mais me revint en l'âme[2], un jour d'entre les jours, le désir de voyager, de me livrer au commerce, de visiter villes et îles, et d'accroître mes richesses. Je me mis à y réfléchir et, pour mener à bien[3] mon projet, je vendis une grande partie de mes biens et investis le montant dans l'achat de marchandises et objets divers propres au trafic[4] qui me seraient utiles au cours de mon voyage.

Une fois mes ballots soigneusement ficelés, je me rendis sur le rivage. J'avisai[5] à quai un beau bâtiment, tout récemment gréé[6] de neuf, aux voiles de belle toile, dont l'équipage était fort nombreux. J'y fis embarquer mes marchandises en même temps que prenait place tout un groupe d'autres négociants.

---

1. **L'oiseau rukhkh** : il s'agit du même oiseau qu'au chapitre 6 (p. 61), mais avec une orthographe différente.
2. **Me revint en l'âme** : j'eus à nouveau l'envie.
3. **Mener à bien** : réussir.
4. **Trafic** : troc.
5. **J'avisai** : je choisis.
6. **Gréé** : garni de l'ensemble des cordages et poulies qui servent à la manœuvre des voiles.

Nous voguâmes le premier jour d'une façon bien agréable. Puis nous ne cessâmes de naviguer de mer en mer et d'île en île. À chaque escale, nous prenions contact avec les autorités et nous mettions en rapport avec les marchands du lieu et tous ceux qui venaient vendre et acheter. Nous avons pu de cette façon commercer et nous livrer au troc. Notre temps se passa ainsi jusqu'au jour où le sort nous conduisit à une belle île dont les arbres innombrables pliaient sous le poids de fruits bien mûrs. Les fleurs embaumaient[1], les oiseaux gazouillaient à l'envi[2] et les eaux coulaient limpides. Mais il n'y avait pas trace d'habitants, pas un feu à nos regards[3].

Le capitaine décida de jeter l'ancre. Marchands et passagers débarquèrent et se mirent à cheminer sous les frondaisons[4] tout en écoutant le ramage[5] des oiseaux. Avec quelques autres passagers je m'en fus me promener sur l'île et m'assis près d'une source aux eaux limpides sous les arbres. Je mangeai les provisions dont Dieu avait bien voulu me pourvoir. Un doux zéphyr[6] rafraîchissait l'atmosphère et répandait d'agréables effluves. Je me sentais bien et, caressé agréablement par la brise, enivré par les senteurs qui flottaient alentour, je m'assoupis et ne tardai pas à plonger dans un profond sommeil.

À mon réveil, il n'y avait plus en ces lieux âme qui vive, ni homme ni génie. Le navire avait pris le large avec tous ses passagers et personne ne s'était soucié de moi, pas plus les marchands que l'équipage, m'abandonnant seul sur l'île !

---

1. **Embaumaient** : dégageaient un parfum agréable.
2. **À l'envi** : ici, à celui qui ferait mieux que l'autre.
3. **Pas un feu à nos regards** : on ne voyait pas de feux.
4. **Frondaisons** : branches et feuilles des arbres.
5. **Ramage** : chant des oiseaux dans les branches.
6. **Zéphyr** : petit vent.

J'eus beau chercher de tous côtés, tourner mes regards vers la droite et vers la gauche, je ne décelai[1] aucune présence. J'en ressentis un abattement extrême. Je n'avais plus rien à moi puisque j'avais laissé à bord du navire mes effets et mes biens ; il ne me restait plus rien à manger ni à boire.

Solitaire, découragé, désespérant de l'existence, je m'adressai d'amers reproches. N'étais-je pas tranquille chez moi, dans un pays où je vivais heureux, jouissant de bien manger, bien boire et de me bien vêtir ? Et je ne manquais de rien : argent et marchandises. Qu'avais-je eu à quitter Bagdad et à reprendre la mer après ce que j'avais enduré de peines et de périls mortels dans mon premier voyage ?

Je devins comme fou, me levai sur-le-champ et marchai dans l'île en tous sens. Je ne pouvais rester en place. Je finis par grimper au sommet d'un arbre élevé et me mis à regarder partout autour de moi. Mais je n'apercevais que le ciel et la mer, la forêt et ses oiseaux, des îles et du sable. Je scrutai[2] alentour avec plus d'attention et aperçus sur l'île comme une forme lointaine, de vastes proportions[3] et de couleur blanche. Je descendis de mon arbre et me dirigeai vers cette forme, marchant jusqu'à m'en approcher. C'était comme une construction à dôme[4], blanche, très haute et de grande circonférence[5]. J'en fis le tour sans trouver la moindre porte. Je ne me sentais ni la résolution[6] ni la force d'essayer de parvenir au haut de ce dôme tant les parois[7]

1. **Décelai** : trouvai.
2. **Scrutai** : regardai attentivement.
3. **Vastes proportions** : grande taille.
4. **Dôme** : toit arrondi.
5. **Circonférence** : largeur (pour un objet de forme circulaire).
6. **Résolution** : ici, courage.
7. **Parois** : murs intérieurs.

en étaient lisses et glissantes. Je marquai au sol l'endroit où je me trouvais et entrepris d'en mesurer la circonférence : elle faisait cent cinquante grands pas.

Je me mis à réfléchir au moyen de pénétrer à l'intérieur de cette construction. La fin du jour était proche, le soleil près de se coucher car il se voila soudain à mes yeux et tout s'assombrit. Je pensai qu'un nuage venait de le couvrir. C'était curieux car nous étions en plein été. Je levai la tête pour mieux regarder ce qui se passait et je vis un oiseau énorme, gigantesque de taille, aux ailes démesurées[1], planant dans les cieux. C'est lui qui avait couvert le soleil et plongé l'île dans les ténèbres. J'étais stupéfait. Je me souvins d'une histoire que m'avaient racontée jadis les voyageurs au long cours, selon laquelle il existait sur certaines îles un oiseau, nommé *rukhkh*, tellement énorme qu'il pouvait soulever un éléphant et nourrir ses petits de sa chair.

Je réalisai que ce que je prenais pour un dôme était en réalité un œuf de rukhkh ! Je fus émerveillé de ce que Dieu le Très Haut avait le pouvoir de créer.

Soudain, cet oiseau se posa sur son œuf, l'enveloppa de ses ailes pour le couver[2], appuya ses pattes sur le sol derrière lui et s'endormit. Gloire soit rendue à Celui qui jamais ne dort ! Je me levai, défis mon turban[3], le pliai en double dans le sens de la longueur et le tordis à la façon d'une corde. Je l'enroulai ensuite autour de ma taille, en attachai l'extrémité à une patte du rukhkh – plus épaisse qu'un gros tronc d'arbre – et serrai le nœud solidement. Je me disais : « Cet oiseau finira bien par s'envoler, peut-être

1. **Démesurées** : immenses.
2. **Couver** : abriter les œufs au chaud, sous son corps.
3. **Turban** : tissu enroulé autour de la tête, coiffure traditionnelle orientale.

pourra-t-il me ramener vers le monde habité ? » Je ne fermai pas l'œil de la nuit de peur que le monstre ne s'envole durant mon sommeil et ne m'enlève avec lui sans que je sache vers où.

Mais il ne bougea pas jusqu'au lendemain, aux premières lueurs de l'aube. Il quitta alors son œuf, poussa un cri perçant, prit son essor[1] et s'éleva si haut que je me crus parvenu à la clé[2] de la voûte céleste[3]. Il redescendit ensuite en vol plané et se posa sur une hauteur escarpée. Je m'empressai alors, sans attendre davantage, de détacher en douceur mon turban de sa patte pour qu'il ne sente rien, et m'éloignai en tremblant de peur. Par bonheur, il ne s'aperçut pas de ma présence. Je le vis se précipiter, saisir dans ses serres[4] quelque chose et reprendre son envol. Je regardai avec attention et vis qu'il avait capturé un serpent d'une longueur inouïe[5].

L'oiseau se dirigeait vers le rivage. Je marchai quelque temps et parvins à une falaise élevée surplombant[6] une vallée large et profonde, dominée sur l'autre versant[7] par un mont tellement haut qu'on ne pouvait en voir le sommet et encore moins l'escalader. Je me pris à regretter mon initiative : « Pourquoi n'être pas resté sur l'île, me reprochai-je, au lieu de venir en cette solitude désolée ? Sur l'île au moins on trouvait toutes sortes de fruits et des eaux fraîches à boire coulaient en ses rivières. Mais ici il

---

1. **Essor** : élan.
2. **Clé** : ici, sommet.
3. **Voûte céleste** : ciel.
4. **Serres** : griffes d'oiseau.
5. **Inouïe** : incroyable.
6. **Surplombant** : s'élevant au-dessus de.
7. **Versant** : face de la montagne.

n'y a rien, ni arbres, ni fruits, ni sources. Chaque fois que j'échappe à un malheur c'est pour retomber dans pire encore ! »

Je me ressaisis, me levai et descendis vers la vallée. Le fond en était tapissé de diamants, pierres précieuses entre toutes, dont on se sert pour percer les métaux, les joyaux, la porcelaine de Chine et l'onyx[1]. C'est un minéral dur et sec que ne peut entamer[2] ni le fer ni la pierre. Nul ne peut en détacher un morceau ou le briser sinon grâce au minerai de plomb.

Reptiles et vipères grouillaient dans cette vallée, si énormes qu'ils paraissaient être des troncs de palmiers et devaient être capables, à l'occasion, d'avaler un éléphant ! Ils ne sortaient que la nuit et se cachaient le jour par crainte des rukhkhs et de certains aigles capables de les saisir et de les mettre en pièces. Je ne comprenais rien à tout cela. J'étais désespéré par ce que j'avais fait. Je me disais : « Par Dieu, j'ai hâté moi-même ma perte. »

La nuit tombait. Je repris ma marche, cherchant de tous côtés un endroit où je pourrais dormir. Ma peur horrible de ces serpents me faisait oublier ma faim, ma soif et ma fatigue. Bientôt, j'aperçus près de moi l'entrée d'une caverne. Elle était très étroite. Je m'y glissai et, poussant un grand bloc de rocher, je réussis à obstruer[3] l'entrée. J'étais soulagé à l'idée d'être là en sécurité, pour cette nuit au moins : dès le lever du jour, je ressortirais et je verrais bien ce que le sort devait me réserver… C'est alors qu'en me retournant, j'aperçus, au centre de la caverne, un serpent

1. **Onyx** : matière précieuse.
2. **Entamer** : ici, abîmer.
3. **Obstruer** : boucher.

énorme qui dormait, lové[1] sur ses œufs. Mon corps fut révulsé[2] d'horreur. Je levai la tête vers Dieu, m'en remettant aux arrêts[3] du destin et de la fatalité[4].

Je restai sans dormir toute la nuit jusqu'à ce que l'aube paraisse. Je dégageai alors le rocher avec lequel j'avais obstrué l'entrée et sortis en titubant tel un homme ivre, épuisé que j'étais par l'insomnie, la faim et l'épouvante. À peine avais-je fait quelques pas dans la vallée qu'une grosse bête fraîchement égorgée s'abattit à mes pieds. Comme il n'y avait personne alentour, j'en fus très étonné. Je me souvins alors d'une anecdote entendue jadis et rapportée par des commerçants, des voyageurs et des pèlerins[5] selon laquelle, dans les Vallées aux diamants, on court des dangers terrifiants.

Nul ne peut y parvenir. Les marchands qui veulent en tirer profit sont obligés d'avoir recours à la ruse. Ils égorgent des moutons, les écorchent et les jettent du haut des escarpements[6] dans la vallée. La chair encore pantelante[7] des bêtes abattues se colle alors aux pierres précieuses. Appâtés[8] par la viande fraîche, aigles et vautours s'abattent sur la chair offerte, la saisissent dans leurs serres et l'enlèvent vers le sommet de la montagne. Surgissent alors les marchands qui chassent les rapaces à grands cris et n'ont plus qu'à décoller les pierres précieuses et à les emporter chez eux, abandonnant la charogne[9] aux oiseaux

1. **Lové**: enroulé en spirales.
2. **Révulsé**: horrifié.
3. **Arrêts**: ici, décisions.
4. **La fatalité**: ce qui doit arriver, se produire.
5. **Pèlerins**: personnes qui voyagent vers un lieu saint.
6. **Escarpements**: falaises.
7. **Pantelante**: palpitante, frémissante.
8. **Appâtés**: attirés.
9. **Charogne**: animal mort.

et aux bêtes sauvages. On assure qu'il n'y a pas d'autre moyen d'opérer[1].

Je considérai donc la bête égorgée à mes pieds et, me souvenant du stratagème[2] utilisé, je détachai quantité de diamants dont j'emplis mes poches et ma ceinture ; j'en mis aussi sous ma chemise et partout dans mes vêtements. J'en terminais à peine quand un autre animal écorché s'écrasa non loin de moi. Je me glissai dessous à plat dos et l'attachai solidement sur ma poitrine à l'aide de mon turban. Je le maintins fermement sur moi des deux mains. La masse ainsi formée attira les regards d'un aigle qui fondit sur elle, planta ses serres dans les chairs de l'animal, nous enleva dans les airs.

L'aigle parvint jusqu'au sommet de la montagne où il se posa. Au moment où il s'apprêtait à dépecer[3] sa proie, des cris stridents[4] retentirent accompagnés de bruits de bâtons entrechoqués. Le rapace, effarouché[5], prit son envol. Je me détachai de la bête écorchée et me remis debout, les vêtements souillés[6] de sang. L'homme qui avait, en hurlant, provoqué la fuite de l'aigle me vit et prit peur. Il se précipita sur son mouton égorgé, chercha en vain les diamants qu'il s'attendait à trouver et se mit à gémir et à se lamenter :

– Quel malheur ! Qu'ai-je fait pour mériter pareille déconvenue[7] ?

Je m'approchai de lui.

---

1. **Opérer** : ici, faire.
2. **Stratagème** : ruse.
3. **Dépecer** : découper en morceaux.
4. **Stridents** : très aigus.
5. **Effarouché** : effrayé.
6. **Souillés** : salis.
7. **Déconvenue** : déception.

– Qui es-tu, m'apostropha-t-il, que fais-tu ici ?

– N'aie pas peur, tu n'as rien à craindre de moi. Je suis une créature humaine et de la meilleure nature, non point un démon. Je suis un commerçant des plus honnêtes. Je viens de vivre une aventure incroyable, une histoire étrange. Ma présence dans cette vallée puis sur cette montagne relève de l'irréel. Ne crains rien, bien au contraire tu peux te réjouir de m'avoir rencontré. J'ai en ma possession une grande quantité de diamants dont je t'offrirai une partie qui te satisfera. Le moindre d'entre eux vaut largement ce que tu espérais ramasser. Cesse donc de t'inquiéter.

Ses amis marchands qui, comme lui, avaient jeté une bête au fond de la vallée m'entendirent, s'approchèrent, me saluèrent, me félicitèrent d'être encore en vie et m'admirent en leur compagnie. Je leur racontai tout ce qui m'était advenu, ce que j'avais enduré au cours de mon voyage et les raisons qui m'avaient conduit au fond de cette vallée. Puis je remis à l'homme auquel appartenait la dépouille de la bête écorchée, selon ma promesse, une grande quantité de diamants. Il en fut très heureux, se confondit en vœux[1] et en remerciements et me félicita, comme le firent ses compagnons, pour l'heureuse issue de mon aventure.

– Par Dieu, conclurent-ils, c'est comme si le Très Haut, en cette circonstance, t'avait fait naître une seconde fois. Personne avant toi n'est revenu vivant de cette vallée ni ne s'est échappé de ses dangers. Dieu soit loué pour ton salut[2].

Je passai la nuit avec eux dans un endroit agréable et sûr, soulagé à l'extrême d'avoir échappé sans dommage[3] aux

---

1. **Se confondit en vœux** : me souhaita beaucoup de bien.
2. **Pour ton salut** : de t'avoir sauvé.
3. **Sans dommage** : sain et sauf.

serpents de la vallée et ravi à la perspective d'un prochain retour en terre habitée. Le lendemain, au lever du jour, nous nous mîmes en route tout au long de cette immense montagne. Nous vîmes dans la vallée de monstrueux reptiles.

Après une longue marche, nous parvînmes à un magnifique jardin situé dans cette île vaste et belle, couverte de camphriers[1] dont chacun pouvait abriter cent personnes sous son ombre. On procède, pour en extraire le suc[2], à des incisions sur la partie supérieure du tronc grâce à une lame montée sur un long manche. On recueille ainsi l'eau camphrée qui s'en écoule et se fige comme de la cire. Elle est le miel de cet arbre qui, privé de sa sève, se dessèche et meurt.

Il existe aussi sur cette île, entre autres animaux, le rhinocéros, herbivore comme nos vaches et nos buffles, qui dévore herbe et fourrage. Il est énorme, plus massif encore qu'un chameau. Son museau s'orne d'une corne épaisse, longue de dix coudées environ, sur laquelle on distingue une silhouette d'homme. Des marins, des voyageurs et les gens qui parcourent montagnes et contrées affirment que le rhinocéros est capable d'encorner[3] un éléphant et de continuer à paître à travers l'île et sur ses rivages sans même s'en apercevoir. Mais l'éléphant meurt et sa graisse fond sous la chaleur du soleil. Elle se met à couler sur la tête du rhinocéros, atteint ses yeux et l'aveugle. Il finit par s'affaler sur le rivage. L'oiseau rukhkh fond alors sur lui, le saisit dans ses serres et l'emporte pour le donner en nourriture

1. **Camphriers** : arbres tropicaux au large branchage dont on extrait le camphre, une substance blanche aromatique.
2. **Suc** : liquide qu'on tire d'une plante.
3. **Encorner** : planter sa corne.

à ses petits, lui et l'éléphant resté encorné. J'ai vu encore dans cette île un grand nombre de buffles d'une espèce inconnue chez nous.

Il y avait donc, comme je vous l'ai dit, quantité de diamants dans cette vallée. J'en avais pris ce que je pouvais sur moi. J'en fis l'échange avec les marchands contre toutes sortes de marchandises qu'ils se chargèrent de transporter. Je poursuivis mon voyage avec eux et pus ainsi parcourir des pays et admirer l'œuvre du Créateur. Nous allâmes de vallée en vallée, de ville en ville tout en négociant. C'est ainsi que nous arrivâmes à Bassora. Nous y séjournâmes peu de jours après quoi je regagnai Bagdad.

Je retrouvai ma famille et mes proches. Je fis des cadeaux, couvris de largesses parents, compagnons et amis, me répandis en dons et aumônes[1]. Je ne me refusai rien : repas fins, boissons de choix, vêtements de qualité. Je multipliai mes fréquentations, agrandis le cercle de mes relations. J'oubliai tout ce que j'avais enduré. L'esprit tranquille, le cœur en paix et heureux, je menai une existence des plus paisibles et me plongeai dans les divertissements et les plaisirs. Tous ceux qui avaient appris la nouvelle de mon retour venaient me demander comment s'était passé mon voyage et s'informer des pays que j'avais traversés. Je leur racontai tout cela, sans oublier les périls encourus[2]. Ils s'émerveillaient et me félicitaient d'avoir échappé à ces terribles dangers. Ainsi se termina mon deuxième voyage. Demain, s'il plaît à Dieu, je vous raconterai le troisième.

1. **Aumônes** : dons d'argent faits aux pauvres.
2. **Périls encourus** : dangers rencontrés.

Lorsque Sindbâd de la mer eut achevé son histoire au grand émerveillement de ses amis, il retint tout le monde à dîner. Il fit remettre cent autres *mithqâls* d'or à Sindbâd le portefaix qui les prit et regagna son logis. Il songeait aux stupéfiants dangers auxquels avait échappé son hôte sur lequel il appela les bénédictions divines. Aux premières lueurs de l'aube, il fit sa prière et, comme il y avait été invité, il fut le premier à se rendre au domicile de Sindbâd de la mer. Il entra, échangea avec lui les souhaits du matin, le remercia encore et prit place à ses côtés. Il était toujours reçu avec bienveillance et tous deux attendirent l'arrivée des autres amis. On déjeuna, on but, se délectant et se réjouissant avec bonheur, après quoi le maître de maison commença le récit de son troisième voyage.

Le troisième voyage

Les singes et le monstre noir

Apprenez mes amis et sachez que ce voyage a été plus étrange encore que les deux précédents.

Lorsque je revins de mon deuxième périple[1], je vécus donc une existence pleine de joies et de distractions, tout au bonheur d'être revenu indemne, plus riche encore que par le passé grâce au Seigneur qui m'avait amplement dédommagé des pertes subies[2]. Je coulai[3] à Bagdad des jours agréables et plaisants sous le signe de la félicité et de la sérénité[4]. Mais j'éprouvai bientôt le besoin de voyager, de voir du pays et de reprendre une activité lucrative[5]. J'étais en effet – tant il est vrai que « *l'âme incite au mal* » (Coran, sourate 12, verset 53) – poussé par un appétit insatiable[6] du gain et l'espoir de réaliser des bénéfices substantiels[7].

Je me préparai en conséquence, achetai une grande quantité de marchandises pouvant subir les rigueurs de la

---

1. **Périple** : voyage en mer.
2. **Amplement dédommagé des pertes subies** : largement rendu ce que j'avais perdu.
3. **Coulai** : ici, passai.
4. **Sérénité** : tranquillité d'esprit.
5. **Lucrative** : qui enrichit.
6. **Insatiable** : qui ne peut pas être satisfait.
7. **Substantiels** : importants.

mer[1], les emballai, puis me rendis à Bassora. Une fois parvenu au port, j'aperçus un grand vaisseau sur lequel avaient déjà pris place de nombreux passagers, voyageurs et marchands, tous gens de bien[2], agréables et courtois, vertueux, charitables et de bonne compagnie. Je m'embarquai donc et nous mîmes à la voile avec la bénédiction de Dieu le Très Haut, confiants en Sa protection et Sa sauvegarde, nous réjouissant de faire un périple heureux en toute sécurité.

Nous voguâmes de mer en mer, d'île en île et de cité en cité. À chaque escale, nous visitions les lieux, achetions et vendions, pleins de bonheur et de félicité. Mais il arriva un jour, en pleine mer, qu'un vent violent se leva et que les vagues se déchaînèrent. Le capitaine, appuyé à la rambarde, scrutait l'horizon de tous côtés. Il se mit soudain à se frapper le visage. Il fit carguer[3] les voiles et filer les ancres[4]. Il se tirait la barbe, lacérait[5] ses vêtements et poussait de hauts cris. Nous demandâmes :

– Qu'y a-t-il, capitaine ?

– Dieu nous garde, passagers ! Le vent souffle en tempête et nous emporte. Le destin nous pousse, pour notre malheur, sur une île où s'élève la Montagne des singes. Jamais personne, après y avoir touché, n'en est revenu vivant. Je pressens[6] que nous allons tous y périr !

Il avait à peine fini de dire ces mots qu'une horde[7] de singes entoura le vaisseau de toutes parts.

1. **Les rigueurs de la mer** : les dangers de la mer.
2. **Gens de bien** : personnes honnêtes, de confiance.
3. **Carguer** : replier et amarrer.
4. **Filer les ancres** : dérouler les ancres pour immobiliser le navire.
5. **Lacérait** : déchirait.
6. **Pressens** : devine.
7. **Horde** : troupe.

Ils pullulaient[1] à bord autant que sur le rivage, aussi nombreux que sauterelles en vol. L'effroi nous saisit. Ces singes étaient les plus hideuses[2] des bêtes sauvages, couverts de poils épais comme du feutre[3] noir, effrayants à voir. Ils tenaient un langage incompréhensible. Ils avaient des yeux jaunes enfoncés dans une face noirâtre et leur taille ne dépassait pas quatre empans[4].

Ils grimpèrent sur les câbles d'ancre qu'ils rongèrent de leurs dents. Puis ils s'en prirent à tous les cordages. Le bateau s'inclina sous le vent et, drossé à[5] la côte, s'échoua. Les singes se saisirent des commerçants et de tous les passagers et les firent descendre sur l'île. Puis ils s'emparèrent de tout ce que contenait le bâtiment et s'en furent, nous laissant sur le rivage. Ils revinrent ensuite sur le navire qu'ils réussirent à pousser au large et disparurent à nos yeux sans que nous sachions ce qu'ils en avaient fait.

Nous restâmes seuls, réduits à manger des fruits, des baies et des légumes, à nous désaltérer à l'eau des ruisseaux. Nous finîmes par apercevoir un édifice apparemment habité qui se dressait à l'intérieur des terres. Nous nous en approchâmes. C'était un château aux murailles imposantes. Nous entrâmes dans une très vaste cour centrale sur laquelle donnaient de nombreuses et hautes portes. Une dalle de pierre, large et surélevée, en occupait le centre.

On y avait disposé des ustensiles de cuisine et des broches très longues placées sur des braseros. Tout autour, de

1. **Pullulaient** : étaient très nombreux.
2. **Hideuses** : horribles.
3. **Feutre** : étoffe épaisse fabriquée à partir de poils et de laine.
4. **Empans** : ancienne mesure de longueur correspondant à l'intervalle entre l'extrémité du pouce et du petit doigt.
5. **Drossé à** : poussé vers.

nombreux ossements de grande dimension jonchaient[1] le sol.

Nous n'apercevions personne, ce qui nous jeta dans un grand étonnement. Nous nous assîmes dans la cour de ce château quelques instants puis nous nous allongeâmes pour dormir, et notre sommeil dura de la matinée jusqu'au coucher du soleil. C'est alors que le sol trembla sous nos pieds et que, dans un grand fracas, un être monstrueux, surgi au-dessus du palais, fondit sur nous. Il avait forme humaine, était noir de peau et si grand de taille qu'il ressemblait à un palmier géant. Ses yeux étincelaient ainsi que des tisons ardents[2] et ses canines ressemblaient à des défenses de sanglier. Il avait une bouche béante[3] comme l'orifice[4] d'un puits, bordée d'une lippe[5] semblable à celle du chameau, qui pendait jusqu'à mi-poitrine. Ses oreilles, aussi longues que des régimes de dattes[6] ou des oreilles d'éléphant, lui couvraient les épaules. Ses ongles étaient de véritables griffes de lion ! Lorsque nous l'aperçûmes, nous perdîmes l'esprit[7], glacés d'épouvante, pétrifiés d'effroi[8].

Le monstre vint à nous. Parmi toute l'assistance, c'est moi qu'il choisit pour me saisir, me soulever de terre, se mettre à me palper[9] et à me tourner dans tous les sens.

Je me sentais dans sa main aussi léger qu'une petite bouchée de nourriture que l'on porte aux lèvres. Il me

1. **Jonchaient** : recouvraient.
2. **Tisons ardents** : morceaux de bois en train de brûler.
3. **Béante** : ici, largement ouverte.
4. **Orifice** : ouverture.
5. **Lippe** : lèvre.
6. **Régimes de dattes** : grappes de dattes (fruits).
7. **Perdîmes l'esprit** : devînmes fous.
8. **Pétrifiés d'effroi** : figés par la peur.
9. **Palper** : toucher par petites pressions.

trouva sans doute trop amaigri : exténué par les fatigues du voyage, je n'avais plus que la peau sur les os. Il me lâcha, me laissant rouler au sol, et s'en prit à un autre de mes compagnons. Il l'examina comme il m'avait examiné, le palpa comme il m'avait palpé puis le relâcha. Il ne cessa de nous éprouver[1] ainsi les uns après les autres jusqu'au dernier d'entre nous qui était le capitaine de notre vaisseau.

C'était un homme gros et gras, corpulent[2], large d'épaules, fort et ferme à souhait. Il plut au monstre qui s'en saisit comme le fait un boucher de la bête qu'il s'apprête à égorger. L'ogre le jeta au sol face contre terre et l'y maintint d'un pied sur le cou, lui brisant ainsi la nuque. Il se munit alors d'une longue broche et la lui introduisit dans le gosier[3] jusqu'à l'en faire sortir par le cul. Puis il alluma un grand feu de bois et y plaça cette broche sur laquelle il avait empalé le capitaine[4]. Il se mit à tourner et à retourner le malheureux sur la braise et, quand il le jugea à point, il le retira du feu, le posa devant lui et le dépeça aussi facilement qu'il l'aurait fait d'un poulet. Avec ses ongles il en découpait des morceaux qu'il portait à sa bouche. Lorsqu'il ne resta plus rien, il jeta les débris sous les murs du château. Cela fait, il s'assit un moment puis s'affala sur le banc de pierre et s'endormit. Il poussait des ronflements semblables aux râles d'un agneau ou de tout autre animal égorgé. Au matin, il se réveilla, se leva et s'en fut.

Certains qu'il s'était éloigné, figés d'épouvante, nous nous parlâmes en pleurant et en nous lamentant :

---

1. **Éprouver** : ici, examiner.
2. **Corpulent** : à la silhouette imposante.
3. **Gosier** : gorge.
4. **Empalé le capitaine** : transpercé le corps du capitaine.

– Que n'avons-nous péri noyés en mer ou mangés par les singes plutôt que d'être condamnés à finir embrochés et rôtis ! Par Dieu, y a-t-il mort plus ignominieuse[1] ?

Puis nous nous mîmes en route à travers l'île pour y rechercher une cachette ou un quelconque moyen de fuir. Ne trouvant nulle part où nous réfugier, comme le soir tombait, nous revînmes au château en plein désarroi[2]. À peine étions-nous assis depuis quelques instants que la terre se mit à trembler et qu'arriva le même monstre noir. Il s'approcha, nous palpa et nous tâta l'un après l'autre comme il l'avait fait la première fois, choisit l'un d'entre nous, s'en saisit et lui infligea le traitement subi par le capitaine. Puis il passa toute la nuit à dormir sur le banc de pierre en poussant des ronflements rauques[3] de bête égorgée. Au lever du jour il se leva et s'en fut, nous laissant comme précédemment.

Nous tînmes conseil[4]. Nous nous disions : « Par Dieu il est préférable de nous jeter à la mer et de nous y noyer plutôt que de nous faire rôtir. C'est une mort affreuse. »

C'est alors que l'un de nos compagnons s'écria :

– Écoutez-moi donc. Il faut le prendre par la ruse pour en venir à bout et nous délivrer de sa menace.

– Soit, mes frères, dis-je à mon tour. Commençons par ramasser des poutres et des bûches pour construire un radeau. Ensuite, efforçons-nous de le mettre à mort, courons à notre esquif[5] et prenons la mer pour aller où Dieu

1. **Ignominieuse** : déshonorante, dégoûtante.
2. **En plein désarroi** : très troublés.
3. **Rauques** : enroués.
4. **Nous tînmes conseil** : nous nous réunîmes pour discuter.
5. **Esquif** : petite embarcation.

daignera[1] nous conduire. Si nous n'arrivons pas à venir à bout de ce monstre, nous nous précipiterons dans les flots même si nous devons y périr. Au moins échapperons-nous à la broche et au feu.

Tous convinrent que mes paroles étaient sensées et ma proposition convenable. Nous étions d'accord et nous nous mîmes au travail. Nous transportâmes poutres et bûches en dehors du palais et allâmes construire un radeau sur le rivage où nous l'amarrâmes[2] après l'avoir chargé de quelques provisions. Puis nous retournâmes au château. Le soir une fois tombé, la terre se mit de nouveau à trembler et le monstre noir arriva. Il était tel un chien enragé. Il nous examina, nous palpa les uns après les autres et fit son repas de l'un d'entre nous comme il l'avait fait auparavant. Puis il s'endormit sur le banc de pierre et se mit à ronfler dans un bruit de tonnerre.

Nous bondîmes alors et saisîmes solidement deux broches métalliques qui étaient plantées en terre. Nous les plaçâmes dans des flammes ardentes qui les rougirent comme de la braise puis nous avançâmes vers le monstre noir qui dormait en ronflant. Nous les enfonçâmes dans ses yeux en les maintenant de toutes nos forces décuplées[3] par l'énergie du désespoir. Le géant poussa un hurlement terrifiant, se dressa de toute la force dont il était capable et descendit du banc de pierre en titubant, cherchant à nous attraper tandis que nous bondissions de droite et de gauche. Il ne pouvait nous voir car il était devenu aveugle.

---

1. **Daignera** : voudra bien.
2. **Amarrâmes** : attachâmes avec des amarres, cordes des bateaux.
3. **Décuplées** : multipliées.

Mais nous étions au comble de l'effroi[1], persuadés que nous allions périr sur l'heure et que nous ne pourrions pas en réchapper[2].

Le monstre finit par se diriger à tâtons[3] vers la porte du château et sortit en poussant des hurlements si violents que la terre en était secouée. Terrorisés, nous le suivîmes. Il disparut un moment à nos yeux mais revint accompagné d'une femelle encore plus grande, plus sauvage et plus hideuse que lui. À ce spectacle, l'horreur nous saisit: nous prîmes nos jambes à notre cou vers notre radeau, le désamarrâmes[4], le poussâmes vers le large et y sautâmes. Les deux monstres, pendant ce temps, lançaient sur nous d'énormes quartiers[5] de roche. La plupart d'entre nous périrent et nous ne restâmes que trois rescapés à bord, dont moi-même.

Nous finîmes par accoster[6] sur une île. Nous y marchâmes jusqu'à la fin du jour. La nuit tombée, nous prîmes un peu de repos. À notre réveil, nous nous trouvâmes face à un serpent de proportions énormes, démesurément long, à la tête monstrueuse. Il coupa notre route, se jeta sur l'un d'entre nous, l'engloutit jusqu'aux épaules puis l'avala. Nous entendîmes les côtes du malheureux se broyer. Puis le serpent disparut, nous laissant stupéfaits, atterrés[7] par la mort de notre compagnon, effrayés par ce qui nous attendait.

---

1. **Nous étions au comble de l'effroi**: nous avions extrêmement peur.
2. **En réchapper**: y échapper.
3. **À tâtons**: à l'aveugle.
4. **Désamarrâmes**: détachâmes.
5. **Quartiers**: morceaux.
6. **Accoster**: ici, arrêter le bateau.
7. **Atterrés**: abattus.

« Par Dieu, pensions-nous, mon dernier ami et moi, étrange destinée que la nôtre ! Nous subissons à chaque fois une mort encore plus horrible que la précédente. Nous avions été si heureux d'échapper au monstre noir, mais notre joie a été brève. Il n'y a décidément de force et de puissance qu'en Dieu ! À peine délivrés du monstre et sauvés de la noyade que nous sommes menacés d'un atroce péril. »

Nous reprîmes notre chemin. Nous mangions des fruits et buvions aux ruisseaux. Le soir venu, nous avisâmes[1] un arbre d'une hauteur prodigieuse sur lequel nous grimpâmes pour passer la nuit. Pour ma part, je choisis la plus haute des branches. La nuit tomba, l'obscurité était totale. C'est alors que nous entendîmes de nouveau le reptile. Il alla de droite et de gauche avant de venir droit sur notre arbre. Il se dressa à hauteur de mon dernier compagnon, l'avala jusqu'aux épaules, l'enserra[2] dans ses anneaux contre le tronc. J'entendis ses os se briser. Le reptile l'engloutit entièrement sous mes yeux puis redescendit de l'arbre et s'en fut.

Je passai le restant de la nuit blotti sur les plus hautes branches. À l'aube, lorsque se répandit la lumière, je redescendis de mon perchoir, songeant à courir me noyer dans la mer pour en finir avec ce bas monde. Mais je n'en eus pas le courage car l'âme est trop attachée à la vie. Je commençai par chercher du bois, me plaçai debout sur une planche large à laquelle je liai mes pieds. À cette planche, j'en fixai deux autres, l'une à gauche, l'autre à droite pour me protéger les flancs[3] ; une quatrième, plus large que les deux précédentes, me couvrit par-devant et enfin j'en fixai au-dessus

1. **Avisâmes** : repérâmes.
2. **Enserra** : coinça.
3. **Flancs** : côtés du corps.

de ma tête une cinquième et dernière, parallèlement à celle qui se trouvait sous mes pieds.

Je m'étendis sur le sol dans cette espèce de cage en bois qui me protégeait et dont j'avais solidement lié les éléments. Bien abrité comme dans une chambre close, je m'endormis. À la tombée de la nuit, le serpent revint comme il le faisait d'habitude. Il examina les lieux, s'approcha, mais ne put m'atteindre, protégé que j'étais par les planches. Il tourna autour de moi, s'éloignant et revenant mais en vain, tandis que je le suivais des yeux à travers les interstices[1] de mon abri. J'étais comme mort, paralysé de peur et d'épouvante. Il ne faisait qu'aller et venir, cherchant à me dévorer, ne trouvant pas comment m'arracher à mes planches. Cela dura du coucher du soleil jusqu'à l'apparition de l'aube. Enfin la lumière se fit et le soleil se remit à briller, le serpent s'éloigna écumant[2] et sifflant de dépit et de rage.

À ce moment-là, je tendis les mains et me dégageai de mon refuge en bois. J'étais comme mort tant le reptile m'en avait fait voir. Je repris ma marche jusqu'à l'extrémité de l'île. Je parcourus la mer du regard et vis un bâtiment qui croisait[3] au large. Je me saisis d'une longue branche feuillue arrachée à un arbre et l'agitai dans sa direction tout en poussant des cris. On me vit et l'équipage se dit : « Il faut y aller voir, c'est peut-être un homme ? » Le vaisseau s'approcha. On entendit mieux mes cris et l'on expédia vers moi une barque qui m'amena à bord.

Là, on m'interrogea. Je racontai tout ce qui m'était arrivé du début jusqu'à la fin et narrai par le détail les terribles

1. **Interstices** : petits espaces vides.
2. **Écumant** : transporté de colère.
3. **Croisait** : passait.

épreuves que j'avais endurées. Mon récit plongea l'équipage dans le plus grand étonnement. Ils me donnèrent des vêtements dont je voilai ma nudité[1]. Ils m'offrirent aussi quelques provisions et je pus manger à ma faim et étancher ma soif à de l'eau pure et fraîche. Je revins à la vie, le cœur et l'esprit désormais tranquilles, et me reposai à loisir[2]. Dieu, exalté soit-Il, m'avait ressuscité alors que je m'étais cru mort. Je Le louai avec ferveur[3] pour les bienfaits abondants dont Il m'avait gratifié et Le remerciai. Je repris goût à la vie après avoir été certain de la perdre. Il me semblait que je vivais un rêve.

Nous ne cessâmes de naviguer. Le vent nous fut favorable et nous atteignîmes, avec la permission de Dieu le Très Haut, l'île d'as-Salâhita où le capitaine décida de faire relâche[4].

Passagers et marchands descendirent à terre, les uns pour vaquer à leurs occupations, les autres pour se livrer au négoce[5].

Le capitaine me prit à part et me dit :

– Écoute-moi bien, tu es loin de chez toi, démuni, et tu nous as appris que tu as enduré bien des épreuves. J'ai à cœur de te venir en aide pour que tu rentres dans ton pays et que tu ne cesses d'invoquer pour moi les bénédictions divines.

– J'en serai heureux et mes prières pour toi sont acquises[6].

– Sache qu'il y avait à bord de mon navire, voici quelques années, un voyageur que nous avons perdu en cours de

1. **Voilai ma nudité** : couvris mon corps nu.
2. **À loisir** : librement.
3. **Ferveur** : enthousiasme.
4. **Relâche** : pause dans le voyage.
5. **Négoce** : commerce.
6. **Mes prières pour toi sont acquises** : j'accepte volontiers de prier pour toi.

route. Nous n'avons jamais su s'il était vivant ou mort et n'avons jamais plus eu de ses nouvelles. Je vais te confier ses marchandises que nous avons gardées dans nos cales[1] et que tu vendras sur cette île. Prends-en soin, tu auras droit à une commission[2] pour te payer de ton travail et de ta fatigue. S'il en reste d'invendues, nous les rapporterons à Bagdad, chercherons la famille de ce voyageur, les leur remettrons ainsi que le prix de ce qui en aura été vendu. Acceptes-tu de les prendre en charge, de les débarquer sur l'île et d'en faire le négoce?

– Je suis à tes ordres, capitaine. Je te suis reconnaissant et te remercie pour ton obligeante bonté. Mes vœux t'accompagnent.

Sur ce, le capitaine ordonna aux matelots de sortir de cale les marchandises en question, et aux débardeurs[3] de les décharger et de me les remettre. Le responsable du chargement demanda alors:

– Capitaine, ces marchandises, je dois les inscrire au nom de quel marchand sur mes registres?

– À celui de Sindbâd de la mer, le négociant qui avait embarqué avec nous; il a disparu en mer et nous n'avons plus jamais eu de ses nouvelles.

Lorsque j'entendis les paroles du capitaine, je me dis: « Par Dieu, mais Sindbâd de la mer, c'est moi! Je suis ce disparu en mer dont ils parlent; je me suis endormi sur cette île près d'une source au cours de mon deuxième voyage. »

1. **Cales**: espaces situés sous le pont du navire, qui contiennent les marchandises à transporter.
2. **Commission**: pourcentage des gains qu'on donne à un intermédiaire pour la vente de marchandises.
3. **Débardeurs**: hommes chargés de débarquer les marchandises du navire.

Je restai impassible et attendis que les marchands descendent du bateau. J'allai alors trouver le capitaine et lui dis :

– Capitaine, pourrais-tu me décrire le propriétaire des marchandises que tu m'as confiées pour les vendre ?

– À vrai dire, je ne m'en souviens pas tellement, sinon qu'il était de Bagdad et qu'on l'appelait Sindbâd de la mer. Nous avons fait escale sur une île. De nombreux passagers sont descendus puis remontés sauf lui dont, jusqu'à ce jour, nous n'avons plus jamais entendu parler.

Je poussai un grand cri :

– Que Dieu te garde, capitaine ! Je suis bel et bien ce Sindbâd-là de la mer. Je lui narrai alors tout ce qui m'était advenu par la suite.

Lorsque les marchands et les passagers du navire entendirent ces mots, ils s'assemblèrent autour de moi. Certains inclinaient[1] à me croire, d'autres non. Mais l'un d'entre les marchands, à la mention de la Vallée aux diamants, s'avança, me regarda attentivement et dit à ses compagnons :

– Écoutez-moi, rappelez-vous qu'un jour je vous ai rapporté ce que j'avais vécu de plus étrange durant mes voyages. Nous précipitions[2] des bêtes égorgées dans la Vallée aux diamants. Je le fis pour mon compte, comme d'habitude. Un aigle avait enlevé et déposé près de moi un mouton que j'avais jeté au fond de la vallée : un homme y était accroché. Vous ne m'aviez pas cru alors et m'aviez traité de menteur. Vous en souvenez-vous ?

– Oui, cela est exact, nous ne t'avions pas cru.

1. **Inclinaient** : avaient tendance à.
2. **Précipitions** : jetions.

– Eh bien, le voici en personne. C'est lui qui s'est accroché à la dépouille de mon mouton. Pour me dédommager, il m'a donné en pierres de la plus belle eau[1] – comme on n'en voit nulle part de semblables – davantage que je n'en espérais recueillir moi-même. Nous avons fait le voyage de retour ensemble jusqu'à Bassora avant de nous séparer et de rejoindre nos destinations respectives. Il nous a tout appris de lui : son nom, son abandon sur l'île après le départ du bateau. C'est bien lui qui est là, comme pour prouver la véracité[2] de ce que je vous racontais. Ces marchandises lui appartiennent. Il nous les avait détaillées. Tout prouve qu'il ne ment pas.

Le capitaine, à ces mots du marchand, vint sur-le-champ à moi, me dévisagea attentivement et me dit :

– De quel signe avais-tu marqué tes ballots ?

Je lui décrivis le signe inscrit sur mes biens et lui rappelai notre discussion pour régler les modalités[3] de mon embarquement à Bassora. Enfin convaincu de ce que j'étais Sindbâd de la mer, il me donna l'accolade[4], se réjouit de me voir sain et sauf, se félicita de mon salut et me dit :

– Par Dieu, Sindbâd, c'est là une aventure étrange, elle relève du prodige. Loué soit le Seigneur qui nous a de nouveau réunis, qui t'a fait retrouver tes marchandises et tes biens.

Et il me rendit ce qui m'appartenait.

Fort de mon expérience, je fis de fructueuses[5] affaires. Mes marchandises avaient pris énormément de valeur

1. **De la plus belle eau** : de la meilleure qualité.
2. **Véracité** : caractère vrai.
3. **Modalités** : conditions.
4. **Me donna l'accolade** : me prit dans ses bras.
5. **Fructueuses** : qui rapportent beaucoup.

après le récit de mon aventure. J'en fus très heureux et me félicitai de m'en être sorti sain et sauf et d'avoir refait fortune.

J'embarquai sur ce nouveau navire. Nous poursuivîmes le voyage d'île en île, nous arrêtant à chaque fois pour commercer, et parvînmes ainsi au pays de Sind où nous fîmes également de larges profits.

J'eus l'occasion de voir dans l'une des mers de ce pays une quantité innombrable de choses étonnantes et insolites comme, par exemple, un animal marin à forme de vache et un autre semblable à un âne ; un oiseau aussi qui naît d'une conque[1] et pond à la surface de l'eau sans jamais se poser à terre.

Nous continuâmes notre voyage avec la permission de Dieu, exalté soit-Il. Nous eûmes bon vent et arrivâmes sans encombre à Bassora où je séjournai peu de jours avant de rejoindre Bagdad et de retrouver mon quartier et ma maison. Je saluai parents, amis et compagnons, tout à la joie d'être rendu sain et sauf à mon pays, à ma ville et aux miens.

Je me répandis en dons et aumônes[2], vêtis la veuve et l'orphelin. Mon temps passa, grâce aux richesses inestimables que j'avais amassées, à festoyer[3], bien manger et bien boire, à goûter aux plaisirs et aux distractions dans le cercle de mes relations habituelles. Je me consolai ainsi des terrifiants dangers encourus. C'est ainsi que se termina mon troisième voyage. Demain, si Dieu le Très Haut le veut, tu reviendras chez moi, ô Sindbâd le terrien, et je te conterai le quatrième, plus extraordinaire encore que celui-là.

---

1. **Conque** : gros coquillage.
2. **Je me répandis en dons et aumônes** : je multipliai.
3. **Festoyer** : faire la fête.

Comme il en avait pris l'habitude, Sindbâd de la mer fit remettre cent *mithqâls* en or au portefaix, ordonna qu'on dresse la table et fit servir le dîner à l'assemblée émerveillée par ce qu'elle avait entendu. À l'issue[1] du repas, tout le monde s'en fut et chacun rentra chez soi. Sindbâd le portefaix s'en revint chez lui, pourvu de l'or que lui avait offert son hôte, encore sous le coup du récit de ce troisième voyage.

Aux premières lueurs de l'aube, il se leva, fit sa prière du matin et revint chez Sindbâd de la mer qu'il salua. Celui-ci le reçut avec beaucoup de plaisir et d'affabilité[2]. Il le fit s'asseoir pour attendre ensemble le reste de leur compagnie. On servit à boire et à manger dans une atmosphère de grande gaieté. Puis le maître de maison reprit la parole et raconta son quatrième voyage.

1. **À l'issue** : à la fin.
2. **Affabilité** : politesse, courtoisie.

Le quatrième voyage

Dans la caverne des mourants

Sachez, mes frères, que, de retour à Bagdad, je retrouvai ma famille, mes intimes et mes camarades. Je vécus au comble de la tranquillité, de la joie et du repos. Ma vie était des plus délicieuses.

Mais ma vilaine âme m'incita à voyager de nouveau et à découvrir les pays. Je désirai connaître d'autres hommes et m'enrichir en commerçant. Je pris mes dispositions[1], achetai des marchandises de choix propres à être transportées par mer et les mis en ballots plus nombreux que ceux des fois précédentes. Je quittai Bagdad pour Bassora où je fis charger mes paquets sur un navire. J'embarquai en même temps que des négociants parmi les plus grands de la ville.

Nous prîmes la mer et naviguâmes sans encombre, grâce à la bénédiction de Dieu le Très Haut, malgré des flots houleux dont les vagues s'entrechoquaient. Le voyage commença agréablement et dura des nuits et des jours, d'île en île et de mer en mer. Jusqu'au moment où un fort vent debout vint nous contrarier. Le capitaine fit jeter les ancres, immobilisant le bateau en pleine mer pour éviter un naufrage dans le désordre des éléments. Nous étions

1. **Je pris mes dispositions** : je fis le nécessaire.

là à prier Dieu le Très Haut, nous faisant humbles devant Sa volonté. Mais le vent redoubla de violence[1]. La tempête déchira les voiles, les lacéra. Le navire sombra[2] corps et biens[3]. Je fus moi-même emporté dans les eaux.

Je nageai une demi-journée durant et ne donnais pas cher de ma vie quand Dieu le Tout-Puissant me prit en miséricorde[4] et m'envoya le salut sous la forme d'une pièce de bois arrachée de la coque et qui flottait. Je m'y agrippai moi et quelques autres marchands.

La houle et le vent nous poussaient. Nous dérivâmes un jour et une nuit. Le surlendemain, dans la matinée, le vent forcit et la mer se déchaîna en puissantes vagues. Nous fûmes jetés sur le rivage d'une île. Nous étions sur le point de mourir, épuisés par le manque de sommeil, la fatigue, le froid, la faim, la soif et la peur. Nous marchâmes et marchâmes quelque temps sur la côte. Les plantes étaient nombreuses et nous pûmes manger un peu et ainsi conserver la vie. Nous passâmes la nuit sur le rivage.

Le matin, lorsque l'aurore apparut et dissipa les ténèbres de ses premières lueurs, nous nous mîmes à parcourir l'île de droite et de gauche. Nous aperçûmes une construction au loin et avançâmes jusqu'à sa porte. Alors surgit une troupe d'hommes noirs qui ne portaient aucun vêtement. Sans dire un seul mot, ils se saisirent de nous et nous conduisirent auprès de leur roi. Celui-ci nous ordonna de nous asseoir et on nous servit des mets inconnus.

---

1. **Redoubla de violence** : fut encore plus violent.
2. **Sombra** : coula.
3. **Corps et biens** : hommes et marchandises.
4. **Me prit en miséricorde** : eut pitié de moi.

Pour ma part, ils m'inspirèrent de la répulsion[1] et je n'y touchai point, contrairement à ce que firent mes compagnons. Et bien m'en prit, car ce fut, grâce à la bonté divine, ce qui me garda en vie jusqu'à aujourd'hui. En effet, à peine mes compagnons eurent-ils goûté à cette nourriture, qu'ils en perdirent la raison et que leur comportement changea du tout au tout. Ils se mirent à dévorer comme des fous. On leur apporta du lait de noix de coco qu'on leur fit boire avant de leur en enduire le corps. Soudain, leurs yeux devinrent hagards[2]. Ils se remirent à dévorer de plus belle comme on ne les avait jamais vus faire. J'étais moi-même terrifié, craignant pour mes jours face à ces créatures nues. Je les observai attentivement et appris qu'elles étaient gouvernées par un ogre. Dès qu'elles apercevaient un étranger sur leur terre, elles s'en saisissaient et le conduisaient chez leur monarque. Là, elles lui faisaient manger de cette nourriture et boire du lait de noix de coco dont elles le frictionnaient[3] ensuite jusqu'à ce qu'il devienne gros et gras. Alors elles l'égorgeaient, le faisaient rôtir et le servaient à la table de leur roi qui était le seul à s'en nourrir. Sa compagnie, en effet, ne touchait à la chair humaine que crue, ni rôtie ni cuite.

À ce spectacle, je fus envahi par un chagrin extrême à l'idée de ce qui nous attendait, moi et mes compagnons. Ceux-ci ne savaient même plus ce que l'on faisait d'eux, ayant perdu la raison, réduits à l'état de bêtes. On les confiait dans la journée à un gardien qui les menait chaque jour sur l'île comme du bétail. Quant à moi, sous l'effet de la

1. **Répulsion** : fort dégoût.
2. **Hagards** : vagues.
3. **Frictionnaient** : frottaient très fort.

terreur et de la faim, j'étais faible, malade, la peau desséchée sur les os. Lorsque nos bourreaux me virent dans cet état, ils ne s'occupèrent plus de moi et m'oublièrent. Je m'arrangeai un jour pour sortir et m'enfoncer à l'intérieur de l'île. Je marchai ainsi jusqu'à l'aube. Le jour se fit et le soleil se leva sur les hauteurs et sur les vallées. J'étais épuisé et mourais de soif. Je me mis à manger de l'herbe et des plantes qui poussaient sur l'île jusqu'à ce que ma faim et ma soif fussent apaisées. Je repris alors ma marche.

J'aperçus tout au loin comme une silhouette humaine. J'avançai dans sa direction et je l'examinai à distance, tant ce que je venais de vivre m'avait empli de crainte. Je reconnus alors l'homme auquel on avait remis mes compagnons pour les surveiller. Il comprit que je n'avais pas perdu la raison et que je n'avais pas été atteint par la folie de mes compagnons. Il me fit signe de loin et me cria :

– Retourne sur tes pas et prends le chemin que tu trouveras sur ta droite, il te mènera à la grand-route vers le palais du roi.

Je fis mine d'obéir, trouvai le chemin mais le suivis en sens contraire, tantôt courant tenaillé[1] par la peur et tantôt marchant pour reprendre mon souffle. Le soleil se coucha et l'obscurité se fit. Je m'assis alors pour prendre quelque repos. J'essayai de dormir un peu mais n'y parvins pas. J'avais trop peur, trop faim, j'étais trop fatigué. Au milieu de la nuit je me levai donc et marchai sans arrêt jusqu'aux premières lueurs de l'aube. Le soleil se leva et darda[2] ses rayons sur les monts et les vallées. Exténué, affamé, torturé

1. **Tenaillé** : torturé.
2. **Darda** : lança.

par la soif, je mâchai de l'herbe et des plantes pour apaiser ma faim et me désaltérer. Après quoi je repris ma marche à travers l'île durant sept jours et sept nuits, à ne manger que de l'herbe.

Le huitième jour au matin, j'arrivai sur le rivage opposé de l'île. Mon regard saisit, tout au loin, comme des silhouettes. J'avançai avec circonspection[1]. Il s'agissait d'un groupe d'hommes, blancs ceux-là, occupés à cueillir des grains de poivre. Ils m'entourèrent et me lancèrent :

– Qui es-tu, d'où viens-tu ?

– Bonnes gens, je suis un pauvre étranger parvenu ici au prix d'effarantes épreuves.

Et je leur racontai tout ce qui m'était arrivé, leur narrant les dangers et les malheurs que j'avais endurés.

Mon récit les plongea dans un grand étonnement. Ils me prièrent de prendre place parmi eux et m'offrirent un repas auquel je fis honneur car j'avais grand-faim. Je me reposai en leur compagnie un certain temps puis les suivis jusqu'à leur embarcation qui nous conduisit à une île voisine où ils demeuraient.

Une fois arrivés, ils me présentèrent à leur souverain que je saluai. Il me souhaita la bienvenue, me reçut avec générosité et prit de mes nouvelles. Je lui dis qui j'étais et lui relatai les péripéties de mon voyage depuis mon départ de Bagdad. Mon histoire l'étonna au plus haut point, lui et son entourage. Il me retint à sa table et ordonna que l'on serve le repas. Je mangeai à ma suffisance[2] puis me lavai les mains. Je rendis grâce au Seigneur, exalté soit-Il, Le louai

1. **Circonspection** : grande prudence.
2. **À ma suffisance** : à ma faim.

et Le remerciai pour les faveurs qu'il m'avait prodiguées. Je pris ensuite congé pour aller visiter la ville.

Elle comptait une forte population, regorgeait de richesses. Ses souks[1] débordaient d'activité et on y trouvait toutes sortes de denrées et de marchandises. Vendeurs et acheteurs s'y pressaient. J'étais heureux d'être dans cette cité où je me sentais à l'aise. Je ne tardai pas à me familiariser avec ses habitants qui me prirent en sympathie. Le roi en personne m'honorait de son amitié et me marquait plus de considération qu'à ses sujets les plus importants et les mieux en cour[2]. Je remarquai qu'ici les hommes, de haute ou de petite condition, montaient à cru[3] de beaux chevaux de pur sang. Je fis part de mon étonnement au monarque et lui dis :

– Pourquoi, Monseigneur, n'utilisez-vous pas de selle ? Elle assure au cavalier meilleur équilibre, plus grande maîtrise et le laisse plus à l'aise.

– Qu'est-ce donc qu'une selle ? me demanda-t-il, nous n'avons jamais vu pareille chose et en ignorons l'usage.

– M'autoriserais-tu à en confectionner[4] une ? Tu pourras l'utiliser toi-même et l'apprécier comme il se doit.

– Je suis d'accord.

Je me fis apporter, sur son ordre, le nécessaire indispensable à mon projet. Un menuisier habile fut appelé. Je lui appris à façonner un arçon[5]. Je pris de la laine, la cardai[6] et en fis un feutre dont je matelassai l'arçon. Je demandai

1. **Souks** : marchés.
2. **Les mieux en cour** : les mieux considérés à la cour du roi.
3. **À cru** : sans selle.
4. **Confectionner** : fabriquer.
5. **Arçon** : armature de selle.
6. **Cardai** : démêlai.

une pièce de cuir que je lissai et assouplis pour recouvrir la selle. Je taillai la housse, les rênes et les sangles.

Ensuite, un forgeron vint marteler, sous ma direction, une paire de grands étriers[1] auxquels je mis la dernière main en les polissant et en les étamant[2]. J'enjolivai[3] enfin la chabraque[4] de franges de soie. Mon ouvrage achevé, je harnachai[5] l'un des meilleurs chevaux des écuries royales, lui passai têtière[6] et mors[7] et le présentai sellé[8] au monarque. Le harnachement lui plut et lui convint. Il me remercia et se mit à cheval. Il se trouva fort aise[9] de cette façon de monter et me récompensa royalement.

Le grand vizir, à son tour, eut envie d'une selle. Je la lui confectionnai. Et voilà que les grands dignitaires du royaume ainsi que les titulaires de hautes fonctions l'imitèrent. Aidé par le menuisier et le forgeron formés par mes soins, je me mis à fabriquer des selles et des étriers que je vendais aussi bien aux grands du royaume qu'à leurs gens[10]. Tout cela me rapporta belle fortune et renom[11] certain. On m'aimait beaucoup, je jouissais d'amitié et de respect, entouré d'égards[12] par le roi, sa cour, les hauts personnages de la ville et les seigneurs du royaume.

---

1. **Étriers** : anneaux métalliques dans lesquels le cavalier met ses pieds.
2. **Étamant** : déposant une couche d'étain, un métal, pour éviter la rouille.
3. **J'enjolivai** : j'ajoutai pour la décorer.
4. **Chabraque** : couverture que l'on pose entre le dos du cheval et la selle.
5. **Harnachai** : mis son harnais.
6. **Têtière** : partie de la bride qui passe derrière les oreilles du cheval et soutient le mors.
7. **Mors** : pièce métallique du harnais qui passe dans la bouche du cheval. Relié aux rênes, il permet de le conduire.
8. **Sellé** : muni d'une selle.
9. **Il se trouva fort aise** : il fut très satisfait.
10. **Gens** : ici, domestiques.
11. **Renom** : bonne réputation.
12. **Égards** : attentions.

Un jour que je tenais compagnie au souverain, au comble de la joie et de la considération, il me dit :

– Sache que tu nous es précieux et que nous te tenons en grande estime. Tu es désormais l'un des nôtres. Nous ne saurions nous séparer de toi et accepter que tu quittes notre cité. Je nourris un projet que tu ne saurais refuser. Tu me dois obéissance.

– Et que souhaites-tu, Monseigneur ? Comment pourrais-je te contrarier toi à qui je dois tant et qui n'as cessé de me combler de faveurs et de me manifester bienveillance et bonté ?

– J'ai l'intention de te marier à une femme de chez nous, vertueuse, parée de tous les attraits, raffinée. Elle est de surcroît belle et riche. Tu serais dès lors l'un de nos sujets de plein droit[1] et logerais dans mon palais. Ne refuse pas et exauce ce vœu qui m'est cher.

Lorsque j'entendis ces paroles, je m'abstins de répondre et gardai le silence, tellement le respect et la déférence[2] m'interdisaient de dire un seul mot.

– Qu'as-tu à te taire, mon fils ?

– Monseigneur, ô roi de ce temps, c'est toi qui décides de toute chose.

Il manda[3] sur l'heure le cadi[4] et les témoins et me fit contracter mariage avec une dame de haut rang, noble d'origine et d'excellent lignage[5], très riche, honorée de toutes les faveurs, d'une beauté rare, généreuse. Elle possédait des demeures, des propriétés et de nombreuses terres.

1. **De plein droit** : officiellement.
2. **Déférence** : considération envers quelqu'un.
3. **Manda** : fit venir, convoqua.
4. **Cadi** : magistrat musulman qui célèbre les mariages.
5. **Lignage** : de très bonne famille.

Le roi mit à ma disposition dans son palais une vaste et belle suite. Elle était indépendante et j'y eus à mon service esclaves et servantes. Il m'accorda un salaire et fit servir des gages[1] à mes domestiques. Je goûtai un repos profond, me livrant tout entier à la joie et au bonheur. J'oubliai les fatigues, les tourments et les épreuves passés. Je me disais que si, d'aventure[2], je revenais dans mon pays, j'emmènerais ma femme avec moi. Le destin de chaque homme s'accomplit inéluctablement[3] et nul ne peut prévoir ce que lui réserve l'avenir. J'aimais mon épouse, elle me vouait un amour profond et nous vivions en parfaite harmonie dans les délices et les plus agréables plaisirs.

Nous vécûmes ainsi un certain temps. Mais Dieu voulut qu'un de mes voisins et ami perdît son épouse. J'allai lui présenter mes condoléances et le trouvai dans le plus triste des états, abattu à l'extrême. Je m'évertuai[4] à le consoler et à le distraire de sa douleur:

– N'aie pas tant de chagrin pour la mort de ton épouse. Veuille Dieu le Très Haut remplacer la disparue par meilleure encore et te prêter longue vie.

Il fondit en larmes et s'écria:

– Ô ami, en épouser une autre? Mais comment Dieu pourrait-Il m'accorder meilleure épouse qu'elle alors qu'il ne me reste qu'un jour à vivre?

– Mon frère, reprends tes esprits! Pourquoi ce funeste pressentiment alors que tu te portes à merveille?

1. **Gages**: salaire que l'on paie à un domestique.
2. **D'aventure**: par hasard.
3. **Inéluctablement**: sans que l'on puisse y échapper.
4. **M'évertuai**: me donnai beaucoup de mal.

– Dieu te garde, compagnon ! J'aurai disparu dès demain et plus jamais tu ne me reverras.

– Comment cela ?

– C'est en effet demain qu'elle sera ensevelie[1] et moi avec elle. Selon la coutume de notre pays, si une épouse ou un époux vient à décéder, son conjoint est enterré vivant avec le défunt. Ainsi ne peut-il lui survivre et jouir seul de l'existence.

– Quelle tradition atroce que celle-là et que nul ne saurait supporter ! m'exclamai-je horrifié.

Nous étions ainsi à converser[2] lorsque presque tous les habitants de la ville survinrent. Ils exprimèrent à mon ami la part qu'ils prenaient à sa douleur d'avoir perdu son épouse et de devoir la suivre. Ils procédèrent à la dernière toilette de la morte conformément à leurs usages. Sa dépouille fut ensuite placée sur une civière[3]. Le cortège[4], dans lequel avait pris place le veuf[5], sortit de la ville et se rendit vers un lieu situé à mi-pente d'une montagne qui surplombait la mer. Là, on souleva une grande dalle qui couvrait la margelle[6] d'un puits profond creusé dans cette montagne. On y jeta le cadavre de l'épouse. Puis les gens de la ville se saisirent du pauvre veuf, lui passèrent une corde autour de la taille, le placèrent dans un panier et le descendirent à son tour, muni pour seules provisions d'un grand cruchon[7] d'eau douce et de sept galettes. Une fois

1. **Ensevelie** : ici, enterrée.
2. **Converser** : discuter.
3. **Civière** : lit portatif à quatre bras utilisé pour transporter les blessés ou les morts.
4. **Cortège** : défilé ; ici, procession.
5. **Veuf** : homme dont la femme est décédée.
6. **Margelle** : rebord.
7. **Cruchon** : petite carafe.

au fond, il se détacha ; les assistants remontèrent corde et panier, remirent la dalle en place et s'en retournèrent, abandonnant mon ami près de son épouse dans le puits.

Je me disais : « Mais il meurt d'une mort plus atroce que celle de son épouse ! » J'étais bouleversé et me précipitai chez le roi.

– Monseigneur, comment pouvez-vous dans votre pays inhumer[1] un être vivant avec un cadavre ?

– Sache que c'est notre tradition. Si un homme meurt, son épouse doit l'accompagner ; si elle le précède, il doit la suivre. Ainsi ne les séparons-nous pas dans la vie comme dans la mort. C'est la coutume de nos ancêtres.

– Roi de ce temps, en feriez-vous autant pour un étranger comme moi, si sa compagne venait à disparaître ?

– Oui, nous l'enterrerions avec elle, agissant comme tu as pu le voir.

À cette réponse, je sentis ma vésicule[2] éclater et le fiel[3] me monter aux lèvres tant j'étais saisi par l'horreur et l'angoisse. J'avais comme perdu la raison, épouvanté à l'idée que ma femme pouvait mourir avant moi et que je serais inhumé vivant avec elle. Puis je me consolai comme je pus en me disant : « Peut-être mourrai-je avant elle ? Allez donc savoir lequel des deux partira le premier. »

J'essayai donc de me distraire en me lançant dans diverses occupations. Mais il se passa très peu de temps avant que ma femme ne tombât malade. Elle rendit l'âme quelques jours après. La plupart des gens de la ville s'assemblèrent et vinrent me présenter leurs condoléances à moi et à sa

---

1. **Inhumer** : enterrer.
2. **Vésicule** : organe situé dans le ventre.
3. **Fiel** : liquide amer produit par la vésicule.

famille. Le roi lui-même, comme il est d'usage dans leur pays, me manifesta sa sympathie. Une laveuse de morts fit l'ultime toilette de la défunte, la revêtit de ses plus beaux atours[1], la para de bijoux, de colliers et de joyaux. Puis elle fut placée sur une civière et portée à la montagne. On souleva la dalle de pierre qui couvrait le puits et on y jeta la morte. Alors tous mes amis et les parents de mon épouse me firent leurs derniers adieux.

Je m'exclamai au milieu d'eux :

– Je suis un étranger. Je ne peux me plier[2] à votre coutume !

Mais ils ne m'écoutaient pas et n'avaient aucun souci de ce que je disais. Ils m'empoignèrent, m'attachèrent de force. M'ayant muni, selon leur habitude, de sept galettes et d'une cruche d'eau douce, ils me descendirent au fond du puits qui donnait sur une vaste caverne creusée sous la montagne. Ils me crièrent :

– Détache-toi de la corde.

Comme je refusais de le faire, ils abandonnèrent la corde en la jetant sur moi, replacèrent la grande dalle qui couvrait le puits et s'en furent.

Autour de moi, dans cette caverne, se trouvaient de nombreux cadavres qui dégageaient une odeur fétide[3] tout à fait insupportable. Incapable désormais de distinguer la nuit du jour, je ne mangeais que très peu et seulement lorsque la faim me déchirait les entrailles. Je ne buvais que lorsque la soif me dévorait. Qu'allais-je faire quand il ne me resterait ni pain ni eau ? Je ne cessais de murmurer :

---

1. **Atours** : vêtements nobles.
2. **Me plier** : obéir.
3. **Odeur fétide** : odeur forte et répugnante.

– *Il n'y a de force et de puissance qu'en Dieu le Très Haut, le Sublime.* Que m'a-t-il pris d'aller me marier dans cette ville ? Chaque fois que j'échappe à une calamité[1], c'est pour m'exposer à pire. Par Dieu, je vais mourir d'une mort horrible. Que ne me suis-je noyé en mer ou n'ai-je péri dans les montagnes ! Cela eût mieux valu pour moi que de finir ainsi misérablement.

Sans fin je m'adressai des reproches. Je m'endormis sur un tas d'ossements après avoir invoqué le secours de Dieu le Très Haut. En vain j'appelai la mort de mes vœux. Je me réveillai dévoré par la faim, brûlé par la soif. Je m'assis, pris à tâtons une galette dont je croquai quelques bouchées, bus une gorgée d'eau. Puis je me levai et me mis à longer les parois de ma prison. Elle me parut de vaste dimension et déserte. Le sol était jonché de nombreux cadavres ; certains ossements très anciens étaient tombés en poussière. Je me ménageai au fond de la caverne un emplacement éloigné des morts les plus récents pour pouvoir y dormir. Il ne me restait que très peu de nourriture. Je ne mangeai et ne bus qu'une fois par jour, parfois moins, pour faire durer le peu dont je disposais avant de perdre la vie.

Je me disais : « Que ferai-je lorsque j'aurai épuisé mes galettes et mon eau ? » C'est alors que j'entendis le bruit que faisait la dalle lorsqu'on la tirait de la margelle du puits qui donnait accès à la caverne. Un rayon de lumière apparut. Des hommes, assemblés en grand nombre, faisaient glisser dans la caverne une civière portant le cadavre d'un homme. Son épouse, encore en vie, pleurant et gémissant,

1. **Calamité** : malheur.

fut descendue à sa suite, suspendue à une corde, munie de galettes et d'eau.

Lorsque la dalle fut remise en place et que le cortège se fut éloigné, je l'observai à son insu[1]. Elle ne pouvait me voir dans le noir. Je me saisis du tibia d'un cadavre d'homme, m'approchai de la femme et lui assenai sur le sommet du crâne un coup[2] qui l'assomma. Elle tomba au sol évanouie. Je la frappai une deuxième puis une troisième fois, elle en mourut. Je vis qu'elle portait vêtements de prix, bijoux d'or et d'argent, colliers de perles, joyaux, pendentifs. Je m'emparai de tout cela. Je pris les galettes et l'eau dont on l'avait munie puis revins à l'emplacement que je m'étais ménagé au fond de la caverne pour y dormir. Je mangeai et bus parcimonieusement[3] afin de ne pas épuiser trop vite mes provisions, évitant ainsi de mourir de faim et de soif. C'est ainsi que je pus survivre dans la caverne un certain temps, tuant au fur et à mesure toute personne jetée vivante avec le cadavre de son conjoint pour me saisir de la nourriture et de l'eau dont on l'avait munie.

Un jour que je dormais, je fus réveillé par un bruit qui me semblait fait par un objet roulant sur la paroi de la caverne. « Qu'est-ce donc ? » me dis-je. Je bondis et avançai, serrant dans ma main le tibia qui me servait d'arme. Je vis alors un animal sauvage qui s'enfuit, effarouché par mon approche. Je le poursuivis au son jusqu'au fond de la caverne. J'y aperçus alors une lueur jaillie d'une petite ouverture creusée dans la paroi ; parfois elle scintillait au

1. **À son insu** : sans qu'elle le sache.
2. **Assenai sur le sommet du crâne un coup** : donnai sur le sommet du crâne un coup violent.
3. **Parcimonieusement** : en économisant le plus possible.

loin comme une étoile et parfois disparaissait. Plus j'avançais, plus cette lueur grandissait. Je constatai en fin de compte qu'elle filtrait par une fissure[1] de la paroi qui donnait à l'extérieur.

« Cette ouverture, pensai-je, doit être utile à quelque chose. » Je me rendis compte alors qu'il s'agissait d'une sorte de galerie creusée à flanc de montagne par des charognards[2]. Ils pénétraient par elle sous la paroi et dévoraient les cadavres avant de remonter à la surface. À ce moment-là, l'âme apaisée, l'esprit tranquille et le cœur en fête, j'entrevis le salut après en avoir désespéré.

Je m'engageai dans la galerie et fis beaucoup d'efforts pour en atteindre la sortie. Je constatai alors que j'étais sur le flanc d'une très haute chaîne montagneuse qui dominait d'un côté la haute mer et, de l'autre, la ville construite sur l'île. Ragaillardi[3] et joyeux, je retournai par la galerie à la nécropole[4] où je dévorai toutes les galettes que j'avais mises de côté et bus toute l'eau qui me restait.

Je pris sur les cadavres des vêtements et revêtis certains d'entre eux pour me changer. Je trouvai aussi sur eux une grande quantité de colliers, de pierres précieuses, de pendentifs, de perles, de bijoux d'argent et d'or sertis[5] de joyaux, et toutes sortes de parures[6] que j'enveloppai dans les habits enlevés aux morts. Je remontai tout cela par la galerie jusqu'à flanc de montagne au-dessus de la mer. Je retournai dans la caverne tous les jours.

1. **Fissure**: fente.
2. **Charognards**: animaux qui se nourrissent de cadavres.
3. **Ragaillardi**: qui a repris des forces.
4. **Nécropole**: ville des morts, c'est-à-dire cimetière.
5. **Sertis**: incrustés.
6. **Parures**: colliers faits de pierres précieuses.

Chaque fois qu'on y descendait un cadavre et son conjoint, je tuais le survivant, homme ou femme, et prenais pour moi galettes et eau avant de remonter à l'air libre. Le reste du temps, assis au-dessus de la mer, je surveillais le large dans l'espoir que Dieu, magnifié soit-Il, m'enverrait du secours sous la forme d'un navire croisant à proximité. En attendant, je me constituais un véritable trésor avec les bijoux dont je dépouillais les cadavres. Je les enveloppais dans leurs propres vêtements et les remontais avec moi.

Un jour d'entre les jours, j'étais assis au-dessus de la mer, plongé dans mes pensées, lorsque j'aperçus un vaisseau naviguant dans les vagues houleuses. Je choisis une étoffe blanche prise parmi les vêtements des morts et l'attachai à un bâton que je me mis à agiter comme un signal tout en courant. Je hurlai à pleins poumons. Je finis par attirer l'attention de l'équipage qui me vit à flanc de montagne. Des marins mirent à l'eau une barque. Lorsqu'ils furent à proximité, ils me dirent :

– Qui es-tu ? Que fais-tu ici ? Comment es-tu arrivé sur cette montagne ? Nous n'y avons jamais vu personne avant toi.

– Je suis un marchand. Le bateau sur lequel je voyageais a fait naufrage. J'ai réussi à m'agripper à une poutre de la coque sur laquelle j'ai placé mes affaires. Dieu a bien voulu me faciliter les choses. En faisant preuve de courage et d'habileté, et malgré mon épuisement, j'ai réussi, après bien des efforts, à parvenir jusqu'en ce lieu en y transportant mes ballots.

Les matelots me firent alors descendre dans la barque. Ils y chargèrent tout ce que j'avais pris dans la caverne et que j'avais réparti en ballots enveloppés dans les vêtements et les suaires[1] des défunts. Enfin ils me conduisirent à bord auprès du capitaine.

– Comment, s'enquit-il, es-tu parvenu ici ? C'est une montagne très élevée au-delà de laquelle se trouve une grande cité. Je croise souvent dans les parages[2] et je n'ai jamais rien vu d'autre en ces lieux que des bêtes sauvages et des oiseaux.

Je ne soufflai mot[3] de mon séjour dans la cité puis dans la caverne, de crainte que ne se trouvât à bord un habitant des lieux qui m'eût reconnu. J'offris au capitaine une grande part de mes richesses pour le remercier d'avoir été l'instrument de mon salut et lui exprimer ma reconnaissance. Il refusa en m'expliquant :

– Nous autres, gens de mer, n'acceptons jamais rien de personne. Lorsqu'il nous arrive de recueillir un naufragé sur une côte ou sur une île, nous lui donnons à manger et à boire. Si nous le trouvons nu, nous l'habillons. Lorsque nous arrivons sains et saufs dans quelque port, nous lui offrons quelque argent comme un bienfait, lui marquant notre solidarité en vue de plaire à Dieu le Très Haut.

Je lui souhaitai longue vie et ne cessai de naviguer sur son bateau, d'île en île et de mer en mer, en espérant que le voyage se poursuivrait paisiblement. J'étais si heureux d'en avoir réchappé ! Chaque fois que je me souvenais de ma descente dans la caverne aux côtés de mon épouse, j'en perdais presque la raison. Grâce à la Toute-Puissance divine nous atteignîmes enfin sans encombre Bassora.

---

1. **Suaires** : draps qui enveloppent les morts.
2. **Parages** : environs.
3. **Je ne soufflai mot** : je ne dis rien.

J'y débarquai et y restai peu de jours avant de regagner Bagdad. Je retournai dans mon quartier et retrouvai parents et amis. Je pris de leurs nouvelles. Ils étaient ravis de me revoir sain et sauf et m'en félicitèrent. Je mis à l'abri tous mes biens dans mes armoires, me répandis en aumônes et dons, vêtis les orphelins et les veuves. Je me remis comme jadis à fréquenter la société, à me faire de la compagnie, à me créer des amitiés. Je vécus dans les divertissements et le plaisir. Voilà ce qui m'arriva de plus étrange au cours de ce quatrième voyage.

Sindbâd de la mer, une fois son récit terminé, se tourna vers son hôte Sindbâd le portefaix et lui dit :

– Mon frère, dîne chez moi comme d'habitude. Reviens demain et je te raconterai ce qui m'est advenu lors de mon cinquième voyage. Il est plus extraordinaire et étrange encore que les précédents.

Il ordonna ensuite qu'on remette cent *mithqâls* d'or à son ami. À l'issue du repas, chacun s'en fut, la tête pleine des aventures – aussi étranges les unes que les autres – que leur hôte avait contées. Le portefaix passa la nuit chez lui, heureux et détendu. Le matin, aux lueurs naissantes de l'aube, il se leva, fit sa première prière puis alla chez Sindbâd de la mer qu'il salua. Celui-ci lui souhaita la bienvenue et le pria de prendre place jusqu'à ce qu'arrive le restant de leur compagnie. On mangea, but et plaisanta. Les conversations allaient bon train[1]. Enfin Sindbâd de la mer prit la parole.

1. **Allaient bon train** : suivaient leur cours.

Le cinquième voyage

Le vieillard satanique[1] et l'île aux singes

Sachez, chers amis, qu'à mon retour du quatrième voyage, je passai tout mon temps à me divertir, à prendre du plaisir et à faire la fête. J'oubliai tout ce que j'avais affronté, tout ce qui m'était advenu et tout ce que j'avais enduré, au comble de la joie d'avoir réuni tant de richesses, fait de si nombreux gains et profits. Mais le démon du voyage me reprit. J'avais envie de parcourir d'autres contrées, de passer d'île en île. Je m'occupai de mon projet, acquis des marchandises de prix pouvant supporter le transport en mer. Je les emballai soigneusement et me rendis de Bagdad à Bassora où je descendis sur le port.

J'y avisai un grand et beau navire de haut bord[2]. Il me plut et je l'achetai. Il était équipé de neuf. Je recrutai un capitaine, enrôlai[3] un équipage et y installai, pour le surveiller, mes esclaves et mes jeunes serviteurs. J'y fis embarquer mes marchandises. D'autres négociants nous rejoignirent, chargèrent leurs biens en payant leur écot[4] et nous levâmes

1. **Satanique** : démoniaque, diabolique.
2. **De haut bord** : de dimensions importantes.
3. **Enrôlai** : engageai.
4. **Écot** : participation financière aux frais collectifs.

l'ancre. Nous étions tout joyeux, nous promettant d'arriver sains et saufs et de faire bien du profit.

Nous voguâmes d'île en île et de mer en mer; partout nous accostions pour visiter les lieux, y vendre et acheter. Cela dura jusqu'à ce que, un jour parmi les jours, nous jetions l'ancre devant une grande île qui semblait déserte. Elle n'était que ruines et pauvreté, hormis une très haute et très vaste coupole blanche que certains marchands décidèrent d'aller voir de plus près. C'était en réalité un œuf de rukhkh, mais ces gens-là l'ignoraient. Après l'avoir examiné à loisir, ils lancèrent sur lui des pierres qui brisèrent sa coquille. Celle-ci laissa s'écouler un liquide abondant d'où émergea un jeune rukhkh. Ils s'en saisirent, le tirèrent hors de l'œuf, l'égorgèrent et le débitèrent[1] en gros morceaux.

J'étais resté à bord sans me douter de rien. Lorsque je constatai que les marchands avaient brisé la coquille, je leur hurlai:

– Malheureux, qu'avez-vous fait là? Un rukhkh va arriver, briser notre navire et causer notre perte à tous!

Soudain le soleil fut masqué et le jour se fit nuit. Au-dessus de nous comme un nuage voilait le ciel. Nous levâmes la tête et nous comprîmes que les ailes d'un rukhkh nous plongeaient dans les ténèbres. Lorsqu'il était arrivé sur l'île, il avait constaté que son œuf avait été brisé. Il poussa des cris qui alertèrent sa compagne et tous deux se mirent à tournoyer au-dessus de nous en lançant des clameurs[2] plus étourdissantes que des coups de tonnerre. Je criai au capitaine et à l'équipage:

---

1. **Débitèrent**: ici, découpèrent.
2. **Clameurs**: cris.

– Sauve qui peut ! Poussez le navire à la mer, et priez pour notre salut, il y va de nos vies.

Le capitaine s'élança, les marchands regagnèrent le bord, nous désancrâmes[1] et gagnâmes le large. Les deux oiseaux géants s'en aperçurent et disparurent un moment. Nous naviguions de toutes nos voiles pour nous mettre hors de leur portée loin de cette île. Mais ils réapparurent bientôt et nous poursuivirent, tenant chacun dans ses serres un énorme rocher pris dans la montagne. Le premier, le mâle, lâcha le sien. Le capitaine, à la barre, vira de bord, évitant de justesse le projectile[2]. Celui-ci toucha la mer sous la quille[3] avec une force telle que le bateau se souleva avant de se remettre à flot. Le choc avait été si violent que nous avions pu entrevoir le fond de la mer.

Alors la femelle du rukhkh lâcha à son tour son rocher. Il était moins volumineux que le premier mais le sort voulut qu'il s'écrase sur la poupe[4]. Elle se brisa, le gouvernail[5] éclata en vingt morceaux et nous fûmes envoyés par le fond[6]. Dieu le Très Haut pourvut[7] à mon salut sous la forme d'une poutre du bateau. Je m'y agrippai, me hissai en partie sur elle et me mis à battre des pieds. Le vent et les vagues m'aidaient à avancer.

Notre navire avait sombré en pleine mer à proximité d'une île. Le sort me jeta sur son rivage avec la permission du Seigneur Tout-Puissant, Maître des destinées. J'étais à

1. **Désancrâmes** : enlevâmes l'ancre.
2. **Projectile** : objet lancé.
3. **Quille** : partie la plus basse d'un bateau.
4. **Poupe** : arrière d'un bateau.
5. **Gouvernail** : élément qui permet de diriger un bateau.
6. **Envoyés par le fond** : coulés.
7. **Pourvut** : ici, veilla.

moitié mort de fatigue, de peine, de faim et de soif. Je m'affalai sur le sable, le temps de me reposer et de reprendre mes esprits. Je me mis ensuite à marcher dans l'île. Elle ressemblait à un jardin du paradis. Les arbres, de toutes espèces, étaient chargés de fruits mûrs ; les rivières déversaient leurs eaux ; les oiseaux dédiaient[1] leurs gazouillis à l'Éternel Tout-Puissant ; partout resplendissaient des fleurs aux mille coloris. Je mangeai des fruits pour apaiser ma faim et me désaltérai à l'eau des ruisseaux tout en me confondant en louanges et remerciements à l'endroit de[2] Dieu, exalté soit-Il.

Le soir tomba, la nuit se fit. J'étais mourant de fatigue et de peur. Je n'entendais aucune voix et ne voyais âme qui vive à proximité. Je dormis jusqu'au matin, me levai aussitôt et repris ma marche entre les arbres. J'arrivai au bord d'un ruisseau où s'écoulait l'eau d'une source. Sur la berge se tenait un beau vieillard, drapé[3] de feuilles d'arbres qui lui servaient de vêtement. Je me dis que c'était peut-être un rescapé du naufrage. Je m'approchai et le saluai. Il se contenta de répondre par un signe de tête.

– Que fais-tu là, vieillard, assis en ces lieux ? lui demandai-je.

Il hocha la tête d'un air triste et, de gestes de la main, me fit comprendre qu'il désirait que je le prenne sur mes épaules pour le porter sur l'autre rive.

1. **Dédiaient** : adressaient.
2. **À l'endroit de** : envers.
3. **Drapé** : couvert.

« C'est une œuvre pieuse[1], pensai-je, que de rendre service à ce vieil homme et de le transporter là où il le demande. Peut-être serai-je récompensé de cela ? »

Je le chargeai sur mes épaules et, arrivé de l'autre côté du ruisseau, l'invitai à descendre. Il n'en fit rien. Au contraire, il resserra ses jambes autour de mon cou. Je les examinai et constatai que leur peau était aussi noire et rugueuse que le cuir d'un buffle. Épouvanté, j'essayai de le jeter à bas[2]. Mais il resserra sa prise avec une vigueur[3] telle qu'il faillit m'étrangler. Les yeux couverts d'un voile noir, je perdis conscience et m'effondrai au sol, évanoui et comme mort. Il dégagea les jambes et me donna sur le dos et les épaules de violents coups de pied qui me réveillèrent. J'avais si mal que je me relevai. D'un geste de la main, il m'ordonna d'aller vers les arbres qui portaient les fruits les plus savoureux. Si je faisais mine de ne pas lui obéir, il me talonnait[4] les côtes, jusqu'à ce qu'il m'en cuise[5] autant que s'il me donnait du fouet. Je ne cessai ainsi de le porter là où il le voulait. Si je tardais ou ralentissais l'allure, il m'en punissait immédiatement. J'étais devenu son captif[6].

Il ne me laissait de répit ni le jour ni la nuit. Quand l'envie l'en prenait, il urinait et déféquait[7] sur mes épaules. Lorsqu'il voulait dormir, il serrait ses jambes autour de mon cou et prenait un bref repos. Une fois réveillé, il me frappait et me contraignait à reprendre ma course. Incapable

1. **Pieuse** : ici, qui respecte les consignes religieuses.
2. **Jeter à bas** : faire tomber.
3. **Vigueur** : force.
4. **Talonnait** : donnait des coups de talon.
5. **Qu'il m'en cuise** : que la peau me brûle.
6. **Captif** : prisonnier.
7. **Urinait et déféquait** : faisait ses besoins.

de lui résister tellement je souffrais, je ne pouvais que me plier à ses exigences. Je me faisais d'amers reproches pour avoir eu pitié et lui avoir proposé de le porter. Je me disais: «J'ai voulu faire le bien et n'en récolte que du malheur. Par Dieu, jamais plus je ne rendrai de service à personne de toute mon existence.»

Un beau jour je débouchai dans une clairière où abondaient[1] des courges calebasses[2] dont plusieurs étaient déjà sèches. Parmi ces dernières, j'en choisis une de fort volume et l'évidai. Je cherchai ensuite des pieds de vigne, j'en cueillis les raisins, les pressai dans la calebasse que j'emplis. Je replaçai sa calotte[3] et la laissai exposée au soleil. Après quelques jours, le jus fermenta et j'obtins ainsi du vin pur. J'en bus chaque jour pour surmonter la fatigue que m'imposait le satanique vieillard. Le vin me fouettait et soutenait mes forces défaillantes.

Un certain jour, le vieillard me regarda boire et me demanda, toujours par signes, ce que c'était.

– Une boisson des plus agréables qui donne du cœur et réjouit l'âme.

Pour lui prouver ce que je venais de dire, je me mis à courir et à danser sous les arbres. J'étais comme ivre, battais des mains, chantais et me dilatais de joie[4]. Lorsqu'il me vit dans cet état, il me fit signe de lui donner la calebasse pour qu'il en boive à son tour. Je la lui tendis. Il la vida d'un trait avant de la jeter par terre. Quand le vin fit son effet, il commença à se trémousser sur mes épaules puis

1. **Abondaient**: étaient présentes en grand nombre.
2. **Courges calebasses**: variété de légumes.
3. **Calotte**: partie supérieure du légume, enlevée pour le vider.
4. **Me dilatais de joie**: j'éprouvais une grande joie.

il sombra dans l'ivresse. Ses muscles se relâchèrent et, les membres devenus mous, il se mit à osciller[1] en tous sens. Je compris qu'enivré il avait perdu ses esprits. De mes mains je saisis ses jambes, desserrai leur étau[2], m'inclinai vers le sol, m'assis et le fis glisser à terre.

Je n'arrivais pas à croire que je m'étais délivré. Mais j'avais peur qu'il se réveille de son ivresse et me tourmente à nouveau. Je me saisis d'une très grosse pierre que je trouvai sous les arbres, m'approchai et lui fracassai le crâne alors qu'il dormait. Sa tête était en bouillie, sang et chair mêlés ; il était mort, que Dieu lui refuse Sa miséricorde[3] !

Je repris ma marche dans l'île, l'esprit désormais tranquille, et revins au rivage où j'avais abordé. Je vécus là longtemps à manger des fruits et à boire l'eau des rivières. Je guettais le passage d'un navire et surveillais l'horizon. Un jour parmi les jours, je m'assis pour réfléchir à ce qui m'était arrivé et à ma situation. C'est alors que je vis surgir un bateau qui avançait sur une mer soulevée par un vent furieux, au milieu des vagues qui s'entrechoquaient. Il finit par jeter l'ancre sur l'île. Les passagers en descendirent. J'allai vers eux. Quand ils m'aperçurent, ils accoururent, m'entourèrent et me demandèrent qui j'étais, ce que je faisais sur cette île et comment j'y étais parvenu. Je leur narrai toute mon histoire.

– Extraordinaire aventure que la tienne ! s'écrièrent-ils. Cet homme qui était sur tes épaules et auquel tu as échappé n'est autre que le Vieillard de la mer. Nul autre que toi n'a

1. **Osciller** : ici, bouger.
2. **Desserrai leur étau** : les écartai.
3. **Sa miséricorde** : ici, son pardon.

survécu de ceux qu'il a réussi à enfourcher[1]. Loué soit le Seigneur qui t'a gardé en vie !

Ils me donnèrent de la nourriture et je mangeai à ma faim. Ils me tendirent ensuite des vêtements pour voiler ma nudité. J'embarquai avec eux. Après des jours et des nuits, le destin voulut que nous mouillions à l'abri d'une ville aux constructions élevées dont toutes les maisons ouvraient sur la mer. Elle était connue sous le nom de « Ville aux singes ».

À la tombée de la nuit, les habitants la quittaient par les portes qui donnaient sur la mer, montaient sur leurs barques et leurs bateaux pour y dormir. C'est qu'ils craignaient les singes qui, chaque nuit, descendaient des montagnes et envahissaient la cité. Je décidai d'aller visiter celle-ci mais, pendant que je m'y promenais, le navire appareilla[2] sans que je le sache. Je maudis ma curiosité et me rappelai que j'avais déjà eu, par deux fois, maille à partir[3] avec des singes. Je pleurais au souvenir des compagnons dévorés par les mangeurs d'hommes lors de mon quatrième voyage, quand un habitant de la ville m'aborda et me dit :

– Tu m'as l'air d'être étranger à ce pays ?

– Étranger c'est bien cela, et je suis fort en peine. Le bateau sur lequel je voyageais a jeté l'ancre ici, j'en suis descendu pour visiter la ville. À mon retour, il avait repris la mer.

– Viens avec nous dans notre barque. Si tu passes la nuit dans cette ville, les singes te tueront.

1. **Enfourcher** : monter dessus.
2. **Appareilla** : se prépara à partir.
3. **J'avais déjà eu [...] maille à partir** : j'avais déjà été en conflit.

Je me levai sur-le-champ et les suivis. Ils poussèrent la barque à la mer jusqu'à une distance de un mille[1]. Nous y passâmes la nuit pour ne revenir à terre qu'au matin. Chacun s'en fut alors de son côté à ses occupations. Ainsi faisaient-ils chaque nuit; quiconque restait dans la cité après la tombée du jour était massacré par les singes. Ceux-ci ne s'éloignaient qu'au lever du jour. Ils se retiraient alors dans les montagnes, s'y nourrissaient de fruits des vergers[2] avant d'y dormir jusqu'au soir; à la nuit, ils s'en revenaient.

Cette ville se situe au fin fond du Pays des Noirs. Il m'arriva là une chose des plus étonnantes. Un homme de ceux avec lesquels j'avais dormi au large me demanda un jour:

– Tu es étranger en ce pays, as-tu un métier qui te permettrait d'y gagner ta vie?

– Par Dieu non, mon frère, je ne sais rien faire de mes dix doigts. J'étais un commerçant riche et prospère. Je possédais même un navire que j'avais acquis de mes propres deniers[3] et chargé d'une riche cargaison en or et marchandises. Mais il fut brisé et fit naufrage par la volonté de Dieu; toute ma fortune fut engloutie. Je ne me tirai de là que grâce à une poutre que Dieu avait fait flotter à ma portée. Je m'y agrippai, trouvant ainsi mon salut.

L'homme se leva alors et revint avec un sac en coton qu'il me tendit en me disant:

– Prends ce sac et emplis-le de galets du rivage. Tu vas partir avec des gens de la ville que je vais te faire connaître et

---

1. **Un mille**: unité de mesure de navigation correspondant à près de 2 kilomètres (1852 mètres).
2. **Vergers**: terrains plantés d'arbres fruitiers.
3. **De mes propres deniers**: avec mon propre argent.

auxquels je te recommanderai. Fais exactement comme ils feront. Peut-être pourras-tu ainsi amasser de quoi reprendre ta route et revenir dans ton pays.

Il me conduisit avec lui, hors des murs, à un endroit tapissé de petits galets dont je bourrai le sac comme il me l'avait conseillé. Vinrent alors à passer, venant de la ville, des hommes qui, comme moi, étaient munis de sacs pleins de ces cailloux polis. Il me présenta à eux et leur demanda de prendre soin de moi.

Ils acceptèrent volontiers, me souhaitèrent la bienvenue et m'emmenèrent avec eux. Chacun était muni d'un sac semblable au mien, rempli de galets. Nous marchâmes jusqu'à une large vallée plantée de nombreux arbres si hauts que personne n'y pouvait grimper. C'est là que vivaient les singes en grand nombre. À notre arrivée, ils prirent peur et s'élancèrent dans les arbres. Mes compagnons se mirent à leur lancer les galets qui emplissaient leur sac. Les singes ripostèrent[1] en leur jetant des noix de coco arrachées aux branches. Je choisis à mon tour un très grand arbre sur lequel étaient juchés[2] de nombreux singes. Nous nous mîmes moi à leur lancer des galets, eux à riposter avec des noix que je m'empressai aussitôt de ramasser comme je voyais faire mes compagnons. Je finissais à peine de vider mon sac de galets que j'avais déjà une grande quantité de noix. Lorsque nous en eûmes terminé mes compagnons et moi, chacun se chargea autant qu'il le put et nous revînmes en ville en fin de journée.

---

1. **Ripostèrent** : attaquèrent en retour.
2. **Juchés** : perchés.

J'allai à mon protecteur et lui offris toute ma récolte en le remerciant de sa sollicitude[1], mais il refusa:

– Garde ces noix, me dit-il, et va les vendre pour tes besoins. Voici la clef d'une des pièces de ma maison. Entreposes-y ce qui t'en restera. Chaque jour tu accompagneras ce groupe comme tu l'as fait aujourd'hui. Peut-être gagneras-tu assez pour pouvoir reprendre ta route.

– Puisse Dieu, exalté soit-Il, te récompenser à la mesure de[2] ta bonté.

Je suivis ses conseils et, chaque jour, emplissais mon sac de galets, partais avec mes compagnons et faisais comme eux. J'amassai un très grand nombre de noix de qualité, j'en vendis beaucoup et en tirai de gros bénéfices. J'achetais tout ce que je voyais et qui me plaisait. Ma vie était heureuse, mon rang élevé aux yeux de tous les habitants.

Le temps passa. Je me tenais un jour debout sur le rivage, lorsque apparut un navire qui bientôt jeta l'ancre. Il avait été affrété[3] par des négociants et transportait des marchandises. Ses passagers en descendirent et s'en furent commercer dans la ville. Ils recherchaient des noix de coco et d'autres articles pour les troquer contre les leurs. Je me rendis chez mon ami, l'informai de l'arrivée du bateau et lui fis part de mon désir de m'y embarquer afin de retourner chez moi. Il me laissa libre de ma décision. Je lui fis mes adieux, le remerciai pour sa bonté envers moi puis me rendis au navire. Je me mis en rapport avec le capitaine et convins avec lui du prix de ma place. Je fis embarquer tout ce que

1. **Sollicitude**: fait de montrer qu'on se soucie de quelqu'un.
2. **À la mesure de**: à la hauteur de.
3. **Affrété**: loué.

je possédais de noix et autres biens. Le jour même nous prîmes la mer.

Nous naviguâmes de mer en mer et d'île en île. À chaque escale, je vendais mes noix ou les troquais contre d'autres produits. Dieu me combla ainsi d'une fortune plus grande encore que celle que j'avais perdue. Il nous fut donné de passer par une île où abondaient canneliers et poivriers[1]. Certains passagers nous dirent avoir vu sur chaque hampe[2] florale des poivriers une large feuille qui les protège de la pluie. Dès qu'il cesse de pleuvoir, elle se replie le long de la tige et laisse les grains au soleil. Je fis ample provision de poivre et de cannelle en échange de mes noix de coco.

De là, nous gagnâmes l'île d'al-Asrât, riche en bois d'aloès *qumârî*[3], puis, après cinq jours de mer, une autre île où l'on trouvait de l'aloès de Chine, plus précieux que le précédent. Les habitants de cette dernière sont plus mauvais et moins croyants que ceux de l'île précédente. Ils s'adonnent à la débauche[4] et à la boisson, ne savent rien de l'appel du muezzin[5], encore moins de la prière elle-même.

Nous arrivâmes ensuite dans la Mer des perles. Je donnai aux plongeurs des noix de coco et leur demandai de travailler pour mon compte et à mon profit. Ils plongèrent et remontèrent quantité de grosses perles fort précieuses. Ils me dirent :

– Par Dieu, Monseigneur, quelle chance tu as !

---

1. **Canneliers et poivriers** : plantes qui produisent la cannelle et le poivre.
2. **Hampe** : partie de la plante qui soutient les fleurs.
3. **Aloès *qumârî*** : variété de plante grasse.
4. **Débauche** : abus de plaisirs.
5. **Muezzin** : personne chargée d'appeler, cinq fois par jour, les fidèles musulmans à la prière depuis le minaret de la mosquée.

Je remontai à bord chargé de perles. Nous reprîmes la mer avec la bénédiction de Dieu, exalté soit-Il, et naviguâmes sans cesse jusqu'à Bassora où je séjournai très peu de temps avant de regagner Bagdad. Je retrouvai mon quartier, regagnai ma maison. Je saluai mes parents et mes amis qui me fêtèrent et me félicitèrent d'être revenu sain et sauf. Mes marchandises entreposées et mes trésors remisés[1], je couvris de mes largesses les veuves et les orphelins, prodiguai mes bienfaits aux êtres chers et dépensai sans compter en dons et aumônes. Quatre fois plus riche que je n'étais parti, fort de mon opulence, je repris ma vie d'antan[2] et oubliai en joyeuse compagnie les misères endurées.

Voilà ce qui m'arriva de plus extraordinaire au cours de mon cinquième voyage, conclut Sindbâd. Dînez ici et revenez demain, je vous raconterai le sixième qui fut encore plus étonnant.

On tendit la nappe et servit le dîner. Après le repas, Sindbâd de la mer ordonna qu'on remette cent autres *mithqâls* d'or à Sindbâd le portefaix qui les prit et s'en retourna chez lui, émerveillé de ce qu'il venait d'entendre. Le lendemain, il se leva, fit la prière du matin et revint chez son hôte auquel il souhaita le bonjour. Sindbâd de la mer le pria de prendre place et ils ne cessèrent de bavarder jusqu'à ce qu'arrivent les autres amis. On parla, la table fut servie ; ils burent et mangèrent avec beaucoup de plaisir et de joie. À ce moment le maître de maison entreprit de conter son sixième voyage.

1. **Remisés** : rangés.
2. **D'antan** : d'avant.

Le sixième voyage

La rivière aux trésors

Sachez, frères, amis et compagnons, qu'au retour de mon cinquième voyage j'oubliai les épreuves subies, me lançai dans les divertissements et les distractions, les réjouissances et les plaisirs. J'étais au comble de la joie et de la félicité. Je vécus ainsi dans un bonheur, un contentement et une gaieté sans limites.

J'étais, un jour parmi les jours, assis devant chez moi lorsque passèrent des négociants marqués par les fatigues du voyage. Ils me rappelèrent mes retours à Bagdad, l'émotion éprouvée à retrouver famille, compagnons et amis, l'allégresse[1] d'être revenu dans mon pays. À leur vue, je me surpris à rêver encore à de nouveaux voyages qui me permettraient de commercer. Je décidai de repartir.

Je fis l'acquisition de marchandises de choix, propres à supporter de longues traversées. Je les empaquetai et me rendis de Bagdad à Bassora. Là, je remarquai un navire de fort tonnage[2] sur lequel avaient pris place des marchands et des notables nantis[3] de biens de valeur. Je décidai de me joindre à eux et fis charger mes ballots.

1. **Allégresse**: grande joie.
2. **De fort tonnage**: de grande taille.
3. **Nantis**: munis.

Nous quittâmes Bassora et naviguâmes paisiblement de lieu en lieu et de ville en ville. Nous vendions, achetions et nous promenions dans ces régions inconnues de nous. Tout nous était favorable, le voyage se déroulait au mieux et nous profitions agréablement de l'existence. Nous étions en mer, un certain jour, lorsque le capitaine du navire se mit à crier puis à hurler. Il jeta son turban, se frappa le visage, s'arracha les poils de la barbe et se laissa choir[1] sur le pont, consterné[2] et accablé par le chagrin.

Tous les négociants et les passagers l'entourèrent :

– Mais que se passe-t-il donc ?

– Nous avons perdu le cap[3], avons quitté la mer sur laquelle nous naviguions pour entrer dans une autre qui m'est inconnue et je ne sais vers où me diriger. Si Dieu ne nous procure pas le moyen d'en sortir, nous allons tous périr.

Mais le vent forcit et fit se dresser le navire sur sa poupe. Le gouvernail se brisa et nous fûmes poussés vers une haute montagne qui se dressait non loin.

Tous les passagers pleuraient sur leur sort. Ils se firent leurs derniers adieux, ayant perdu tout espoir, persuadés qu'ils étaient arrivés au terme[4] de leur existence et à leur fin prochaine. Notre bâtiment fut drossé à la montagne sur laquelle il se brisa. Son armature[5] éclata et tous les passagers furent précipités à la mer. Certains d'entre les marchands se noyèrent, d'autres s'agrippèrent aux rochers et réussirent à se hisser sur la montagne. J'étais parmi eux.

1. **Choir** : tomber.
2. **Consterné** : très attristé.
3. **Cap** : direction.
4. **Au terme** : à la fin.
5. **Armature** : charpente.

Cette montagne dominait une grande île sur le rivage de laquelle gisaient de nombreuses carcasses[1] de vaisseaux fracassés. Le sable était jonché de cargaisons, éparpillées là par les flots après que les bateaux qui les transportaient eurent fait naufrage et que leurs passagers se furent noyés. Il y avait là un nombre incroyable et inimaginable de marchandises et de richesses que les tempêtes jetaient sur l'île.

Je trouvai, au centre de l'île, une source dont l'eau douce jaillissait, élargissait son courant et disparaissait sous la montagne. Tous nos rescapés semblaient avoir perdu la raison, devenus comme fous au spectacle des biens et des richesses qui jonchaient le rivage. Je découvris que le lit de la rivière[2] était tapissé de toutes sortes de gemmes[3], de brillantes paillettes de métal précieux, de hyacinthes, de grosses perles royales de la plus belle eau. Toutes ces pierreries étaient parsemées comme du gravier sur le fond du ruisseau et scintillaient de mille feux.

Nous vîmes aussi sur cette île de riches essences d'aloès odoriférant[4]: agalloche de Chine[5] et calambac[6] *qumârî*. Une autre source, naissant très haut dans la montagne, charriait[7] de l'ambre pur[8]. Il fondait sur ses bords comme de la cire liquéfiée[9] sous l'ardeur du soleil et se répandait jusqu'au rivage. Les animaux marins venaient l'avaler avant de replonger au fond de la mer. Ils le gardaient au

1. **Carcasses**: épaves.
2. **Lit de la rivière**: creux du sol dans lequel s'écoule un cours d'eau.
3. **Gemmes**: pierres précieuses.
4. **Odoriférant**: qui répand une odeur agréable.
5. **Agalloche de Chine**: variété de bois.
6. **Calambac**: résine naturelle.
7. **Charriait**: transportait.
8. **Ambre pur**: substance molle provenant de la résine des conifères.
9. **Liquéfiée**: devenue liquide, fondue.

chaud dans leurs intérieurs puis le rejetaient à la surface de l'eau où il se solidifiait et changeait de couleur et de consistance. Les vagues le déposaient alors sur le littoral où il était ramassé par les promeneurs et les marchands qui en connaissaient la valeur et en faisaient commerce.

Un ambre pur d'une autre sorte, resté lui au bord de la source et qui n'avait pas été avalé par les animaux, s'écoulait avec les eaux puis allait se déposer sur le fond où il se solidifiait. Lorsque la chaleur se faisait vive, il se liquéfiait et dégageait une odeur semblable à celle du musc[1] ; mais si le soleil venait à ne pas briller, il restait dur. Contrairement à celui du rivage, l'ambre pur était inaccessible car nul ne pouvait atteindre le lieu où il s'épandait[2] : les montagnes environnantes étaient impossibles à escalader.

Nous ne cessâmes de parcourir cette île, émerveillés par les richesses exceptionnelles dont le Seigneur, exalté soit-Il, l'avait pourvue, mais fort inquiets pour notre avenir et saisis d'une grande crainte à regarder ce qui nous environnait. Nous avions réuni quelques maigres provisions sur le rivage. Nous en prenions soin et ne mangions qu'une fois par jour, voire tous les deux jours, hantés par l'angoisse de manquer de vivres et de mourir de faim.

Chaque fois que l'un des nôtres rendait l'âme, nous procédions à sa toilette funéraire[3] et l'enveloppions dans un linceul emprunté aux étoffes éparses[4] sur le rivage. Beaucoup périrent et nous ne restâmes que quelques-uns,

1. **Musc** : huile tirée de la mauve musquée (plante à fleurs roses ou violettes).
2. **S'épandait** : se propageait.
3. **Toilette funéraire** : soins donnés au corps du mort avant la cérémonie des funérailles.
4. **Éparses** : dispersées.

affaiblis par la dysenterie[1] due à l'humidité marine. Après peu de temps moururent mes camarades et compagnons, les uns après les autres. Ils furent ensevelis et je restai seul. Je n'avais plus que très peu de toute la nourriture réunie. Je désespérais de mon sort, pleurais et me disais : « Pourquoi ne suis-je pas mort avant mes camarades ? Ils m'auraient lavé et enterré. »

Je décidai au bout de quelques jours de creuser profond ma propre tombe sur les bords de l'île. Ainsi, pensais-je, quand je sentirai mes forces décliner et ma fin venir, je m'allongerai dans cette fosse et y mourrai. Je laisserai le vent de sable recouvrir ma dépouille et m'enterrer ainsi. Je ne cessai de me reprocher mon peu de raison. Pourquoi avais-je quitté mon pays et ma ville pour entreprendre un nouveau voyage au loin après tout ce que j'avais enduré au cours du premier, du deuxième, du troisième, du quatrième et du cinquième ? Je n'avais pourtant aucun besoin, ma fortune était telle que je n'aurais pu l'épuiser ou même arriver à en dépenser la moitié tout le restant de ma vie.

Je me mis à réfléchir en moi-même et me dis : « Par Dieu, il faut bien que cette rivière aboutisse quelque part. Où va-t-elle après avoir traversé l'île ? La raison commande, me semble-t-il, de me construire un petit radeau où je puisse juste m'asseoir. Je le mettrai à l'eau et me laisserai glisser au fil du courant. Si j'arrive à m'en tirer, je trouverai mon salut avec la permission de Dieu, exalté soit-Il. Si je n'y arrive pas, je périrai sur ce cours d'eau. C'est mieux que de mourir ici. »

---

1. **Dysenterie** : maladie intestinale causée par des bactéries.

Je me levai et me mis à l'ouvrage. Je rassemblai des morceaux de bois d'aloès, de Chine et *qumârî*, que j'attachai ensemble avec des cordages pris aux épaves échouées sur le rivage. J'adaptai, sur l'armature ainsi obtenue, des planches de même dimension provenant de navires démantelés[1] et les assemblai solidement. Je fis mon radeau à peine moins large que ne l'était le cours d'eau. Je n'oubliai pas d'y entasser ce que je pus de paillettes de métal précieux, de gemmes, de ces grosses perles qui jonchaient le lit de la rivière comme du gravier. Je pris de tout ce qui se trouvait sur cette île, notamment du bon ambre pur. Je disposai convenablement ce que j'avais pu ramasser et ce qui me restait de provisions. Je mis le radeau à l'eau après l'avoir muni sur les côtés de deux espèces de rames puis me confiai au courant.

Je me laissai emporter jusqu'à l'endroit où le cours d'eau s'engouffrait sous la montagne. Le radeau pénétra sous la roche et je fus plongé dans des ténèbres profondes. Le courant le poussa jusqu'à un passage si étroit qu'il se frottait contre les parois. Je fus contraint de m'étendre à plat ventre car les parois se resserraient autour de moi. J'avançais sans savoir s'il faisait nuit ou jour tant l'obscurité était épaisse sous cette montagne. J'étais saisi par l'épouvante et la terreur à l'idée que j'allais périr. Je continuai mon chemin. Tantôt le torrent s'élargissait et tantôt il se rétrécissait à nouveau. L'obscurité totale qui régnait en ces lieux m'épuisait de fatigue au point que je sombrai dans un profond sommeil, étendu le visage sur les planches du radeau qui ne cessa d'avancer tandis que je dormais sans avoir conscience de rien.

---

1. **Démantelés** : en morceaux.

Je me réveillai enfin. J'ouvris les yeux, il faisait jour et je vis que j'étais à l'air libre, au bord d'un large plan d'eau. Mon embarcation avait été tirée au sol, un groupe d'hommes au teint noir, peut-être des Indous, m'entourait. Lorsqu'ils virent que je m'étais réveillé, ils vinrent à moi et se mirent à me parler dans une langue que je ne compris pas.

J'avais l'impression que je dormais toujours et que je rêvais, tellement j'étais oppressé[1] et fatigué. Un homme sortit alors du groupe, s'approcha et me dit en arabe :

– Que le salut soit sur toi, frère. Qui es-tu, d'où viens-tu, qu'est-ce qui t'a conduit en ces lieux ? Ces champs et ces jardins nous appartiennent et nous sommes venus les arroser. Nous t'avons trouvé ici, endormi sur ton radeau. Nous l'avons saisi, tiré et amarré jusqu'à ce que tu te réveilles tranquillement. Dis-nous pour quelle raison tu te trouves ici.

– Je t'en conjure par Dieu, ami, apporte-moi d'abord à manger, je suis affamé, je répondrai ensuite aux questions qu'il te plaira de poser.

Il s'empressa de me servir un peu de nourriture que je dévorai. Rassasié, je me reposai, ma frayeur s'apaisa et je recouvrai mes esprits[2]. Je leur racontai par le détail tout ce qui m'était arrivé du début jusqu'à la fin et ce que j'avais enduré dans l'étroit torrent souterrain qui m'avait amené jusqu'à eux.

À la fin de mon récit, ils se concertèrent et décidèrent de me conduire auprès de leur roi pour que je lui narre mon aventure. Ils m'emmenèrent avec eux et transportèrent mon radeau avec tout ce que j'y avais chargé de

1. **Oppressé** : qui a du mal à respirer.
2. **Recouvrai mes esprits** : retrouvai mon calme.

richesses: gemmes, métaux précieux, perles et bijoux. Je fus introduit auprès du souverain que mes compagnons informèrent de ce qui s'était passé. Il me salua, me souhaita la bienvenue, me demanda comment j'allais et ce qui m'était arrivé.

Je le mis au courant de tout ce qui me concernait et lui racontai ce qui m'était advenu du début jusqu'à la fin. Mon récit le jeta au comble de l'étonnement. Il m'apprit qu'il régnait sur cette île, l'île de Sarandîb[1], et me félicita de m'en être tiré vivant. À ce moment-là, je me levai et courus à mon radeau où je pris une grande quantité de paillettes de métal précieux, de gemmes, de bois d'aloès et d'ambre pur. Je revins faire présent de tout cela au souverain. Il accepta, me combla en retour de ses largesses, m'installa en son palais et me compta parmi ses familiers. Je fréquentai dès lors les meilleurs et les plus grands personnages qui me témoignaient de leur très grande et respectueuse considération. Je ne quittais plus le palais. Tous les visiteurs de l'île venaient me questionner sur mon pays. Je leur en parlais et les interrogeais à mon tour sur le leur dont ils m'informaient.

Un jour d'entre les jours, le roi lui-même me pria de l'instruire de la façon dont le calife de Bagdad gouvernait son empire. Je lui fis part de son sens de la justice, de l'équité[2] dont il faisait preuve dans ses décisions.

– Par Dieu, s'exclama-t-il admiratif, votre calife se conduit avec sagesse et raison, tu m'inspires à son égard beaucoup

1. **Île de Sarandîb**: aujourd'hui île du Sri Lanka, appelée Ceylan jusqu'en 1972 et auparavant nommée Sarandîb par les Arabes.
2. **Équité**: respect des droits de chacun.

d'amitié. J'ai l'intention de choisir pour lui un présent que je te confierai.

– Je t'écoute et t'obéis, Monseigneur. Je lui porterai ton présent en soulignant qu'il a en toi un ami sincère.

Je séjournai un certain temps auprès de ce monarque. Très respecté, traité avec une extrême générosité, je menai une existence des plus agréables jusqu'au jour où, assis dans le palais, j'entendis dire que des négociants de la ville avaient affrété un navire dans l'intention de se rendre dans la région de Bassora. Je me précipitai sur-le-champ chez le roi, lui baisai la main et m'ouvris à lui de mon désir de repartir avec ces personnes sur le bateau qu'ils avaient affrété car je me languissais de ma famille et de mon pays[1].

– Ce sera comme il te convient. Si tu veux rester chez nous, c'est de tout cœur et bien volontiers que nous te garderons car nous apprécions ta compagnie ; sinon fais comme tu l'entends[2].

– Par Dieu, Sire, tu m'as certes comblé de bontés et de prévenances[3] mais je désire ardemment[4] retrouver ma famille, mon entourage et ma ville.

À ces mots, le roi fit venir les négociants qui avaient équipé le bateau et me recommanda à leurs bons soins. Il me couvrit de cadeaux, régla le prix de mon passage et me confia une somptueuse offrande[5] et une lettre pour le calife Haroun al-Rachid, maître de Bagdad. Je lui fis mes

1. **Je me languissais de ma famille et de mon pays** : ma famille et mon pays me manquaient.
2. **Comme tu l'entends** : comme tu le souhaites.
3. **Prévenances** : marques d'attention.
4. **Ardemment** : très fortement.
5. **Offrande** : cadeau que l'on fait à une personne (le plus souvent une divinité) pour l'honorer.

adieux, pris congé des amis que j'avais trouvés dans cette ville puis embarquai avec mes nouveaux compagnons de route. Nous eûmes bon vent et agréable traversée, et nous arrivâmes sains et saufs avec la permission de Dieu, exalté et magnifié soit-Il. Je passai à Bassora quelques jours et quelques nuits, le temps de me remettre, puis, chargé de tous mes biens, regagnai Bagdad, la Cité de la paix.

Mon premier soin fut de me faire annoncer au calife Haroun al-Rachid auquel je remis la lettre, qu'il se fit lire par l'un de ses secrétaires, puis l'offrande. Celle-ci comprenait :

Une coupe taillée dans le cristal de roche, haute d'un demi-pied[1] et épaisse d'un doigt. Elle était emplie de perles blanches, chacune de la grosseur d'une noisette.

Un tapis fait d'une peau de ce serpent capable d'avaler un éléphant ; chaque écaille de cette peau a le diamètre d'un dinar[2]. Elle a la vertu de guérir de toute maladie quiconque s'y étend.

Deux cents grains du camphre le meilleur, chacun de la grosseur d'une pistache.

Deux défenses d'éléphant longues chacune de douze coudées et larges à la base de deux. Ces magnifiques cadeaux étaient accompagnés par une belle jeune fille couverte de bijoux.

Le calife examina attentivement les présents et m'interrogea sur le roi de Sarandîb. Je répondis que c'était un monarque puissant et très riche qui faisait preuve de justice, gouvernait avec sagesse et me semblait tout à fait digne

---

1. **Demi-pied** : unité de longueur (un pied correspond à environ 30 centimètres).
2. **Dinar** : monnaie d'or.

de l'amitié que pourrait lui témoigner le Commandeur des croyants.

– Son palais est magnifique, continuai-je. Lorsqu'il se déplace, on lui dresse un trône sur un éléphant. Deux officiers le protègent, celui de devant porte une lance d'or et celui de derrière une sorte de sceptre[1] couronné d'une émeraude. Deux rangées de proches et de hauts dignitaires escortent sur deux files l'éléphant royal qui est précédé d'une troupe considérable de gardes habillés d'or et de soie.

Haroun al-Rachid marquait le plus grand intérêt. Il ordonna de mettre par écrit mon récit et de le bien placer dans sa bibliothèque pour l'édification[2] de ceux qui le liraient. Il se montra exceptionnellement généreux à mon égard et me vêtit d'une robe d'honneur.

Je restai à Bagdad et repris ma vie d'autrefois. Du premier jusqu'au dernier, les souvenirs de toutes les souffrances que j'avais endurées s'effacèrent de ma mémoire. Je savourai une existence de distractions, de réjouissances et de plaisirs. Ainsi prit fin, chers frères, mon sixième voyage. Demain, plaise à Dieu le Très Haut, je vous raconterai le septième, plus extraordinaire et étrange encore que les précédents.

Comme d'habitude, la table fut mise et le dîner servi. Le maître de maison fit remettre cent *mithqâls* d'or à Sindbâd le portefaix qui les prit et s'en fut passer la nuit chez lui. L'assemblée se dispersa. Tous étaient au comble de l'émerveillement d'avoir entendu cette prodigieuse histoire.

1. **Sceptre** : bâton de commandement.
2. **Édification** : instruction.

À l'aube, Sindbâd le portefaix se leva, fit sa prière puis retourna chez Sindbâd de la mer. Bientôt arrivèrent les autres amis. Lorsqu'ils furent tous présents, Sindbâd commença le récit de son septième voyage.

Le septième voyage

La mer du bout du monde

Mes chers amis, au retour de mon sixième voyage, je retrouvai l'existence que je menais auparavant, faite de jouissance et de bonheur, de distractions et de plaisirs. Je vécus ainsi longtemps, jour et nuit, dans la quiétude[1] et la joie. J'avais acquis une fortune considérable dont je tirais de très grands bénéfices.

Je n'avais plus maintenant le désir de voyager. Mon âge ne me permettait plus de courir le monde et surtout d'endurer les fatigues, d'affronter les dangers de la navigation. Mais il se trouva qu'un jour le calife Haroun al-Rachid me fit demander. Je me rendis au palais, fus introduit et baisai le sol devant le souverain. Son chambellan[2] me fit asseoir non loin de lui à une place qui convenait à mon rang. Après s'être enquis de ma santé, il me dit ces paroles:

– Sindbâd, il faut te rendre auprès du roi de Sarandîb. Tu lui remettras une lettre que j'ai dictée en réponse à la sienne et tu lui offriras les cadeaux que je lui destine. Il sera sûrement fort content de te revoir et de te renouveler l'amitié qu'il t'a déjà exprimée. Prépare-toi donc à partir.

1. **Quiétude**: tranquillité.
2. **Chambellan**: membre de la cour royale, au service du calife.

À ces paroles, le monde s'assombrit à mes yeux comme s'il se couvrait de nuées[1]. J'étais surpris et perplexe. J'avais fait vœu de ne plus jamais quitter Bagdad, mais comment déplaire au calife et lui refuser obéissance? Je ne pus que répondre que j'avais écouté et que j'obéissais. Il me fit remettre dix mille dinars et me confia pour le roi de Sarandîb une lettre et ces cadeaux:

Un vase en cornaline[2] blanche posé sur une nappe de soie sur laquelle était brodé un guerrier armé d'un arc tendu vers un lion qui avançait sur lui.

Des étoffes de fine soie brodée de Bagdad, Koufa[3] et Alexandrie[4].

Un magnifique ensemble de housses de velours cramoisi[5].

Enfin une superbe paire de chevaux d'Arabie.

Puisque j'allais reprendre la mer, il me fallait en profiter pour visiter le monde, rencontrer d'autres gens et me livrer au négoce. Je m'apprêtai donc à tout cela.

J'empaquetai des marchandises très recherchées, propres à supporter la navigation, et on me les transporta de Bagdad à Bassora. J'y vis un navire prêt à appareiller sur lequel avaient pris place, outre l'équipage et des gardes veillant aux cadeaux du calife, un groupe de grands négociants. J'embarquai avec eux, trouvai leur compagnie très agréable et devins leur familier. Nous levâmes l'ancre dans la paix et la tranquillité.

1. **Nuées**: gros nuages épais.
2. **Cornaline**: pierre précieuse.
3. **Koufa**: ville d'Iraq.
4. **Alexandrie**: ville d'Égypte.
5. **Cramoisi**: rouge foncé.

Le vent nous fut favorable si bien que nous arrivâmes à Sarandîb au bout de deux mois de navigation. Je débarquai et fis avertir le roi que j'étais envoyé par le calife de Bagdad et que je souhaitais être reçu par lui. On vint me chercher et je pénétrai dans le palais. On me conduisit à la salle d'audience royale où je baisai le sol devant le souverain. Celui-ci me fit relever et asseoir non loin de lui. Il m'avait reconnu et, au comble de la joie, me traitant avec bienveillance et attention, me dit :

– Tu es donc revenu en notre royaume, cher Sindbâd, c'est une bénédiction de te revoir.

– Sire, Son Excellence le calife Haroun al-Rachid me charge de te remettre cette lettre et les cadeaux que voici.

Le souverain examina l'offrande avec beaucoup de bonheur et me chargea de transmettre toutes ses salutations au calife de Bagdad. Il voulut me retenir auprès de lui aussi longtemps que la première fois. Mais je pris juste le temps de me reposer et vins lui faire mes adieux Je m'embarquai de nouveau sur le vaisseau qui nous avait conduits de Bassora à Sarandîb. Les négociants de ma compagnie souhaitaient aller faire quelques affaires ici et là. Je ne m'y opposai pas.

Nous naviguâmes de mer en mer et d'île en île de la plus agréable des façons. Nous étions au comble de la joie et du plaisir. Nous nous entretenions de voyages et de négoce. C'est alors que se mit à souffler un violent vent debout. La pluie tombait à verse[1], nous étions trempés et nos paquets s'imbibaient d'eau. Nous mîmes nos marchandises à l'abri, de peur qu'elles ne se détériorent. Nous implorions le

1. **À verse** : très fort.

Seigneur, exalté soit-Il, et Le suppliions humblement de nous tirer de cette mauvaise passe.

À ce moment, le capitaine du vaisseau retroussa ses vêtements, les serra à la taille avec sa ceinture puis grimpa au nid-de-pie[1]. Il tourna la tête à droite et à gauche puis regarda les passagers et se mit à se frapper les joues et à s'arracher les poils de la barbe. Nous lui criâmes :

– Mais que se passe-t-il donc ?

– Priez Dieu de venir à notre secours dans le danger, pleurez sur votre sort, échangez vos derniers adieux. Le vent contraire nous entraîne vers la plus lointaine des mers du monde.

Il redescendit du mât, alla à son coffre et en sortit un petit sac de coton qu'il ouvrit pour y prendre une poudre semblable à de la cendre. Il la mélangea à de l'eau, attendit un moment et inhala les vapeurs du liquide ainsi formé. Il tira encore de ce même coffre un petit livre qu'il feuilleta avant de nous dire :

– Passagers, sachez que ce livre révèle quelque chose de très étrange. Il y est écrit que quiconque arrive en ces lieux n'en ressort pas vivant. Cette terre a pour nom le Continent des rois. Elle abrite le tombeau de notre seigneur Salomon, fils de David, sur eux deux le salut. Des serpents gigantesques et hideux y vivent. Chaque fois qu'un navire s'aventure dans ces eaux du bout de l'univers, surgissent de leurs profondeurs des monstres marins qui l'engloutissent avec tout ce qu'il transporte.

---

1. **Nid-de-pie** : poste d'observation situé au sommet du mât le plus haut du navire, appelé aussi vigie.

Ces paroles du capitaine nous jetèrent dans la stupéfaction. À peine en eut-il terminé que le bâtiment se mit à se soulever hors de l'eau et à retomber. Nous entendîmes une clameur terrible, aussi forte que le grondement du tonnerre. Épouvantés, nous fûmes certains que nous allions périr sur l'heure. C'est alors qu'une baleine, aussi haute qu'une montagne, arriva sur nous. Au comble de l'effroi, nous nous préparâmes à mourir.

Nous regardions ce monstre, hypnotisés par ses proportions terrifiantes. Bientôt en surgit un autre plus phénoménal encore : jamais nous n'avions vu animal plus énorme. Nous nous faisions nos adieux en sanglotant quand apparut une troisième bête, plus gigantesque que les deux précédentes. Les trois monstres se mirent à tourner autour du bateau. Puis la troisième bête se précipita pour engloutir le navire, quand une violente rafale de vent souleva ce dernier et le jeta sur un haut-fond[1] contre lequel il se brisa et coula, entraînant dans les flots marchandises, négociants et équipage.

J'arrachai tous mes vêtements pour ne garder sur moi qu'une tunique légère. Je nageai quelques instants et réussis à atteindre une planche du bateau à laquelle je m'agrippai avant de m'y jucher. Les vagues, déferlant sous les vents, se jouaient de moi tandis que je flottais, accroché à ma planche. Elles me soulevaient puis me jetaient dans leur creux. J'étais épuisé de fatigue, de terreur, de faim et de soif. Je m'adressai d'amers reproches pour ce que j'avais fait. « Ah, Sindbâd de la mer, me disais-je, tu es incorrigible !

1. **Haut-fond** : relief sous-marin peu profond recouvert de peu d'eau et dangereux pour la navigation.

Tu t'exposes à chaque fois aux calamités et aux fatigues mais tu ne peux t'empêcher de reprendre la mer. Eh bien, endure maintenant ce qui t'arrive, tu le mérites. C'est le décret prononcé contre toi par Dieu le Très Haut, jusqu'à ce qu'enfin tu te corriges de ton avidité[1] au gain. Car c'est bien de cela qu'il s'agit. Je cours après la fortune alors que j'ai des biens considérables. »

Mais je repris ma raison et fis le serment solennel de ne plus voyager pour tout le temps qu'il me restait à vivre ; plus jamais je ne prononcerais le mot de voyage, plus jamais je ne l'aurais à l'esprit. Je suppliais Dieu, exalté soit Son nom, de m'épargner ; je me faisais humble et pleurais. Je me souvenais de l'existence que je menais à Bagdad, sereine, joyeuse, entièrement tournée vers les divertissements, les plaisirs et la gaieté.

Toute une journée se passa dans cet état. Le lendemain, je fus déposé sur le rivage d'une grande île couverte d'arbres fruitiers, aux eaux abondantes. Je cueillis des fruits, bus aux ruisseaux et revins ainsi à la vie. Je repris courage et retrouvai mon énergie, le cœur désormais en paix. Je marchai à travers l'île et avisai[2] une large rivière dont les eaux douces avaient un cours très rapide. Je me souvins alors du radeau que j'avais construit lors de mon voyage précédent. « Il me faut en monter un semblable, me dis-je. Ou je m'en sors et alors je serai fidèle à mon serment fait à Dieu, exalté soit-Il, de ne plus jamais voyager ; ou je péris et mon cœur n'aura plus à endurer ces fatigues et ces tourments. »

1. **Avidité** : désir très fort de quelque chose.
2. **Avisai** : ici, aperçus.

J'entrepris de ramasser de grosses branches, éparses sur le sol, dont j'ignorais alors qu'elles étaient de santal[1], essence précieuse entre toutes et très rare. Puis je cherchai, à l'aide de fibres et de lianes poussant sur cette île, à tresser un cordage avec lequel j'assemblai solidement mon radeau.

Je le mis à l'eau, m'y installai et me laissai emporter par le courant de la rivière un premier jour, un deuxième puis un troisième. Pendant tout ce temps je dormis sans rien manger. Lorsque la soif me prenait, je buvais un peu d'eau de la rivière. Je me sentais aussi faible qu'un poussin étourdi tellement j'étais fatigué, affamé, inquiet. Mon radeau finit par arriver au pied d'une haute montagne sous laquelle la grande rivière s'engouffrait.

Voyant cela, je craignis de passer par les mêmes affres[2] que lors de mon sixième voyage, je m'étais alors trouvé enserré entre les étroites parois du torrent souterrain. Je tentai d'arrêter la course de mon embarcation et de prendre pied à flanc de montagne. Mais je ne pus résister au courant trop fort qui entraîna le radeau sous terre. Il finit par déboucher dans un large fleuve dont les eaux mugissaient[3] avec un bruit de tonnerre et s'écoulaient à la vitesse du vent. Je me cramponnai à mon esquif de peur d'en être jeté tant les remous me ballottaient de droite et de gauche. Le radeau continuait de descendre avec les eaux. J'étais incapable de le maîtriser et ne pouvais le conduire vers la rive.

Il finit par arriver à hauteur d'une ville impressionnante à voir, aux belles constructions, où se pressait une

1. **Santal** : arbre des régions tropicales.
2. **Affres** : péripéties angoissantes.
3. **Mugissaient** : produisaient un son puissant et prolongé.

population nombreuse. Lorsque les gens m'aperçurent sur le radeau qui descendait le courant du fleuve, ils jetèrent un filet tendu en travers et des cordages qui l'arrêtèrent. Ils le tirèrent à la rive. Je m'effondrai à leurs pieds, mort ou peu s'en fallait[1] de faim, d'insomnie et de terreur.

Alors se détacha du groupe un noble vieillard au port[2] majestueux. Il s'approcha, me souhaita la bienvenue et jeta sur moi de beaux vêtements dont je couvris ma nudité. Il m'emmena et me conduisit jusqu'à un hammam. Il m'apporta des boissons fortifiantes et des parfums aux délicieuses senteurs. Nous repartîmes ensuite pour nous rendre chez lui. Sa famille me réserva un aimable accueil. Le vieillard me pria de m'asseoir dans une pièce des plus élégantes et fit servir un repas très recherché. Je me régalai et, une fois rassasié, remerciai Dieu, exalté soit-Il, d'avoir épargné ma vie. Après quoi, de jeunes esclaves m'apportèrent de l'eau chaude, des servantes me tendirent des serviettes de soie pour essuyer mes mains et ma bouche.

À ce moment-là, le vieillard se leva et fit mettre à ma seule disposition un logis indépendant attenant à sa demeure. Il ordonna à ses jeunes serviteurs et servantes de se mettre à mon service et de répondre à tous mes besoins. Ils prirent grand soin de moi. Je restai ainsi trois jours dans cette maison des hôtes. À bien manger, boire agréablement et user de parfums suaves[3], je repris mes esprits, oubliai mes angoisses et retrouvai quiétude et sérénité. Le quatrième jour, le vieillard, mon hôte, vint me trouver et me dit :

1. **Peu s'en fallait** : presque.
2. **Port** : ici, allure, façon de se tenir.
3. **Suaves** : doux et agréables.

– Ta compagnie nous est chère, mon fils, loué soit le Seigneur qui t'a conduit jusqu'à nous sain et sauf. Veux-tu m'accompagner sur la rive du fleuve ? Nous irons sur le souk où tu pourras vendre ta marchandise et, avec l'argent obtenu, faire du négoce.

Je me tus en me disant : « Ma marchandise ? D'où prend-il cela[1] ?

– Mon fils, ne te fais pas de souci, insista-t-il, et ne te préoccupe de rien. Viens avec moi sur le souk. Si quelqu'un offre pour ta marchandise un prix qui te convienne, reçois l'argent. Mais si aucune proposition ne t'agrée[2], garde ton bien dans mes magasins jusqu'à des jours meilleurs pour vendre et acheter.

Je réfléchis un moment : « Fais comme il l'entend, me dis-je, et tu verras bien quelle est cette marchandise dont il parle ! »

– J'écoute et t'obéis, mon oncle ! Tout ce que tu fais est béni et je ne puis te désobéir en rien. Je le suivis donc au souk et constatai que, sur ses ordres, le radeau que j'avais construit de grosses branches de santal avait été débité. Un crieur public[3] mettait les morceaux aux enchères.

Celles-ci ne cessèrent de monter jusqu'à mille dinars, somme au-delà de laquelle personne ne surenchérit.

Le vieillard se tourna alors vers moi et dit :

– Fils, ton bois de santal a atteint ce prix qui est courant ces jours-ci. Acceptes-tu ou préfères-tu attendre ? Dans ce cas je le garderai dans mes magasins jusqu'à ce que son prix monte, alors nous le vendrons.

---

1. **D'où prend-il cela ?** : de quoi parle-t-il ?
2. **Ne t'agrée** : ne te convient.
3. **Crieur public** : personne qui annonce dans la rue des nouvelles.

– Seigneur, il en sera comme tu le souhaites !

– Mon fils, me vendrais-tu, à moi, ce santal pour cent dinars d'or de mieux que ce qu'en offrent les commerçants ?

– Affaire conclue !

Nous topâmes[1] là puis il ordonna à ses jeunes esclaves de transporter le santal dans ses entrepôts. Nous revînmes ensemble à sa demeure où nous prîmes place. Il calcula le prix, se fit remettre des bourses, y déposa la somme convenue et les munit de cadenas métalliques dont il me tendit les clefs.

Passèrent des jours et des nuits avant qu'il me prenne à part et me dise :

– Mon fils, j'ai une proposition à te faire qui me tient à cœur et je voudrais que tu l'acceptes.

– C'est quoi donc ?

– Je suis désormais un vieil homme sans héritier mâle. J'ai, par contre, une fille jeune, belle, bien faite et très riche. Je désire te la donner en mariage et tu resteras avec elle chez nous. Je te ferai propriétaire de tous mes biens présents et à venir. Comme je suis âgé, tu prendras ma place pour gérer cette fortune.

Comme je restais silencieux, il insista :

– Obéis-moi, mon enfant, je n'ai en vue que ton bonheur. Marié à ma fille, tu seras comme mon fils et tous mes biens t'appartiendront. S'il te prenait l'envie de commercer ou de retourner dans ton pays, nul ne t'en empêchera ; tu pourras user de ma fortune et en faire ce que tu voudras et décideras.

---

1. **Topâmes** : conclûmes le marché.

– Par Dieu, mon oncle, je te considère déjà comme mon père. J'ai enduré tant d'épreuves que je ne sais plus où j'en suis ni à quoi me résoudre. Qu'il en soit fait selon ta volonté.

Aussitôt le vieil homme envoya ses jeunes serviteurs quérir[1] le cadi et les témoins devant lesquels il déclara me donner légalement sa fille en mariage. Il nous offrit à cette occasion un banquet fastueux[2]. Je pénétrai alors dans la pièce où se tenait ma femme. Elle était très belle, gracieuse, de jolie taille et fort agréablement tournée[3]. Elle portait toutes sortes de vêtements et de parures féminines : bijoux, pièces d'orfèvrerie[4], colliers et pendeloques[5] sertis de joyaux précieux. Tout cela valait des milliers et des milliers de pièces d'or, en quantité telle que personne n'aurait pu en fournir le montant.

Lorsque j'entrai dans cette chambre, mon épouse me plut. Nous nous aimâmes et je vécus avec elle longtemps dans une totale harmonie et un grand bonheur. Son père ne tarda pas à être rappelé à Dieu[6] et accueilli en Sa miséricorde. Nous le préparâmes et le conduisîmes à sa dernière demeure[7]. Je pris possession de ses biens, y compris les esclaves que je gardai à mon service. Je bénéficiai de la considération dont il jouissait auprès des marchands de la

1. **Quérir** : chercher.
2. **Fastueux** : riche, luxueux.
3. **Tournée** : ici, faite.
4. **Orfèvrerie** : travail méticuleux des métaux.
5. **Pendeloques** : pendentifs.
6. **Être rappelé à Dieu** : mourir.
7. **Dernière demeure** : tombe (métaphore pour représenter le dernier lieu où une personne habitera).

cité. Il était leur doyen[1] d'âge et prévôt[2], n'ignorait rien des affaires qui se traitaient sur la place et rien ne se concluait sans qu'il le sache et l'autorise. Je le remplaçai donc et fus investi de ses fonctions. Je me mis à fréquenter les gens de cette ville et pus les observer à loisir.

Je remarquai quelque chose de tout à fait étrange. Chaque mois, les hommes se métamorphosaient : il leur poussait des ailes qui leur permettaient de s'envoler jusqu'au zénith[3] ! Ne restaient en ville que les femmes et les enfants. Je me dis : « Lorsque viendra le début du mois prochain, je demanderai à l'un d'entre eux de bien vouloir m'emmener là où ils se rendent tous. »

Quand arriva la fin du mois, ces hommes se mirent effectivement à changer d'aspect et de forme. Je me rendis chez l'un d'entre eux et lui dis :

– Que Dieu te protège, accepterais-tu de me prendre avec toi pour que je regarde ce que vous faites au ciel ? Je reviendrai ensuite avec vous.

– Cela est impossible.

Je ne cessai d'insister jusqu'à ce qu'il m'accorde cette faveur. L'heure arrivée, je m'accrochai à lui et il prit son envol. Je n'avais averti personne, famille, esclaves et amis. Cet homme, me portant sur ses épaules, s'éleva tant que je pus entendre distinctement les anges chanter les louanges du Seigneur sous la voûte céleste. Émerveillé, je murmurai :

– Glorifié soit Dieu, que grâces Lui soient rendues.

1. **Doyen** : personne la plus âgée.
2. **Prévôt** : juge.
3. **Zénith** : point le plus haut où le soleil monte dans le ciel.

Je n'avais pas terminé mes louanges qu'une boule de feu jaillit dans le ciel qui manqua de[1] consumer les hommes volants. Ils plongèrent tous vers le sol et me jetèrent au passage sur une montagne élevée. Au comble de la fureur contre moi, ils m'abandonnèrent et s'en furent.

Je me retrouvai seul et recommençai à me faire des reproches sur mon comportement. « Je n'échappe à une catastrophe que pour m'exposer à pire encore, pensais-je. »

C'est alors qu'apparurent deux adolescents aussi beaux que l'astre de la nuit[2], qui marchaient en s'appuyant chacun sur une canne en or. J'allai vers eux, les saluai, ils me rendirent mon salut :

– Je vous en conjure par Dieu, leur demandai-je, apprenez-moi qui vous êtes et ce que vous faites ici.

– Nous sommes des adorateurs de Dieu, exalté soit-Il, uniquement voués à sa dévotion.

Ils me remirent alors l'une de leurs cannes d'or rouge et poursuivirent leur chemin, me laissant seul. Je longeai la crête de la montagne en m'appuyant sur la canne et songeai aux deux adolescents rencontrés. Soudain surgit de sous terre devant moi un énorme serpent qui tenait dans ses mâchoires un homme englouti jusqu'à mi-corps. Le malheureux suppliait :

– Quiconque me sauvera, hurlait-il, sera préservé par Dieu de toute calamité.

Je m'avançai et assenai un coup violent sur la tête du serpent avec ma canne d'or. Le monstre ouvrit ses mâchoires et relâcha sa proie. L'homme me dit alors :

1. **Manqua de** : faillit.
2. **L'astre de la nuit** : périphrase pour désigner la lune.

– Puisque je te dois la vie, je ne te quitterai plus jamais, tu seras mon compagnon sur cette montagne.

J'acceptai volontiers et nous nous mîmes en marche. Nous vîmes bientôt arriver vers nous un groupe d'hommes parmi lesquels je reconnus celui qui m'avait emporté dans les cieux sur ses épaules et rejeté au sol à l'apparition de la boule de feu. J'allai à lui, lui présentai mes excuses, me montrai très gracieux à son égard, et lui dis :

– Compagnon, ce n'est pas ainsi que l'on se comporte entre amis.

– Ne t'en prends qu'à toi-même, c'est toi qui nous as perdus par tes louanges à Dieu lorsque tu étais sur mon dos au plus haut des cieux.

– Ne m'en veuillez pas. J'ignorais qu'à magnifier Dieu je vous mettais en péril. Je te promets de ne plus dire un seul mot si tu me ramènes chez moi.

Il accepta de me reprendre avec lui mais à condition que je ne prononce plus jamais le nom de Dieu ni ne L'exalte tant que nous serions dans les airs.

Il me plaça sur son dos, s'envola et me ramena chez moi. Je fus accueilli par mon épouse qui me salua et me félicita de m'en être sorti sain et sauf.

– Garde-toi bien, insista-t-elle, de sortir de nouveau avec ces gens. Ne les fréquente pas, ce sont des suppôts de Satan[1] qui jamais n'invoquent le nom de Dieu, exalté soit-Il.

– Mais quelle était donc l'attitude de ton père à leur égard ?

– Il n'était pas des leurs et ne partageait aucune de leurs pratiques. Maintenant qu'il est mort, j'estime que tu dois

---

1. **Suppôts de Satan** : envoyés du diable, démons.

vendre tous nos biens. Avec l'argent ainsi obtenu tu achèteras des marchandises et tu retourneras dans ton pays et ta famille. Je t'accompagnerai. Plus rien ne me retient dans cette ville après la disparition de ma mère et de mon père.

J'acquiesçai et entrepris de vendre petit à petit les biens du vieillard, son père. Sur ces entrefaites[1], un groupe de marchands qui souhaitaient naviguer et n'avaient pu trouver un affréteur[2] achetèrent du bois et se firent construire un grand bâtiment. Je convins avec eux du prix de mon passage et le leur versai intégralement. Ma femme embarqua et je fis charger tous nos biens. Nous abandonnâmes les propriétés et autres biens fonciers que je n'avais pas réussi à vendre.

Nous partîmes donc. Nous ne cessâmes de voguer d'île en île et de mer en mer. Poussés par un vent clément[3], nous arrivâmes sains et saufs à Bassora où je louai aussitôt un autre bateau. J'y fis transporter tout ce que nous avions et nous gagnâmes Bagdad. Je retrouvai mon quartier, rentrai chez moi et fus accueilli par ma famille, mes compagnons et mes amis. Je déposai mes marchandises dans mes entrepôts. Les miens avaient calculé depuis quand j'étais parti pour mon septième voyage : cela faisait vingt-sept années et ils n'avaient plus d'espoir de me revoir. Aussi, lorsque je revins et que je leur racontai tout ce que j'avais fait et tout ce qui m'était arrivé, ils furent stupéfaits. Ils me félicitèrent d'être de retour sain et sauf.

Mais cette fois je fis promesse solennelle à Dieu, exalté soit-Il, de ne plus jamais voyager que ce soit sur mer ou

1. **Sur ces entrefaites** : à ce moment-là.
2. **Affréteur** : personne qui loue un navire.
3. **Clément** : favorable.

sur terre après ce septième voyage, qui avait été le plus prodigieux de tous et avait apaisé ma passion de toujours repartir. Je remerciai le Seigneur, magnifié et exalté soit-Il, de m'avoir ramené à ma famille, dans ma ville et dans mon pays.

Ô Sindbâd, ô terrien, conclut Sindbâd de la mer, considère ce qui m'est advenu. Certes, comme tu l'as dit dans tes vers, tu es pauvre et moi riche, mais à quel prix !

– Que Dieu te garde, répondit Sindbâd le portefaix. Ne me tiens pas rigueur de ce que j'ai pu penser injustement de toi.

Les deux Sindbâd se lièrent d'amitié et ne cessèrent de se fréquenter. Ils vécurent dans un bien-être croissant, joyeux et comblés, jusqu'au jour où survint celle qui met fin aux plaisirs ici-bas, disperse les assemblées, laisse les palais en ruine et emplit les tombeaux : la mort.

Gloire à l'Éternel qui ne peut être qu'éternité !

Arrêt sur lecture 3

Un quiz pour commencer

Cochez les bonnes réponses.

1 *Pourquoi Sindbâd entreprend-il son premier voyage ?*

- ❐ Il veut découvrir le monde et vivre des aventures.
- ❐ Il a dépensé l'héritage de son père et veut faire fortune.
- ❐ Le calife lui confie une mission.

2 ***Lors de son deuxième voyage, pourquoi Sindbâd se retrouve-t-il seul sur l'île déserte ?***

- ❐ Son bateau a fait naufrage à la suite d'une tempête.
- ❐ Il s'est endormi sur l'île et le bateau est reparti sans lui.
- ❐ Il a choisi de débarquer seul sur cette île.

3 ***À qui Sindbâd échappe-t-il lors de son troisième voyage ?***

- ❐ Un cyclope.
- ❐ Un ogre.
- ❐ Un serpent gigantesque.

4 ***Pourquoi Sindbâd est-il enfermé vivant sous terre, lors de son quatrième voyage ?***

- ☒ Parce qu'il a été fait prisonnier par un peuple barbare.
- ❐ Parce qu'il a déçu le roi qui l'avait recueilli.
- ❐ Parce que, selon la coutume de l'île, il doit subir un sort identique à celui de sa femme, qui est morte.

5 ***Lors du cinquième voyage, pourquoi le navire de Sindbâd fait-il naufrage ?***

- ❐ Une violente tempête le fait chavirer.
- ☒ Une attaque de rukhkh le détruit.
- ❐ Un récif fend sa coque.

6 ***Avec qui Sindbâd se lie-t-il d'amitié lors de son sixième voyage ?***

- ☒ Le roi de Sarandîb.
- ❐ Un vieillard.
- ❐ Un marchand.

7 ***Combien de temps dure le dernier voyage de Sindbâd ?***

- ❐ Un an.
- ☒ Sept ans.
- ❐ Vingt-sept ans.

8 ***Que ramène-t-il de son dernier voyage ?***

- ❐ Un animal de compagnie.
- ☒ Sa femme.
- ❐ Un objet précieux.

9 ***Pourquoi Sindbâd jure-t-il de ne plus repartir en voyage ?***

- ❐ Parce qu'il n'a plus d'argent pour affréter un navire.
- ❐ Parce que sa famille le convainc de ne plus quitter Bagdad.
- ☒ Parce qu'il comprend qu'il vaut mieux profiter de la vie que courir après la fortune.

Des questions pour aller plus loin

→ Comprendre le sens du conte

Les voyages du héros

1 Qui raconte l'histoire ? À qui et pourquoi ? Appuyez-vous sur le prologue pour répondre.

2 Chaque fois que c'est possible, complétez le tableau suivant. Que constatez-vous concernant les voyages de Sindbâd ?

	Lieux mentionnés	Personnages et créatures rencontrés
Premier voyage	Point de départ (D): Lieux traversés (L): Point d'arrivée (A):	
Deuxième voyage	D: L: A:	
Troisième voyage	D: L: A:	
Quatrième voyage	D: L: A:	
Cinquième voyage	D: L: A:	

Sixième voyage	D: L: A:	
Septième voyage	D: L: A:	

3 Les animaux rencontrés par Sindbâd existent-ils dans le monde réel ? Quelles sont leurs particularités ? Pour répondre à cette question, reportez-vous au tableau que vous venez de compléter.

4 Observez la construction des chapitres : comment commencent et s'achèvent tous les voyages de Sindbâd ? Quels points communs relevez-vous entre le début et la fin des voyages 2 à 7 ?

Un parcours initiatique

5 Recherchez le sens et l'origine du mot « odyssée » dans un dictionnaire. En quoi ce terme est-il particulièrement adapté au parcours de Sindbâd ? Argumentez votre réponse en vous appuyant sur votre connaissance des aventures d'Ulysse dans *L'Odyssée*. Quels épisodes du poème d'Homère semblent avoir inspiré les aventures de Sindbâd de la mer ?

6 Quelles sont les deux raisons principales qui poussent Sindbâd à voyager ? Dans le deuxième voyage, relevez une expression indiquant qu'il regrette d'avoir repris la mer. Dans les autres voyages, repérez des citations qui illustrent la même idée.

7 Quelle erreur commise au cours de son deuxième voyage Sindbâd reproduit-il lors de son cinquième voyage ?

8 Lors de son septième et dernier voyage, Sindbâd prend conscience du défaut qui le conduit à repartir sans cesse à l'aventure. De quel défaut s'agit-il ? Quelle promesse Sindbâd se fait-il à lui-même ?

Zoom sur les leçons du conte (l. 378-418, p. 265-266)

9 Qui Sindbâd remercie-t-il de lui avoir permis de revenir sain et sauf de ses voyages? Relevez les expressions par lesquelles Sindbâd désigne ce protecteur.

10 Sindbâd le portefaix s'est-il laissé convaincre par la démonstration que Sindbâd de la mer lui avait annoncée dans le prologue? Quelle leçon ce dernier tire-t-il de ses aventures? Formulez la morale de son histoire.

11 Que désigne l'expression « celle qui met fin aux plaisirs ici-bas »? Quelle est la dernière leçon délivrée par le conte?

✔ *Rappelez-vous!*

• Les voyages de Sindbâd s'apparentent à un **parcours initiatique**. Ils permettent au héros de comprendre que la soif de richesses qui l'a amené à reprendre la mer sans cesse a bien failli provoquer sa perte.

• Le conte comporte une **dimension didactique** et délivre une leçon de vie: il faut savoir se contenter de ce que l'on a et l'apprécier, plutôt que chercher à obtenir toujours plus et risquer de tout perdre, y compris la vie!

De la lecture à l'expression orale et écrite

Des mots pour mieux s'exprimer

1 ***À quelle émotion ces mots ou expressions se rapportent-ils ? Rangez-les dans la case qui convient :***

a. Étonnement **b.** Effroi **c.** Stupéfait

d. Être bouche bée **e.** Appréhension **f.** Émerveillé

g. Redouter **h.** Avoir la chair de poule **i.** Craindre

j. Frayeur **k.** Fasciner

Peur	**Surprise**

2 ***À quel champ lexical les mots suivants appartiennent-ils ? Choisissez-en trois et employez-les dans des phrases qui permettront de comprendre leur sens.***

Accoster Boussole Destination Embarquement

Escale Expédition Explorer Itinéraire

Passager Pèlerin Périple Préparatifs

La parole est à vous

3 ***Avec vos camarades, formez sept groupes de quatre ou cinq élèves. Chaque groupe présentera un voyage.***

Consignes. Au brouillon, avec vos camarades, décrivez le schéma narratif du voyage que vous avez choisi d'exposer. Entraînez-vous à le présenter à la classe en vous répartissant la parole.

4 ***À l'oral, dressez le portrait d'un des personnages ou d'une des créatures rencontrés par Sindbâd au cours de ses voyages.***

Consignes. Au brouillon, écrivez les caractéristiques physiques et morales de votre personnage. Puis entraînez-vous pour le présenter à la classe. Votre intervention ne durera pas plus de 2 minutes.

À vous d'écrire

5 ***Les compagnons de voyage de Sindbâd meurent souvent noyés ou dévorés. Imaginez le récit de l'un d'entre eux, qui échappe au dernier moment à cette fin tragique.***

Consignes. Choisissez un des voyages de Sindbâd. Déterminez le personnage qui livrera son point de vue. D'une vingtaine de lignes, votre texte sera rédigé à la première personne.

6 ***Comme Sindbâd, il vous est arrivé de faire une rencontre ou une découverte surprenantes. Décrivez la personne, l'animal, la plante ou encore l'objet qui vous a étonné(e).***

Consignes. D'une dizaine de lignes, votre texte pourra être écrit au présent ou à l'imparfait. Vous veillerez à employer des adjectifs qualificatifs pour caractériser votre découverte (sa taille, sa forme, sa couleur) et exprimerez les émotions que vous avez ressenties (peur, surprise).

Du texte à l'image

Histoire des arts

• « Les aventures de Sinbâd le marin », *Les Mille et Une Nuits*, lithographie coloriée, Image d'Épinal (Jean-Charles Pellerin), v. 1850.

➡ **Image reproduite en page II du cahier photos.**

• Premier voyage de Sindbâd de la mer, illustration de Léon Carré, dans *Les Mille et Une Nuits*, éditions Henri Piazza, 1931.
• Troisième voyage de Sindbâd de la mer, chromolithographie, fin du XIXe siècle.
• Quatrième voyage de Sindbâd de la mer, gravure de Gustave Doré, dans *Les Mille et Une Nuits*, 1865.

➡ **Images reproduites en page III du cahier photos.**

Lire l'image

1 En une phrase, précisez ce que chaque illustration représente.

2 Quels points communs relevez-vous entre la chromolithographie et la gravure de Gustave Doré ? Quelle image de Sindbâd de la mer donnent-elles ?

Comparer le texte et l'image

3 Identifiez la créature ou les personnages représentés dans chaque illustration. Appuyez-vous sur des éléments précis du texte pour justifier votre réponse.

4 Quelles autres épreuves de Sindbâd reconnaissez-vous dans la lithographie coloriée ?

À vous de créer

5 À votre tour, choisissez une aventure de Sindbâd et illustrez-la. Vous pouvez dessiner, réaliser un photomontage, ou bien un collage. Présentez ensuite votre travail à vos camarades et expliquez vos choix. Vous pourrez légender votre œuvre avec une phrase tirée du conte.

Arrêt sur l'œuvre

Des questions sur l'ensemble des contes

Le merveilleux oriental

1 Listez les éléments magiques figurant dans chacun des trois contes. Selon vous, dans quel récit le merveilleux est-il le plus présent ? Justifiez votre réponse.

2 Quels éléments caractéristiques de l'Orient retrouve-t-on dans les trois histoires ? Pour répondre, appuyez-vous précisément sur les textes.

3 Lequel de ces trois contes ne se situe pas au même endroit que les autres ?

4 **Lecture d'images** Regardez les images au verso de la couverture, au début et à la fin de l'ouvrage. Ces illustrations correspondent-elles à votre représentation des contes ? Justifiez votre avis.

Des contes traditionnels

5 En vous aidant du tableau de la page suivante, établissez le schéma narratif de chaque conte (pour « Sindbâd de la mer », déterminez ce schéma pour un seul des voyages, les autres reprennent chaque fois les mêmes étapes). Que remarquez-vous ?

	Titre du conte		
	Histoire d'Aladin ou la Lampe merveilleuse	*Ali Baba et les quarante voleurs*	*Sindbâd de la mer*
Situation initiale			
Élément perturbateur			
Péripéties			
Élément de résolution			
Situation finale			

6 Comment se termine chacune des trois histoires ? Ces dénouements sont-ils semblables à ceux qu'on trouve généralement dans les contes ?

7 Quels sont les points communs entre le sorcier africain dans l'histoire d'Aladin et le chef des voleurs dans celle d'Ali Baba ?

8 Quel rôle jouent le génie de la lampe et Morgiane dans ces contes ?

Une quête identique

9 Les trois personnages principaux de ces récits sont des hommes. Quelle est leur situation financière au début de leurs aventures ? Que cherchent-ils tous à obtenir ?

10 Pour atteindre ce but, les personnages de ces contes sont prêts à voler. Qui vole quoi dans chaque conte ?

11 Comparez le palais d'Aladin (chapitre 4 de l'« Histoire d'Aladin ou la Lampe merveilleuse », l. 141-191, p. 43-44) et celui de Sindbâd (prologue de « Sindbâd de la mer », l. 8-72, p. 159-162) : quels sont leurs points communs ? Quelle figure de style est employée pour souligner l'abondance de richesses ?

Des récits d'apprentissage

12 Proposez deux adjectifs pour qualifier le personnage principal de chaque conte, l'un au début de ses aventures, l'autre à la fin. Leurs caractères évoluent-ils ?

13 Selon vous, quelle est la leçon de chaque conte ?

14 Quel récit vous a le plus appris parmi ceux que vous venez de lire ? Justifiez votre réponse en vous appuyant sur les textes.

Des mots pour mieux s'exprimer

Lexique de la richesse

Abondance (en) : avec profusion, ce qui est disponible en grande quantité.
Aisé : qui possède assez de richesses pour avoir une vie facile.
Avarice : accumulation de richesses et refus de les partager.
Biens : ensemble des choses que l'on possède.
Butin : ensemble d'objets volés ou pris à l'ennemi.
Cupidité : attirance pour l'argent et les richesses.
Fortune : ensemble des richesses appartenant à une personne ou à un groupe de personnes.
Luxe : ensemble de produits très coûteux.
Opulence : grande abondance de biens matériels.
Pierreries : pierres précieuses.
Prospérité : état d'une personne qui a réussi financièrement.
Ressources : moyens financiers dont dispose une personne pour vivre.
Trésor : ensemble de choses de valeur, accumulées et souvent cachées.

Mots croisés

Complétez la grille de mots croisés en vous aidant des définitions suivantes. Tous les mots à identifier appartiennent au champ lexical de la richesse.

Horizontalement

A. C'est ainsi que sont servis les plats chez Sindbâd de la mer.
B. Grâce à celles que lui donne le génie, Aladin peut épouser la princesse Badroulboudour.
C. La lampe merveilleuse, cachée sous terre, en est un.

Verticalement

1. Les quarante voleurs cachent le leur dans une caverne.
2. Défaut de Sindbâd qui, après chaque voyage, le pousse à toujours repartir.
3. Défaut de Cassim, frère d'Ali Baba.

Lexique de l'Orient

Calife : chef suprême des musulmans, successeur de Mohammed.
Diwan : lieu dans lequel le sultan tient conseil.
Djinn : génie.
Eunuque : esclave castré employé au service des femmes.
Hammam : établissement de bains de vapeur.
Harem : appartements réservés aux femmes et aux amantes chez les grands personnages musulmans.
Imam : musulman qui tient le rôle de chef de la prière dans une mosquée.
Khan : ou caravansérail. Lieu de repos, auberge où font halte les caravanes.
Minaret : tour d'une mosquée, du haut de laquelle le muezzin appelle les musulmans à la prière.
Sultan : souverain d'un pays musulman.
Vizir : principal conseiller d'un calife ou d'un sultan.

Mots mêlés

Retrouvez dans cette grille de mots mêlés les onze mots de l'Orient définis ci-contre. Ils peuvent figurer dans tous les sens et une lettre peut être utilisée plusieurs fois.

S	H	K	B	E	K	U	E	U
A	W	M	E	K	R	J	U	E
A	E	Y	U	H	H	B	N	I
S	V	A	C	A	A	M	U	S
D	I	W	A	N	M	N	Q	U
I	Z	A	L	A	M	Y	U	L
C	I	M	I	N	A	R	E	T
L	R	A	F	N	M	Q	U	A
D	J	M	E	R	A	H	G	N
M	Q	I	Q	E	K	H	A	K
S	A	R	T	D	J	I	N	N

À vous de créer

1 ***Enregistrer une émission radiophonique***

Vous allez enregistrer une émission de radio relatant le passage du cortège d'Aladin se rendant au palais du sultan pour se faire accorder la main de la princesse Badroulboudour (« Histoire d'Aladin et la Lampe merveilleuse », La noce se prépare, p. 40-42).
Pour cet exercice, aidez-vous de l'illustration « Aladin et son cortège » reproduite en début d'ouvrage, au verso de la couverture, et du passage extrait du chapitre mentionné ci-dessus.

Étape 1. Relecture du texte

– Relisez le passage décrivant le cortège d'Aladin.
– Repérez les mots et les expressions utilisés pour décrire l'événement.

Étape 2. Préparation de l'émission

– Rédigez le texte qui introduira l'émission : de quoi s'agit-il, qui sont les principaux personnages, où se rendent-ils ?
– Rédigez ensuite le texte présentant le cortège et sa magnificence.

Étape 3. Enregistrement de l'émission

À l'aide du logiciel gratuit Audacity®, entraînez-vous à répéter votre texte puis enregistrez votre émission radiophonique et faites-la écouter à vos camarades.

2 *Conter* Les Mille et Une Nuits

Procurez-vous au CDI un ouvrage réunissant l'ensemble des histoires connues des *Mille et Une Nuits*. Lisez trois ou quatre contes différents des trois de notre volume. Choisissez votre préféré. À tour de rôle, lisez vos textes à la classe.

Étape 1. Choisir plusieurs contes
Aidez-vous des titres dans la table des matières pour choisir trois ou quatre contes puis lisez-les.

Étape 2. Sélectionner un conte
Sélectionnez le conte que vous préférez.

Étape 3. S'entraîner à lire à voix haute
Entraînez-vous à lire votre texte à voix haute, en mettant le ton et en soignant votre débit et votre volume de parole. Vous pouvez vous enregistrer sur un logiciel comme Audacity® pour vous réécouter, corriger et améliorer votre lecture.

Étape 4. Lecture devant la classe
Comme si vous étiez Schéhérazade divertissant le sultan Schahriar, lisez votre texte à toute la classe.

Groupements de textes

Groupement 1

Héros et héroïnes à l'épreuve

Homère, *L'Odyssée*

Poète grec de l'Antiquité, Homère (VIIIe siècle av. J.-C) raconte dans *L'Odyssée* le long voyage d'Ulysse pour regagner son île d'Ithaque après la guerre de Troie. Le héros a contrarié le dieu de la mer et des océans, Poséidon, et de nombreuses épreuves retardent son retour : il lui faudra dix ans pour parvenir à destination. Dans cet extrait, Ulysse élabore un plan pour échapper à un Cyclope qui le retient prisonnier avec ses compagnons.

Je m'approchai alors et dis au Cyclope, une coupe de vin sombre dans les mains :

« Tiens, Cyclope, bois du vin pour digérer ton repas de chair humaine, et tu sauras ce que contenait notre navire.

Je t'en apportais pour faire une libation[1], espérant que tu aurais pitié de moi et que tu me laisserais rentrer chez moi ;

---

1. **Libation** : action de répandre un liquide en offrande à une divinité durant un sacrifice.

mais ta fureur est insupportable. Insensé[1], comment un mortel pourrait-il te rendre visite après cela ? Tu as violé toutes les règles. »

À ces mots, il saisit la coupe et la but d'un trait. Le doux breuvage[2] lui procura un plaisir immense ; il m'en redemanda :

« Encore ! N'hésite pas et dis-moi tout de suite quel est ton nom, vite, afin que je t'offre un présent d'hospitalité[3] qui te réjouisse. La terre fertile produit aussi du vin chez les Cyclopes et la pluie de Zeus[4] fait croître des vignes à belles grappes mais ce que tu me donnes c'est une fontaine de nectar[5] et d'ambroisie[6]. »

Ainsi parla-t-il et je lui versai à nouveau du vin sombre. Trois fois je lui en présentai et trois fois il le but, le pauvre sot. Quand le vin lui fut monté à la tête, je lui adressai ces paroles mielleuses[7] :

« Cyclope, tu me demandes mon illustre[8] nom ? Eh bien, je vais te le dire, mais n'oublie pas le présent que tu m'as promis. Mon nom est Personne. Ma mère, mon père et tous mes compagnons m'appellent Personne. »

Il me répondit aussitôt de son cœur impitoyable[9] :

« Je mangerai Personne en dernier, après ses compagnons, quand j'aurai mangé tous les autres. Voilà le présent que je te fais ! »

Sur ces mots, il bascula en arrière et tomba sur le dos, son cou épais penché d'un côté. Le sommeil qui dompte[10] tout s'empara de lui ; du vin mêlé de lambeaux[11] de chair humaine

---

1. **Insensé** : fou.
2. **Breuvage** : boisson.
3. **Présent d'hospitalité** : cadeau pour une personne que l'on accueille chez soi.
4. **Zeus** : maître des dieux.
5. **Nectar** : boisson des dieux.
6. **Ambroisie** : nourriture des dieux.
7. **Mielleuses** : qui visent à manipuler le Cyclope.
8. **Illustre** : célèbre.
9. **Impitoyable** : sans pitié.
10. **Dompte** : domine.
11. **Lambeaux** : morceaux déchiquetés.

s'échappait de son gosier[1] et il vomissait, abruti[2] par l'ivresse. J'enfonçai alors le pieu sous la cendre épaisse jusqu'à ce qu'il soit brûlant et encourageai de la voix tous mes compagnons afin que personne ne recule saisi par la peur. Quand la branche d'olivier fut sur le point de prendre feu, quoique verte, et qu'elle rougeoya intensément, je la retirai du feu et l'approchai du Cyclope. Mes compagnons m'entourèrent. Une divinité nous insuffla une audace inouïe[3]. Alors, ils soulevèrent le pieu d'olivier et plantèrent son extrémité pointue dans l'œil du Cyclope tandis que moi, je m'appuyais dessus de tout mon poids et le faisais pivoter[4], comme lorsqu'un homme perce une poutre de navire avec une vrille[5] et que d'autres, sous lui, la saisissent de part et d'autre avec une courroie et la font tourner sans cesse.

Homère, *L'Odyssée* [VIIIe siècle av. J.-C.],
chant IX, 105-196 et 216-566, trad. du grec ancien par H. Tronc,
Belin-Gallimard, « Classico », 2023.

Chrétien de Troyes, *Yvain ou le Chevalier au lion*

Chrétien de Troyes (v. 1135–v. 1183) est l'auteur de nombreux récits de chevalerie. Il raconte les aventures des chevaliers de la Table ronde, au service du roi Arthur. Dans cet extrait, Yvain part à la recherche du chevalier noir qui a humilié son cousin Calogrenant. Au cours de son périple, il fait une rencontre surprenante.

Monseigneur Yvain allait pensif à travers une forêt lorsque, soudain, retentit un grand cri de douleur. Il se dérouta[6]

1. **Gosier** : gorge.
2. **Abruti** : assommé.
3. **Insuffla une audace inouïe** : donna un courage incroyable.
4. **Pivoter** : tourner sur lui-même.
5. **Vrille** : outil en forme de vis servant à percer le bois, ayant une extrémité en pointe.
6. **Se dérouta** : changea de direction.

aussitôt vers l'endroit d'où venait le cri. Au milieu d'une clairière[1], il aperçut un lion. Un serpent cracheur de feu s'était accroché à sa queue et torturait l'échine[2] du lion à coups de flammes ardentes[3]. À qui porter secours ? se demanda Yvain. Au lion, à coup sûr, car une créature venimeuse et félonne[4] ne mérite pas qu'on lui fasse du bien. Or le serpent est venimeux et le feu lui sort de la bouche tellement l'intérieur de son corps est rempli de traîtrise.

Yvain décide donc de le tuer. Il dégaine son épée, et s'avance vers la bête en se protégeant le visage avec son écu[5] pour éviter les flammes vomies par la gueule large comme un chaudron. Et tant pis si le lion délivré décide ensuite de se retourner contre Yvain. Pour l'instant sa pitié pour le lion le pousse à l'action. L'épée acérée[6] bien en main, il attaque le serpent. Il coupe en deux la bête, tranche les deux tronçons[7] tombés par terre, puis frappe et frappe pour réduire le serpent en petits morceaux. La tête reste encore accrochée. Yvain tranche un nouveau morceau de la queue du lion, mais juste ce qu'il faut.

Yvain s'attendait à ce que le lion, délivré du serpent, passe à l'attaque. Mais pas du tout ! Écoutez donc ce que fit le noble[8] animal ! Il étendit ses pattes avant et inclina[9] sa tête, puis se dressa sur ses pattes arrière pour s'agenouiller en signe d'humilité[10] devant Yvain, le fils du roi Urien. Et toute sa face se mouillait de larmes d'humilité ! Oui, le noble lion se faisait tout humble devant son bienfaiteur. Yvain essuya

---

1. **Clairière** : espace dégarni d'arbres dans une forêt.
2. **Échine** : dos d'un animal.
3. **Ardentes** : brûlantes.
4. **Venimeuse et félonne** : dont le poison est mortel et en qui on ne peut avoir confiance.
5. **Écu** : bouclier.
6. **Acérée** : bien aiguisée.
7. **Tronçons** : morceaux.
8. **Noble** : ici, majestueux.
9. **Inclina** : pencha en avant.
10. **Humilité** : ici, respect et soumission.

son épée souillée[1] par le venin et reprit sa route. Le lion se mit à marcher à ses côtés, prêt à servir et à défendre celui qui l'avait sauvé.

Chrétien de Troyes, *Yvain ou le Chevalier au lion* [XIIe siècle], trad. de l'ancien français et adapt. par P.-M. Beaude, Belin-Gallimard, « Classico », 2016.

Charles Perrault, « La Barbe bleue »

Charles Perrault (1628-1703) a écrit de nombreux contes pour distraire et éduquer les jeunes enfants. L'héroïne de ce récit a épousé un homme à la barbe bleue, très riche mais effrayant, dont les précédentes femmes ont toutes disparu. Avant de partir en voyage, il confie à sa nouvelle épouse un trousseau de clés et lui défend d'entrer dans son cabinet secret. Dévorée par la curiosité, l'indiscrète utilise pourtant la clé interdite et subit les terribles conséquences de sa désobéissance.

Étant arrivée à la porte du cabinet, elle s'y arrêta quelque temps, songeant à la défense[2] que son Mari lui avait faite, et considérant qu'il pourrait lui arriver malheur d'avoir été désobéissante ; mais la tentation était si forte qu'elle ne put la surmonter : elle prit donc la petite clef, et ouvrit en tremblant la porte du cabinet.

D'abord elle ne vit rien, parce que les fenêtres étaient fermées ; après quelques moments elle commença à voir que le plancher était tout couvert de sang caillé[3], et que dans ce sang se miraient[4] les corps de plusieurs femmes mortes et attachées le long des murs (c'était toutes les femmes que la Barbe bleue avait épousées et qu'il avait égorgées l'une après l'autre). Elle

---

1. **Souillée** : salie.
2. **La défense** : l'interdiction.
3. **Caillé** : séché.
4. **Se miraient** : se reflétaient.

pensa mourir de peur, et la clef du cabinet qu'elle venait de retirer de la serrure lui tomba de la main.

Après avoir un peu repris ses esprits, elle ramassa la clé, referma la porte, et monta à sa chambre pour se remettre un peu[1]; mais elle n'en pouvait venir à bout, tant elle était émue. Ayant remarqué que la clef du cabinet était tachée de sang, elle l'essuya deux ou trois fois, mais le sang ne s'en allait point; elle eut beau la laver, et même la frotter avec du sablon et avec du grès[2], il y demeura toujours du sang, car la clé était Fée[3], et il n'y avait pas moyen de la nettoyer tout à fait: quand on ôtait le sang d'un côté, il revenait de l'autre.

La Barbe bleue revint de son voyage dès le soir même, et dit qu'il avait reçu des Lettres dans le chemin, qui lui avaient appris que l'affaire pour laquelle il était parti venait d'être terminée à son avantage. Sa femme fit tout ce qu'elle put pour lui témoigner qu'elle était ravie de son prompt[4] retour. Le lendemain il lui redemanda les clefs, et elle les lui donna, mais d'une main si tremblante, qu'il devina sans peine tout ce qui s'était passé.

« D'où vient, lui dit-il, que la clé du cabinet n'est point avec les autres?

– Il faut, dit-elle, que je l'aie laissée là-haut sur ma table.

– Ne manquez pas, dit la Barbe bleue, de me la donner tantôt[5]. »

Après plusieurs remises[6], il fallut apporter la clef. La Barbe bleue, l'ayant considérée[7], dit à sa femme:

« Pourquoi y a-t-il du sang sur cette clef?

– Je n'en sais rien, répondit la pauvre femme, plus pâle que la mort.

---

1. **Se remettre un peu**: reprendre ses esprits.
2. **Sablon, grès**: respectivement sable fin et pierre réduite en poudre, utilisés pour faire briller des ustensiles.
3. **Fée**: ici, magique, ensorcelée.
4. **Prompt**: rapide.
5. **Tantôt**: ici, bientôt.
6. **Après plusieurs remises**: après avoir retardé plusieurs fois le moment.
7. **Considérée**: observée avec attention.

– Vous n'en savez rien, reprit la Barbe bleue, je le sais bien, moi ; vous avez voulu entrer dans le cabinet ! Hé bien, Madame, vous y entrerez, et irez prendre votre place auprès des Dames que vous y avez vues. »

Charles Perrault, *Contes* [1697], Belin-Gallimard, « Classico », 2014.

Les Mille et Une Nuits

Cet extrait des *Mille et Une Nuits* est le premier texte du recueil et sert de cadre à tous les autres contes. Trompé par son épouse, le sultan Schahriar décide d'épouser chaque jour une nouvelle femme et de la tuer le lendemain de la nuit de noces, pour ne plus être trahi. Alors que de nombreuses jeunes mariées ont déjà subi ce sort, Schéhérazade, la fille du grand vizir, propose d'épouser le sultan et élabore un plan pour retarder le jour de sa mort…

Groupements de textes

Le sultan[1] fit lier la sultane devant lui, et la livra à son grand-vizir[2], avec ordre de la faire étrangler avec toutes les femmes de sa suite[3]. Après ce rigoureux[4] châtiment[5], persuadé qu'il n'y avait pas une seule femme sage, pour prévenir[6] les infidélités de celles qu'il prendrait à l'avenir, il résolut d'en épouser une chaque nuit, et de la faire étrangler le lendemain. S'étant imposé cette loi cruelle, il jura qu'il l'observerait[7].

Peu après, Schahriar ne manqua pas d'ordonner à son grand-vizir de lui amener une fille. Le sultan coucha avec elle, et le lendemain, il commanda au vizir de la faire mourir et de lui en chercher une autre pour la nuit suivante. Quelque

1. **Sultan** : souverain d'un pays musulman.
2. **Grand vizir** : premier conseiller du sultan.
3. **Suite** : ensemble de personnes qui accompagnent un personnage important, ici la sultane.
4. **Rigoureux** : dur, sévère.
5. **Châtiment** : sanction très sévère, ici, crime.
6. **Prévenir** : ici, éviter.
7. **Observerait** : appliquerait.

répugnance[1] qu'eût le vizir à exécuter de semblables ordres, il dut alors lui mener chaque jour une nouvelle fille ; et enfin chaque jour c'était une fille mariée, et une femme morte.

Le bruit de cette inhumanité[2] causa une consternation[3] générale dans la ville. On n'y entendait que des lamentations[4] et des imprécations[5] contre le sultan jusque-là si aimé.

Le grand-vizir avait deux filles, dont l'aînée s'appelait Schéhérazade, et la cadette Dinarzade. Schéhérazade avait un courage au-dessus de son sexe. Elle avait beaucoup de lecture et une mémoire si prodigieuse, que rien ne lui était échappé[6] de tout ce qu'elle avait lu. Elle s'était heureusement appliquée à la philosophie, à la médecine, à l'histoire et aux arts ; et elle faisait des vers mieux que les poètes les plus célèbres de son temps. Outre cela, elle était pourvue d'une beauté extraordinaire ; et une vertu[7] très solide couronnait toutes ses belles qualités.

Le vizir aimait passionnément une fille si digne de sa tendresse. Un jour qu'ils s'entretenaient[8] tous deux ensemble, elle lui dit : « Mon père, j'ai une grâce[9] à vous demander ; puisque par votre entremise[10] le sultan célèbre chaque jour un nouveau mariage, je vous conjure[11], de me procurer l'honneur de sa couche[12]. » Le vizir ne put entendre ce discours sans horreur. « Ô Dieu ! interrompit-il avec transport[13]. Avez-vous perdu l'esprit, ma fille ? »

---

1. **Répugnance** : dégoût.
2. **Inhumanité** : ici, grande cruauté.
3. **Consternation** : sentiment de tristesse et d'impuissance face à un événement que l'on ne maîtrise pas.
4. **Lamentations** : plaintes fortes et prolongées, d'usage lors des funérailles musulmanes.
5. **Imprécations** : malédictions, souhaits de malheur.
6. **Rien ne lui était échappé** : elle n'avait rien oublié.
7. **Vertu** : caractère moralement irréprochable.
8. **S'entretenaient** : discutaient.
9. **Grâce** : faveur.
10. **Entremise** : intermédiaire.
11. **Conjure** : supplie.
12. **Couche** : lit.
13. **Transport** : emportement.

– Mon père, répondit cette vertueuse fille, je connais tout le danger que je cours, et il ne saurait m'épouvanter[1]. Je veux ainsi sauver mon peuple.

– Non, non, dit le vizir, ne vous imaginez pas que j'y consente[2]. Quand le sultan m'ordonnera de vous tuer, hélas ! Il faudra bien que je lui obéisse. Ah ! Si vous ne craignez point la mort, craignez du moins de me causer la douleur mortelle de voir ma main teinte de votre sang.

– Encore une fois, mon père, dit Schéhérazade, accordez-moi la grâce que je vous demande. Le père, poussé à bout par la fermeté de sa fille, se résolut à accéder[3] à sa demande.

Avant de partir, Schéhérazade prit sa sœur Dinarzade en particulier[4], et lui dit : « Ma chère sœur, j'ai besoin de votre aide. Mon père va me conduire chez le sultan pour être son épouse. Dès que je serai devant le sultan, je le supplierai de permettre que vous couchiez dans la chambre, afin que je profite cette nuit encore de votre compagnie. Si j'obtiens cette grâce, comme je l'espère, souvenez-vous de m'éveiller demain matin une heure avant le jour et de m'adresser ces paroles : "Ma sœur, si vous ne dormez pas, je vous supplie, en attendant le jour qui paraîtra bientôt, de me raconter un de ces beaux contes que vous savez[5]." Aussitôt je vous en conterai un, et je me flatte de délivrer par ce moyen tout le peuple de la consternation où il est. » Dinarzade répondit à sa sœur qu'elle ferait avec plaisir ce qu'elle exigeait d'elle.

Le grand-vizir conduisit Schéhérazade au sultan. Celui-ci la trouva si belle, qu'il en fut charmé ; mais s'apercevant qu'elle était en pleurs, il lui en demanda le sujet. « Sire, répondit Schéhérazade, j'ai une sœur que j'aime tendrement. Je souhaiterais qu'elle passât la nuit dans cette chambre, pour la voir

1. **Épouvanter** : faire peur.
2. **Que j'y consente** : que j'accepte.
3. **Accéder** : accepter.
4. **En particulier** : à part, à l'écart.
5. **Savez** : connaissez.

et lui dire adieu encore une fois. » Schahriar y ayant consenti, on alla chercher Dinarzade.

Une heure avant le jour, Dinarzade s'étant réveillée, ne manqua pas de faire ce que sa sœur lui avait recommandé. « Ma chère sœur, s'écria-t-elle, si vous ne dormez pas, je vous supplie de me raconter un de ces contes agréables que vous savez. Hélas ! Ce sera peut-être la dernière fois que j'aurai ce plaisir. »

Schéhérazade, au lieu de répondre à sa sœur, s'adressa au sultan : « Sire, dit-elle, votre majesté veut-elle bien me permettre de donner cette satisfaction à ma sœur ? »

– Très volontiers, répondit le sultan. Alors Schéhérazade dit à sa sœur d'écouter ; et puis adressant la parole à Schahriar, elle commença de la sorte : « Il y avait autrefois... »

Les Mille et Une Nuits, trad. Antoine Galland, Le Normant, 1806, adapt. par Virginie Manouguian.

Victor Hugo, *Les Misérables*

Publié en 1862, *Les Misérables* de Victor Hugo (1802-1885) évoque la vie des pauvres gens de Paris et de la province au XIXe siècle. Dans cet extrait, alors que le peuple de Paris se révolte et affronte les soldats du roi, Gavroche, jeune enfant des rues, se transforme en véritable figure héroïque. Il récupère au péril de sa vie les cartouches des ennemis morts.

Le spectacle était épouvantable et charmant. Gavroche, fusillé, taquinait la fusillade[1]. Il avait l'air de s'amuser beaucoup. C'était le moineau becquetant les chasseurs. Il répondait à chaque décharge par un couplet. On le visait sans cesse, on le manquait toujours. Les gardes nationaux et les soldats riaient en l'ajustant[2]. Il se couchait, puis se redressait, s'effaçait dans un coin de porte, puis bondissait, disparaissait,

1. **Taquinait la fusillade** : contrariait avec malice les tirs qui le visaient.
2. **En l'ajustant** : en le visant.

reparaissait, se sauvait, revenait, ripostait[1] à la mitraille par des pieds de nez, et cependant pillait les cartouches, vidait les gibernes[2] et remplissait son panier. Les insurgés[3], haletants d'anxiété[4], le suivaient des yeux. La barricade tremblait; lui, il chantait. Ce n'était pas un enfant, ce n'était pas un homme; c'était un étrange gamin fée[5]. On eût dit le nain invulnérable de la mêlée. Les balles couraient après lui, il était plus leste[6] qu'elles. Il jouait on ne sait quel effrayant jeu de cache-cache avec la mort; chaque fois que la face camarde du spectre[7] s'approchait, le gamin lui donnait une pichenette.

Une balle pourtant, mieux ajustée ou plus traître que les autres, finit par atteindre l'enfant feu follet[8]. On vit Gavroche chanceler[9], puis il s'affaissa. Toute la barricade poussa un cri; mais il y avait de l'Antée[10] dans ce pygmée[11]; pour le gamin toucher le pavé, c'est comme pour le géant toucher la terre; Gavroche n'était tombé que pour se redresser; il resta assis sur son séant[12], un long filet de sang rayait son visage, il éleva ses deux bras en l'air, regarda du côté d'où était venu le coup, et se mit à chanter:

Je suis tombé par terre,
C'est la faute à Voltaire,
Le nez dans le ruisseau,
C'est la faute à...

---

1. **Ripostait**: attaquait en retour.
2. **Gibernes**: boîtes, contenant les cartouches, portées par les soldats à la ceinture.
3. **Insurgés**: révoltés.
4. **Haletants d'anxiété**: dont la respiration est coupée par l'inquiétude.
5. **Gamin fée**: ici, être imaginaire doué d'un pouvoir surnaturel.
6. **Leste**: léger et agile.
7. **La face camarde du spectre**: la mort.
8. **Feu follet**: petite flamme vive; ici, petit être insaisissable.
9. **Chanceler**: perdre l'équilibre.
10. **Antée**: dans la mythologie grecque, fils de Gaïa, déesse de la Terre, et de Poséidon, dieu de la mer et des océans, connu pour son invincibilité.
11. **Pygmée**: individu de très petite taille.
12. **Son séant**: ses fesses.

Il n'acheva point. Une seconde balle du même tireur l'arrêta court[1]. Cette fois il s'abattit la face contre le pavé, et ne remua plus. Cette petite grande âme venait de s'envoler.

Victor Hugo, *Les Misérables* [1862], partie V, livre I, chap. 15, Belin-Gallimard, « Classico », 2021.

Lewis Carroll, *Alice au pays des merveilles*

Dans ce roman de Lewis Carroll (1832-1898), paru en 1865, Alice s'ennuie au côté de sa sœur lorsqu'elle voit passer un lapin bavard qui s'inquiète d'être en retard. Elle décide alors de le suivre sans se douter des étranges aventures qui l'attendent et du monde merveilleux et inquiétant dans lequel l'animal la conduira... Véritable parcours initiatique, ce pays des merveilles fera passer Alice du monde de l'enfance à celui des adultes.

Un instant plus tard, elle y pénétrait à son tour, sans se demander une seule fois comment diable[2] elle pourrait bien en sortir.

Pendant un certain temps, elle marcha droit devant elle dans le terrier comme dans un tunnel ; puis le sol s'abaissa brusquement, si brusquement qu'Alice, avant d'avoir pu songer[3] à s'arrêter, s'aperçut qu'elle tombait dans un puits très profond.

Soit que le puits fût très profond, soit que la fillette tombât très lentement, elle s'aperçut qu'elle avait le temps, tout en descendant, de regarder autour d'elle et de se demander ce qui allait se passer. D'abord, elle essaya de regarder en bas pour voir où elle allait arriver, mais il faisait trop noir pour qu'elle pût rien distinguer. Ensuite, elle examina les parois[4] du puits, et remarqua qu'elles étaient garnies de placards et d'étagères ; par endroits, des cartes de géographie et des tableaux se

---

1. **Arrêta court** : stoppa net.
2. **Comment diable** : par quel miracle.
3. **Songer** : penser.
4. **Parois** : murs intérieurs.

trouvaient accrochés à des pitons[1]. En passant, elle prit un pot sur une étagère ; il portait une étiquette sur laquelle on lisait : CONFITURE D'ORANGES, mais, à la grande déception d'Alice, il était vide. Elle ne voulut pas le laisser tomber de peur de tuer quelqu'un et elle s'arrangea pour le poser dans un placard devant lequel elle passait, tout en tombant.

« Ma foi ! songea-t-elle, après une chute pareille, ça me sera bien égal, quand je serai à la maison, de dégringoler dans l'escalier ! Ce qu'on va me trouver courageuse ! Ma parole, même si je tombais du haut d'un toit, je n'en parlerais à personne ! » (Supposition des plus vraisemblables, en effet.)

Plus bas, encore plus bas, toujours plus bas. Est-ce que cette chute ne finirait jamais ? « Je me demande combien de kilomètres j'ai pu parcourir ? » dit-elle à haute voix. « Je ne dois pas être bien loin du centre de la Terre. Voyons : ça ferait une chute de six à sept kilomètres, du moins je le crois… » (car, voyez-vous, Alice avait appris en classe pas mal de choses de ce genre, et, quoique le moment fût mal choisi pour faire parade[2] de ses connaissances puisqu'il n'y avait personne pour l'écouter, c'était pourtant un bon exercice que de répéter tout cela) « … Oui, ça doit être la distance exacte… mais, par exemple, je me demande à quelle latitude[3] et à quelle longitude je me trouve ? » (Alice n'avait pas la moindre idée de ce qu'était la latitude, pas plus d'ailleurs que la longitude, mais elle jugeait que c'étaient de très jolis mots, des mots superbes.)

Lewis Carroll, *Alice au pays des merveilles* [1865], chap. 1, trad. de l'anglais par J. Papy, Belin-Gallimard, « Classico », 2017.

Groupements de textes

1. **Pitons** : gros clous.
2. **Faire parade** : se vanter.
3. **Latitude, longitude** : mesures permettant d'indiquer une position sur la Terre par rapport à des lignes imaginaires (équateur, parallèles et méridiens).

Groupement 2

Imaginer et découvrir des univers nouveaux

Arthur Rimbaud, « Ma bohème[1] »

Arthur Rimbaud (1854-1891) écrivit « Ma bohème » à l'âge de 16 ans. Ce dernier poème des *Cahiers de Douai* fut rédigé lors d'une fugue pour se rendre à Paris où le poète espérait rencontrer son professeur et mentor Georges Izambard. Errant dans la forêt des Ardennes, il laisse libre cours à son imagination et compose ce poème, véritable hymne au voyage et à la liberté.

Je m'en allais, les poings dans mes poches crevées[2] ;
Mon paletot[3] aussi devenait idéal ;
J'allais sous le ciel, Muse[4] ! et j'étais ton féal[5] ;
Oh ! là là ! que d'amours splendides j'ai rêvées !

Mon unique culotte[6] avait un large trou.
– Petit-Poucet rêveur, j'égrenais[7] dans ma course
Des rimes. Mon auberge était à la Grande-Ourse[8].
– Mes étoiles au ciel avaient un doux frou-frou

Et je les écoutais, assis au bord des routes,
Ces bons soirs de septembre où je sentais des gouttes
De rosée à mon front, comme un vin de vigueur[9] ;

---

1. **Bohème** : mode de vie insouciant et sans contrainte des artistes.
2. **Crevées** : trouées.
3. **Paletot** : manteau.
4. **Muse** : figure de la mythologie grecque représentant l'inspiration poétique.
5. **Féal** : personne fidèle à son souverain, sujet.
6. **Culotte** : pantalon court.
7. **J'égrenais** : faire entendre des sons un à un, de façon détachée.
8. **Grande-Ourse** : nom d'une constellation. Cette expression signifie que le poète dort en plein air.
9. **Vin de vigueur** : vin qui redonne des forces.

Où, rimant au milieu des ombres fantastiques,
Comme des lyres[1], je tirais les élastiques
De mes souliers blessés, un pied près de mon cœur!

Arthur Rimbaud, Poésies [1870] in *Cahiers de Douai*,
Belin-Gallimard, «Classico», 2023.

William Golding, *Sa Majesté des Mouches*

William Golding (1911-1993) publie ce roman d'aventures en 1954. Tout commence lorsqu'un avion transportant de jeunes garçons de la haute société anglaise s'écrase au milieu de nulle part. Livrés à eux-mêmes, en territoire inconnu, les enfants découvrent une île déserte, à la fois accueillante et inquiétante, sur laquelle ils devront s'organiser en mini-société.

La côte était couverte de palmiers. Les troncs s'élevaient dans la lumière, bien droits ou inclinés, et leurs palmes vertes s'étalaient tout en haut des troncs. Ils poussaient sur un talus couvert d'herbe drue, saccagée par la chute des arbres, parsemée de noix de coco pourrissantes et de plants de palmiers. Au-delà c'était la zone dense de la forêt, sabrée[2] par la déchirure. Ralph se tenait appuyé contre un tronc gris, plissant les yeux pour regarder la surface miroitante[3] de l'eau. À quelque distance du bord, l'écume blanche zébrait un récif de corail, et au large l'eau était d'un bleu profond. Dans l'enceinte irrégulière de l'atoll[4], le lagon[5], calme comme un lac de montagne, étalait ses eaux aux teintes bleues variées, mêlées de vert ombreux et de pourpre. La plage, entre la terrasse de palmiers et le bord de l'eau, s'incurvait en mince arc de cercle, apparemment sans limites, car, sur sa gauche, Ralph voyait les

1. **Lyres**: instruments à cordes pincées avec lesquels s'accompagnaient les poètes de l'Antiquité.
2. **Sabrée**: marquée de traits.
3. **Miroitante**: brillante.
4. **Atoll**: petite île en forme d'anneau, qui renferme un lagon.
5. **Lagon**: étendue d'eau profonde et fermée, à l'intérieur d'un atoll.

Groupements de textes

palmiers, la plage et l'eau s'étendre à l'infini ; partout, toujours sensible, régnait la chaleur.

Il sauta au bas de la terrasse. Ses chaussures noires s'enfoncèrent dans le sable épais et la chaleur le frappa brutalement. Soudain conscient du poids de ses vêtements, d'un seul mouvement brusque il enleva chaussures et chaussettes. D'un bond il remonta sur le talus, retira sa chemise et se tint entre les noix de coco en forme de crânes, la peau moirée[1] par les ombres vertes des palmiers et de la forêt. Il défit sa boucle de ceinture, enleva prestement sa culotte et son caleçon et resta nu, le regard fixé sur l'étendue éblouissante de sable et d'eau.

William Golding, *Sa Majesté des Mouches* [1954], chap. 1, trad. de l'anglais par L. Tranec, Belin-Gallimard, « Classico », 2008.

Groupements de textes

Michel Tournier, *Vendredi ou la Vie sauvage*

Michel Tournier (1924-2016) compose pour les adolescents, en 1971, une nouvelle version de son roman *Vendredi ou les Limbes du Pacifique* (1967). Dans l'extrait qui suit, Robinson, le jeune naufragé, découvre l'île déserte sur laquelle il s'est échoué. Il la nommera « Speranza » et se familiarisera peu à peu avec ce monde fascinant et déroutant pour le citadin qu'il a été.

Après plusieurs heures de marche laborieuse[2], Robinson arriva au pied d'un massif de rochers entassés en désordre. Il découvrit l'entrée d'une grotte, ombragée par un cèdre géant ; mais il n'y fit que quelques pas, parce qu'elle était trop profonde pour pouvoir être explorée ce jour-là. Il préféra escalader les rochers, afin d'embrasser une vaste étendue du regard. C'est ainsi, debout sur le sommet du plus haut rocher, qu'il constata que la mer cernait[3] de tous côtés la terre où il se trouvait et qu'aucune trace d'habitation n'était visible : il était donc

1. **Moirée** : tachetée.
2. **Laborieuse** : difficile, fatigante.
3. **Cernait** : entourait.

sur une île déserte. Il s'expliqua ainsi l'immobilité du bouc qu'il avait assommé. Les animaux sauvages qui n'ont jamais vu l'homme ne fuient pas à son approche. Au contraire, ils l'observent avec curiosité. Robinson était accablé de tristesse et de fatigue. En errant au pied du grand rocher, il découvrit une espèce d'ananas sauvage qu'il découpa avec son couteau de poche et qu'il mangea. Puis il se glissa sous une pierre et s'endormit.

Michel Tournier, *Vendredi ou la Vie sauvage* [1971],
Belin-Gallimard, « Classico », 2011.

Raymond Queneau, « L'écolier »

Dans ce poème de Raymond Queneau (1903-1976), un écolier distrait rêve qu'il voyage. Au futur, il expose ses envies et les destinations qu'il projette de gagner un jour. Une courte escapade dans l'imaginaire.

L'écolier

J'écrirai le jeudi[1] j'écrirai le dimanche
quand je n'irai pas à l'école
j'écrirai des nouvelles j'écrirai des romans
et même des paraboles[2]
je parlerai de mon village je parlerai de mes parents
de mes aïeux de mes aïeules[3]
je décrirai les prés je décrirai les champs
les broutilles[4] et les bestioles
puis je voyagerai j'irai jusqu'en Iran
au Tibet ou bien au Népal
et ce qui est beaucoup plus intéressant

1. Jusqu'en 1972, il n'y avait pas école le jeudi.
2. **Paraboles** : récits qui illustrent une leçon de morale, un enseignement.
3. **Aïeux, aïeules** : ancêtres.
4. **Broutilles** : choses sans importance.

du côté de Sirius ou d'Algol[1]
où tout me paraîtra tellement étonnant
que revenu dans mon école
je mettrai l'orthographe mélancoliquement

Raymond Queneau, *Battre la campagne*, « L'écolier »,
Éditions Gallimard, 1980.

J. M. G. Le Clézio, « Celui qui n'avait jamais vu la mer »

En 1978, J. M. G. Le Clézio (né en 1940) publie un recueil de huit nouvelles dont est extraite cette histoire. Daniel, jeune garçon discret, peu bavard et solitaire, rêve d'une autre mer que celle de ses camarades. Un jour, il partira lui aussi en voyage, à la rencontre de cette mer qu'il ne connaît pas.

Il s'appelait Daniel, mais il aurait bien aimé s'appeler Sindbad[2], parce qu'il avait lu ses aventures dans un gros livre relié en rouge qu'il portait toujours avec lui, en classe et dans le dortoir. En fait, je crois qu'il n'avait jamais lu que ce livre-là. Il n'en parlait pas, sauf quelquefois quand on lui demandait. Alors ses yeux noirs brillaient plus fort, et son visage en lame de couteau[3] semblait s'animer tout à coup. Mais c'était un garçon qui ne parlait pas beaucoup. Il ne se mêlait pas aux conversations des autres, sauf quand il était question de la mer, ou de voyages. La plupart des hommes sont des terriens, c'est comme cela. Ils sont nés sur la terre, et c'est la terre et les choses de la terre qui les intéressent. Même les marins sont souvent des gens de la terre ; ils aiment les maisons et les femmes, ils parlent de politique et de voitures. Mais lui, Daniel, c'était comme s'il était d'une autre race. Les choses de

1. **Sirius, Algol** : noms d'étoiles.
2. **Sindbad** : dans *Les Mille et Une Nuits*, marin qui a connu des aventures extraordinaires.
3. **Visage en lame de couteau** : visage fin et très allongé.

la terre l'ennuyaient, les magasins, les voitures, la musique, les films et naturellement les cours du Lycée. Il ne disait rien, il ne bâillait même pas pour montrer son ennui. Mais il restait sur place, assis sur un banc, ou bien sur les marches de l'escalier, devant le préau, à regarder dans le vide. C'était un élève médiocre, qui réunissait chaque trimestre juste ce qu'il fallait de points pour subsister[1]. Quand un professeur prononçait son nom, il se levait et récitait sa leçon, puis il se rasseyait et c'était fini. C'était comme s'il dormait les yeux ouverts.

Même quand on parlait de la mer, ça ne l'intéressait pas longtemps. Il écoutait un moment, il demandait deux ou trois choses, puis il s'apercevait que ce n'était pas vraiment de la mer qu'on parlait, mais des bains, de la pêche sous-marine, des plages et des coups de soleil. Alors il s'en allait, il retournait s'asseoir sur son banc ou sur ses marches d'escalier, à regarder dans le vide. Ce n'était pas de cette mer-là qu'il voulait entendre parler. C'était d'une autre mer, on ne savait laquelle, mais d'une autre mer.

J. M. G. Le Clézio, « Celui qui n'avait jamais vu la mer » [1978], *Mondo et trois autres histoires*, Belin-Gallimard, « Classico », 2010.

1. **Subsister** : ici, avoir la moyenne, valider son trimestre.

Questions sur les groupements de textes

Héros et héroïnes à l'épreuve

1. Identifiez dans chaque texte le héros ou l'héroïne et les épreuves qu'il (elle) doit surmonter.

Textes	Héros / Héroïne	Épreuves
L'Odyssée		
Yvain ou le Chevalier au lion		
La Barbe bleue		
Les Mille et Une nuits		
Les Misérables		
Alice au pays des merveilles		

2. Quelles qualités les héros ou héroïnes de ces textes ont-ils en commun ?

Imaginer et découvrir des univers nouveaux

1. Quels sont les différents lieux évoqués dans ces textes ?

2. Pour chaque texte, précisez si le voyage ou le paysage évoqués est présenté de façon positive (vocabulaire mélioratif) ou de façon négative (vocabulaire péjoratif).

3. Lequel de ces textes vous invite le plus au voyage ? Justifiez votre réponse.

Autour de l'œuvre

Contexte historique et culturel

Des contes anciens, transmis oralement

Le texte original des *Mille et Une Nuits* est anonyme, car il est le résultat d'une compilation de plusieurs récits d'abord transmis oralement, à travers les siècles, par des conteurs orientaux. Les histoires racontées ont en effet plusieurs origines que l'on situe en Inde, en Perse, et même en Grèce et en Égypte.

La plus ancienne trace écrite du texte est datée de la fin du IXe siècle, sous le califat (règne d'un calife; souverain musulman, successeur de Mohammed, investi du pouvoir spirituel et temporel) de Bagdad. Le texte a été rédigé en « moyen arabe », une langue à mi-chemin entre les dialectes populaires et l'arabe classique littéraire. Ce choix de traduction indique que l'œuvre était destinée à un large public. Ce manuscrit contenait des textes qui n'ont pas été traduits et ne figurent pas dans la version des *Mille et Une Nuits* que nous connaissons aujourd'hui. Au fil du temps, d'autres textes s'ajoutent au recueil qui prend alors une tonalité arabo-islamique (en témoigne la présence du calife Haroun al-Rachid dans le conte « Sindbâd de la mer ») et fait une grande place à la magie. Le livre évolue jusqu'au XVIIe siècle, et sa forme se stabilise à peu près.

Un manuscrit qui évolue : traductions et ajouts

À la fin du XVIIe siècle, un érudit français, Antoine Galland (1646-1715), professeur au Collège de France, spécialiste des langues orientales, enrichit sa connaissance du turc, du persan et de l'arabe afin d'étudier les coutumes des populations qu'il rencontre au cours de ses voyages en Grèce, en Asie Mineure, en Syrie et dans l'Empire ottoman (Turquie actuelle). En 1701, il commence la traduction de « Sindbâd de la mer » et découvre qu'il appartient à un ensemble de contes persans, d'origine indienne, que nous connaissons aujourd'hui sous le titre des *Mille et Une Nuits*. Il y ajoute également d'autres récits, entendus au cours de ses voyages, et poursuit cette œuvre jusqu'à sa mort. Il ajoute au recueil originel d'autres récits, tels que « Histoire d'Aladin ou la Lampe merveilleuse » et « Ali Baba et les quarante voleurs » que lui aurait contés un prêtre syrien.

Entre 1899 et 1904, le médecin, poète et traducteur français Joseph-Charles Mardrus (1868-1949) propose une nouvelle traduction des *Mille et Une Nuits*, qu'il publie en seize volumes. S'il prétend s'appuyer sur un manuscrit jusque-là méconnu, son œuvre est en réalité une refonte de traductions antérieures, qui fait de Schéhérazade un personnage central. Quoi qu'il en soit, l'entreprise est remarquée et saluée par un lectorat enthousiaste.

Aujourd'hui, l'édition scientifique du texte qui fait référence parmi les spécialistes de l'œuvre est celle publiée en 1991 dans la collection « Bibliothèque de la Pléiade » (Gallimard), par André Miquel (historien) et Jamel Eddine Bencheikh (écrivain).

Le goût pour l'orientalisme

Lorsque la traduction des *Mille et Une Nuits* par Antoine Galland voit le jour à l'aube du XVIIIe siècle, elle connaît un vif succès, bénéficiant de l'engouement des Européens pour la civilisation et la littérature arabes à la même époque. En témoignent la transformation imaginée par Molière de son bourgeois gentilhomme en Mamamouchi (titre honorifique turc inventé par l'auteur pour donner une couleur orientale à sa pièce, *Le Bourgeois gentilhomme*, en 1670) ou les nombreux fruits et animaux exotiques que le roi Louis XIV, alors au pouvoir, fait venir à Versailles. L'Orient plaît pour son raffinement et le luxe de ses étoffes, tapis et autres épices.

Le succès préalable d'autres contes, classiques, comme ceux de Charles Perrault (1697) et de Mme d'Aulnoy (1697 et 1698), ainsi que l'intérêt des contemporains d'Antoine Galland pour les récits de voyages, préparent l'accueil enthousiaste réservé aux *Mille et Une Nuits*.

Dans le sillage de cette traduction, un nouveau genre littéraire voit le jour : le conte oriental. *Les Mille et Un Jours* de François Pétis de La Croix, publiés entre 1710 et 1712, et les célèbres *Lettres persanes* de Montesquieu (1721). Le goût pour l'Orient s'étend à toutes les formes d'art : le théâtre (Voltaire, *Zaïre*, 1732), la peinture avec les « turqueries » (représentations de l'Empire ottoman), ou encore l'opéra (Rameau, *Les Indes galantes*, 1735).

Un récit-cadre et mille et une histoires

Pourquoi ce titre, *Les Mille et Une Nuits* ? Pour le comprendre, il faut s'intéresser au récit-cadre qui justifie l'ensemble des histoires racontées ensuite, sans lien les unes avec les autres. Le premier conte du recueil évoque ainsi le sultan Schahzenan qui, trompé par son épouse, part chercher du réconfort auprès de son frère le roi Schahriar. Lors de son séjour, il découvre que ce dernier est lui aussi victime d'infidélité et le révèle à son frère qui fait exécuter la reine sur-le-champ (voir Groupements de textes 1, p. 289). Pour conjurer le sort et éviter que la tromperie ne se reproduise, Schahriar décide d'épouser chaque jour une nouvelle femme et de la tuer le lendemain à l'aube, certain ainsi de ne plus être trahi. Alors que de nombreuses jeunes femmes sont déjà mortes, Schéhérazade, la fille du vizir, demande à son père la permission d'épouser le sultan et affirme avoir un plan pour mettre fin à ce massacre. Mariée au roi Schahriar, elle commence, à la fin de chaque nuit, une histoire qu'elle interrompt au lever du jour, obligeant ainsi son époux à la garder en vie jusqu'à la nuit suivante pour entendre la suite de l'histoire. Au bout de mille et une nuits, Schéhérazade est reconnue comme épouse légitime, mère et reine !

Repères chronologiques

v. 400	Naissance des contes oraux, indiens et persans, pour divertir les souverains.
786-809	**Règne du calife de Bagdad Haroun al-Rachid, cité dans les contes des *Mille et Une Nuits.***
VIIIe s.	Diffusion des contes dans le monde arabe, transmis oralement de bouche à oreille.
879	Premières traces écrites des contes des *Mille et Une Nuits* dans le plus ancien manuscrit arabe retrouvé.
1643-1715	**Règne du roi de France Louis XIV.**
1646	Naissance d'Antoine Galland.
1670-1679	Antoine Galland voyage à Constantinople, en Grèce, en Syrie, à Smyrne, et séjourne en Orient.
1701	Découverte et début de la traduction des *Mille et Une Nuits* en français par Antoine Galland, savant et diplomate.
1704-1709	Parution des six premiers volumes des *Mille et Une Nuits* traduites par Antoine Galland.
1710-1712	Parution des *Mille et Un Jours*, de François Pétis de La Croix.
1712-1717	Parution des quatre derniers volumes des *Mille et Une Nuits* traduites par Antoine Galland.
1715	Mort d'Antoine Galland.
1835	Impression des *Mille et Une Nuits* en langue arabe, à Boulaq, Égypte.
1899	Nouvelle traduction française des *Mille et Une Nuits* par Joseph-Charles Mardrus.
1991	Traduction des *Mille et Une Nuits* en français par André Miquel et Jamel Eddine Bencheikh.

Les grands thèmes de l'œuvre

Le merveilleux oriental

Coutumes et valeurs orientales

La couleur orientale transparaît dans les trois contes du recueil par le biais des territoires mentionnés par le narrateur : l'« Histoire d'Aladin ou la Lampe merveilleuse » se situe essentiellement dans « la capitale du vaste royaume de Chine » (l. 1, p. 11), Ali Baba et son frère habitent « dans une ville de Perse » (« Ali Baba et les quarante voleurs », l. 1, p. 81) et Sindbâd vit à Bagdad et transite par Bassora (actuel Iraq) pour prendre la mer.

Au-delà de ces noms, **les récits évoquent des lieux propres à la culture orientale** : c'est le cas du *khan* (qui désigne une auberge accueillant les caravanes de marchands en Orient) et du *diwan* (qui renvoie à la pièce du palais dans laquelle le sultan rend la justice). Plus généralement, l'exotisme oriental est véhiculé par la description des palais royaux (celui d'Aladin comme celui de Sindbâd) et l'allusion à certaines denrées (celles rapportées par Sindbâd au cours de ses voyages maritimes : aloès, santal, épices diverses).

À ces indications géographiques s'ajoutent des **rituels propres aux pays du Moyen-Orient** et à la religion musulmane : l'utilisation de l'encens (lors de la mort de Cassim dans « Ali Baba et les quarante voleurs », l. 185, p. 104) ou les ablutions (celles d'Aladin dans « Histoire d'Aladin ou la Lampe merveilleuse », l. 193, p. 54). Quant à Sindbâd, il remercie fréquemment Dieu de la protection qu'il lui accorde dans ses aventures (« Sindbâd de la mer », p. 159).

Enfin, **les trois contes font allusion aux règles d'hospitalité très respectées au Moyen-Orient** : ainsi en est-il lorsque la princesse Badroulboudour accueille le magicien déguisé sous les traits de Fatime (« Histoire d'Aladin ou la Lampe merveilleuse », l. 89-114, p. 65-66) et lorsque Sindbâd le marin invite Sindbâd le portefaix à dîner (« Sindbâd de la mer », l. 280, p. 176). Dans « Ali Baba et les quarante voleurs», c'est le manquement à ces règles qui provoque la perte du faux marchand: parce qu'il refuse de partager le sel avec Ali Baba qui le reçoit chez lui, Morgiane identifie l'intrus comme un ennemi (l. 158-160, p. 139).

Créatures et objets magiques

Participant à l'univers merveilleux des *Mille et Une Nuits*, **les créatures magiques ou fantastiques sont nombreuses dans le recueil.** La première que rencontre le lecteur est le magicien malfaisant qui se présente comme l'oncle d'Aladin (« Histoire d'Aladin ou la Lampe merveilleuse », p. 15). Dans le même conte apparaissent les *djinns*, des génies qui sont prisonniers d'une lampe ou d'un anneau. C'est notamment grâce à l'aide du génie de la lampe qu'Aladin obtient la main de la princesse Badroulboudour et peut faire construire un palais somptueux.

Le conte « Ali Baba et les quarante voleurs » évoque un univers plus réaliste et ne contient pas de créatures merveilleuses. Reste que **la formule « Sésame, ouvre-toi ! » (l. 48, p. 83) agit comme une invocation magique** : c'est elle qui permet d'entrer et de sortir de la caverne des voleurs.

Dans « Sindbâd de la mer », de multiples créatures imaginaires croisent la route du héros : ce sont par exemple l'île-baleine et les chevaux marins (premier voyage), ou les oiseaux rukhkh (deuxième et cinquième voyage). **S'ils n'ont pas de pouvoirs magiques à proprement parler, ces animaux sont des créatures fabuleuses**, qui renvoient au monde merveilleux des mythes.

Quête de richesse et apprentissage

Luxe, richesse et aventures

Au début de chaque récit, **les héros du recueil se caractérisent par leur pauvreté** : Aladin est un vaurien qui vit dans la misère avec sa mère, Ali Baba a épousé une femme sans argent et Sindbâd se retrouve sans le sou après avoir dépensé la fortune familiale. Dans les trois intrigues, **c'est le projet des personnages de s'enrichir qui déclenche les péripéties et dangers auxquels ils sont ensuite confrontés**. Ainsi Aladin espère-t-il tout d'abord faire fortune en adoptant la condition de marchand d'étoffes grâce au soutien de son oncle imposteur. C'est finalement le génie de la lampe qui lui permet d'améliorer son quotidien et celui de sa mère, et de devenir immensément riche, au point d'être élevé au rang de prince. Cependant, il attise la colère du sorcier africain et manque de tout perdre: la princesse Badroulboudour, son palais, et la vie (le sultan le condamne à mort!). Ali Baba, quant à lui, obtient le sésame qui lui permet d'accéder à une vie plus confortable en épiant les voleurs, mais il provoque la colère de ces hommes qui tentent à plusieurs reprises de le tuer. Enfin, c'est parce qu'il veut accumuler toujours plus de richesses que Sindbâd reprend chaque fois la mer et se confronte à des situations de plus en plus périlleuses.

Lorsque les descriptions s'attachent aux lieux luxueux – palais, cavernes au trésor, jungles et îles somptueuses –, **l'hyperbole (figure stylistique d'exagération) est fréquemment employée pour souligner l'excès de beauté et de richesse**. Ainsi, le chapitre 4 d'« Histoire d'Aladin ou la Lampe merveilleuse » évoque-t-il « Les quarante esclaves noirs, chargés de quarante bassins d'or remplis de pierres précieuses plus brillantes et plus grosses les unes que les autres, [qui] occup[ent] avec les quarante esclaves blancs chaque pièce, la cour et le jardin très étroit de cette petite maison » (l. 39-43, p. 38). Cet étalage de richesses souligné par la narration (« tant de merveilles », l. 44; « défilé majestueux », l. 51; « admirer ce spectacle », l. 52; « tableau ravissant », l. 54, p. 39) se signale à l'attention des autres personnages et du lecteur.

Qualités et défauts humains

Les trois contes du recueil ont en commun de dispenser un enseignement. **Le parcours des héros fait de leurs voyages de véritables récits d'apprentissage.** Sindbâd et Ali Baba apprennent à leurs dépens que la quête de richesses est dangereuse et qu'il faut savoir se contenter de ce que l'on a. Aladin, lui, est l'objet d'un apprentissage plus général, celui du passage à l'âge adulte: d'adolescent qu'il est au début de l'histoire, il devient un homme accompli grâce à la lampe qui opère une véritable transition dans sa vie. Aladin apprend également à ne pas accorder sa confiance aux gens qui ne la méritent pas, comme le sorcier africain.

Si le conte permet ainsi à chacun de tirer des leçons de sagesse et d'humilité, **il condamne en creux les défauts tels que la cupidité** (Sindbâd se la reproche lors de son dernier voyage, l. 130-135, p. 256) **ou l'extravagance** (celle d'Aladin, évoquée aux chapitres 3 et 4 à travers son projet « insensé » de mariage).

Notons enfin **l'image ambivalente de la femme véhiculée par les contes** : dans « Histoire d'Aladin ou la Lampe merveilleuse », le personnage de la princesse Badroulboudour semble assez lisse ; la jeune femme est seulement caractérisée par sa beauté et sa naïveté (par exemple lorsqu'elle croit recevoir Fatime chez elle). En revanche, dans « Ali Baba et les quarante voleurs », les femmes de Cassim et d'Ali Baba sont dépeintes comme des personnes vénales et peu fiables (elles révèlent le secret des deux frères). Heureusement, par sa perspicacité, son courage et son dévouement, Morgiane apparaît comme une héroïne modèle !

Fenêtres sur...

Des ouvrages à lire

Autour des *Mille et Une Nuits*

• Michel Laporte, *10 Contes des Mille et Une Nuits*, Flammarion Jeunesse poche, 2014.
En version adaptée pour la jeunesse, ce recueil propose des contes moins connus des Mille et Une Nuits *tels que «La Fée Banou» ou «Le Petit Bossu».*

• Jacques Cassabois, *Les Mille et Une Nuits ou le Conte de Shéhérazade et de Shahryar*, Le Livre de Poche Jeunesse, 2016.
Cette adaptation de Jacques Cassabois s'ouvre sur le récit-cadre des Mille et Une Nuits*: l'histoire de Schéhérazade et du roi Schahriar auquel elle conte tous les soirs un récit. Cette anthologie pour la jeunesse regroupe quelques-uns des plus grands contes des* Mille et Une Nuits.

Autour des contes d'Orient et d'ailleurs

• Jihad Darwiche et David B., *Sagesses et malice de Nasreddine, le fou qui était sage*, t. I, Albin Michel Jeunesse, 2000.
Nasreddine Hodja est un personnage excentrique et presque philosophe, qui acquiert la sagesse grâce aux nombreuses aventures qu'il vit, aux côtés de sa femme et de son âne. Une soixantaine d'histoires sont proposées dans ce premier tome.

• Michel Piquemal, *Les Philo-fables*, Albin Michel Jeunesse, 2008.
L'auteur de ce recueil de courts textes inspirés de la mythologie, de la philosophie occidentale et des sagesses d'Orient nous invite à réfléchir, tout en nous amusant, au sens de la vie et aux relations entre les hommes.

• Catherine Gendrin, Martine Bourre, *Contes nomades*, Rue du monde, 2011.
Ce recueil de dix-huit contes emmène le lecteur en voyage en Algérie, au Kirghizstan et jusqu'en Sibérie. L'histoire de la princesse Embarka Bent el Khass met en scène une héroïne aussi courageuse et déterminée que le sont Schéhérazade et Morgiane dans Les Mille et Une Nuits. *« Le Sage et les deux voyageurs » rappelle également les thèmes qui traversent « Sindbâd de la mer ».*

• Jean Muzi, *54 Contes des sagesses du monde*, Flammarion Jeunesse Poche, 2015.
Ce recueil présente, en version adaptée pour la jeunesse, des contes du monde entier qui invitent à la tolérance et dispensent de jolies leçons de sagesse.

Autour du voyage et de l'aventure

• J.M.G. Le Clézio, *Mondo et trois autres histoires* [1978], Belin-Gallimard, « Classico », 2010.
Ces quatre nouvelles autour de l'enfance, du voyage et de l'émerveillement nous invitent à voir le monde autrement.

• Anna Milbourne et Alida Massari, *Les Mille et Une Nuits illustrées*, trad. de Muriel de Grey, Éditions Usborne, 2013.
Vous découvrirez dans cet album les trois contes de notre édition en version abrégée et magnifiquement illustrés.

• Gérard Soncarrieu, *Magellan, le premier tour du monde*, Le Livre de Poche Jeunesse, 2014.
L'auteur de ce récit pour la jeunesse raconte le périple du célèbre navigateur portugais, Magellan, parti en 1519 à la recherche d'une nouvelle route des Indes.

• Pierre-Marie Beaude, *Le Livre des merveilles de Marco Polo*, Gallimard Jeunesse, « Folio Junior textes classiques », 2015.
Au cours de son voyage en Asie, le marchand italien Marco Polo fait de merveilleuses découvertes. Ce récit fictif, narré à la première personne par un jeune homme qui aurait accompagné Marco Polo dans son voyage, retrace les grandes étapes de ce fabuleux périple.

• Hélène Druvert, *Les Mille et Une Nuits*, Éditions Auzou, 2017.
Ce livre pop-up illustre huit contes des Mille et Une Nuits *en papiers découpés. Des scènes magiques, pour se replonger dans les merveilles de l'Orient.*

• Sabine Lenoël, Daniel Bardet et Rachid Nawa, *Contes des mille et une nuits*, Glénat, « Adonis-Romans de toujours », 2018.
Une adaptation en bande dessinée des Mille et Une Nuits.

Des films à voir

(Les œuvres citées ci-dessous sont disponibles en DVD.)

- **Richard Wallace, *Sinbad le marin*, long-métrage, 1947.**
Ce film hollywoodien, avec Douglas Fairbanks Jr., Maureen O'Hara et Anthony Quinn à l'affiche, évoque un huitième voyage au cours duquel Sindbâd part à la recherche du fabuleux trésor de Deryabar... Encore une quête semée d'embuches !

- **Jacques Becker, *Ali Baba et les quarante voleurs*, long-métrage, 1954.**
Dans ce film français, le célèbre comédien Fernandel incarne Ali Baba dans une adaptation du conte qui prend ses distances avec le texte original : l'intrigue et les péripéties sont différentes, mais on retrouve les personnages de Cassim, des quarante voleurs et de Morgiane.

- **Studios Disney, *Aladdin*, film d'animation, 1992.**
Dans ce film d'animation, adaptation du célèbre conte des Mille et Une Nuits, *le personnage du magicien africain est remplacé par le redoutable Jafar, et la princesse Badroulboudour est incarnée par la belle Jasmine.*

- **Websérie de l'Institut du monde arabe sur *Les Mille et Une nuits*, chaîne YouTube Imarabe, 2012.**
Pour annoncer l'exposition de l'Institut consacrée aux célèbres contes, huit épisodes qui font référence avec humour au texte et à son univers oriental ont été mis en ligne.

De la musique à écouter

(L'œuvre citée ci-dessous est disponible en CD.)

• ***Shéhérazade, ouverture de féerie*, Maurice Ravel, 1903.**
Passionné par l'Orient, le grand compositeur français Maurice Ravel (1875-1937) a consacré à l'héroïne des Mille et Une Nuits *une ouverture musicale et un cycle de mélodies pour orchestre et voix.*

Des œuvres d'art à découvrir

Histoire des arts

(Les œuvres citées ci-dessous peuvent être vues sur Internet.)

• **Gustave Doré (1832-1883) et Léon Carré (1878-1942) ont tous deux illustré *Les Mille et Une Nuits*.**
L'exposition de la Bibliothèque nationale de France consacre une section entière à l'illustration des contes, et un album numérique à celles de Léon Carré : **http://expositions.bnf.fr/1001nuits/arret/06.htm** *et* **http://expositions.bnf.fr/1001nuits/albums/1001/**

• **Eugène Delacroix (1798-1863), *Femmes d'Alger dans leur appartement*, musée du Louvre, 1834.**
Cette œuvre du célèbre peintre français est à l'image de l'orientalisme à la mode en France au début du XIXe *siècle. Elle représente les femmes orientales dans leur univers, et illustre ainsi celui de Schéhérazade, de Morgiane et des autres femmes des récits des* Mille et Une Nuits.

@ Des sites Internet à consulter

- **expositions.bnf.fr/1001nuits**

Cette exposition de la Bibliothèque nationale de France présente le recueil de contes, ses origines et des pistes pour le comprendre.

- **expositions.bnf.fr/livrarab/index.htm**

Pour enrichir sa connaissance des livres arabes et de leurs illustrations, cette exposition numérique présente plus d'une centaine d'images et un «gros plan» sur Les Mille et Une Nuits.

Un musée à visiter

- **L'Institut du monde arabe (https://www.imarabe.org/fr)**

Situé dans le Ve arrondissement de Paris, cet institut culturel est consacré au monde arabe. Il propose des expositions et des événements en lien avec la culture orientale, comme en 2012-2013, autour des Mille et Une Nuits.

Dans la même collection

CLASSICOCOLLÈGE

14-18 Lettres d'écrivains (anthologie) (1)
Contes (Andersen, Aulnoy, Grimm, Perrault) (93)
Douze nouvelles contemporaines (anthologie) (119)
Fabliaux (94)
La Farce de maître Pathelin (75)
Gilgamesh (17)
Histoires de vampires (33)
Les Mille et Une Nuits: Aladin, Ali Baba, Sindbâd (156)
La Poésie engagée (anthologie) (31)
La Poésie lyrique (anthologie) (49)
Le Roman de Renart (50)
Les textes fondateurs (anthologie) (123)
Neuf nouvelles réalistes (anthologie) (125)
Jean Anouilh – *Le Bal des voleurs* (78)
Guillaume Apollinaire – *Calligrammes* (2)
Louis Aragon – *Le Collaborateur et autres nouvelles sur la guerre* (142)
Honoré de Balzac – *Le Colonel Chabert* (57)
René Barjavel – *Le Voyageur imprudent* (141)
James Matthew Barrie – *Peter Pan* (165)
Béroul – *Tristan et Iseut* (61)
Ray Bradbury – *Fahrenheit 451* (152)
Évelyne Brisou-Pellen – *Thésée, Ariane et le Minotaure* (158)
Albert Camus – *Le Malentendu* (114)
Lewis Carroll – *Alice au pays des merveilles* (53)
Driss Chraïbi – *La Civilisation, ma Mère!...* (79)
Arthur Conan Doyle – *Sherlock Holmes, Le Chien des Baskerville* (173)
Chrétien de Troyes – *Érec et Énide* (144)
Chrétien de Troyes – *Lancelot ou le Chevalier de la charrette* (109)
Chrétien de Troyes – *Yvain ou le Chevalier au lion* (3)
Jean Cocteau – *Antigone* (96)
Albert Cohen – *Le Livre de ma mère* (59)
Corneille – *Le Cid* (41)
Didier Daeninckx – *Meurtres pour mémoire* (4)
Dai Sijie – *Balzac et la Petite Tailleuse chinoise* (116)
Annie Ernaux – *La Place* (82)
Georges Feydeau – *Dormez, je le veux!* (76)
Gustave Flaubert – *Un cœur simple* (77)
Romain Gary – *La Vie devant soi* (113)
Théophile Gautier – *La Morte amoureuse et autres nouvelles fantastiques* (146)
Jean Giraudoux – *La guerre de Troie n'aura pas lieu* (127)

William Golding – *Sa Majesté des Mouches* (5)
Jacob et Wilhelm Grimm – *Contes* (73)
Homère – *L'Odyssée* (14)
Victor Hugo – *Claude Gueux* (6)
Victor Hugo – *Les Misérables* (110)
Joseph Kessel – *Le Lion* (38)
Joseph Kessel – *Une balle perdue* (167)
Rudyard Kipling – *Le Livre de la Jungle* (133)
Jean de La Fontaine – *Fables* (74)
Maurice Leblanc – *L'Aiguille creuse, une aventure d'Arsène Lupin* (184)
J.M.G. Le Clézio – *Mondo et trois autres histoires* (34)
Mme Leprince de Beaumont – *La Belle et la Bête* (140)
Jack London – *L'Appel de la forêt* (30)
Guy de Maupassant – *Histoire vraie et autres nouvelles* (7)
Guy de Maupassant – *Le Horla* (54)
Guy de Maupassant – *Nouvelles réalistes* (97)
Prosper Mérimée, Théophile Gautier, Guy de Maupassant – *La Vénus d'Ille et autres nouvelles fantastiques* (136)
Marivaux – *L'Île des esclaves* (139)
Molière – *L'Avare* (51)
Molière – *Le Bourgeois gentilhomme* (62)
Molière – *Les Fourberies de Scapin* (9)
Molière – *George Dandin* (115)
Molière – *Le Malade imaginaire* (42)
Molière – *Le Médecin malgré lui* (13)
Molière – *Le Médecin volant et L'Amour médecin* (52)
Jean Molla – *Felicidad* (168)
Jean Molla – *Sobibor* (32)
Michael Morpurgo – *Cheval de guerre* (154)
Jean-Claude Mourlevat – *Terrienne* (159)
Jean-Claude Mourlevat – *Silhouette* (185)
George Orwell – *La Ferme des animaux* (130)
George Orwell – *1984* (175)
Ovide – *Les Métamorphoses* (37)
Daniel Pennac – *Kamo et moi* (172)
Charles Perrault – *Contes* (15)
Edgar Allan Poe – *Trois nouvelles extraordinaires* (16)
Jules Romains – *Knock ou le Triomphe de la médecine* (10)
Edmond Rostand – *Cyrano de Bergerac* (58)
Antoine de Saint-Exupéry – *Lettre à un otage* (11)
William Shakespeare – *Roméo et Juliette* (70)
Sophocle – *Antigone* (81)
John Steinbeck – *Des souris et des hommes* (100)
Robert Louis Stevenson – *L'Étrange Cas du Dr Jekyll et de M. Hyde* (155)
Robert Louis Stevenson – *L'Île au Trésor* (95)

Jonathan Swift – *Gulliver. Voyage à Lilliput* (151)
Jean Tardieu – *Quatre courtes pièces* (63)
Michel Tournier – *Vendredi ou la Vie sauvage* (69)
Mark Twain – *Les Aventures de Tom Sawyer* (150)
Fred Uhlman – *L'Ami retrouvé* (80)
Paul Verlaine – *Romances sans paroles* (12)
Jules Verne – *Le Tour du monde en 80 jours* (166)
Voltaire – *Jeannot et Colin, Le Monde comme il va* (174)
Marguerite Yourcenar – *Comment Wang-Fô fut sauvé* (186)
Anne Wiazemsky – *Mon enfant de Berlin* (98)
Émile Zola – *Au Bonheur des Dames* (128)

Pour obtenir plus d'informations, bénéficier d'offres spéciales enseignants ou nous communiquer vos attentes, renseignez-vous sur **www.collection-classico.com** ou envoyez un courriel à **contact.classico@editions-belin.fr**

Cet ouvrage a été composé par Palimpseste à Paris.

La pâte à papier utilisée pour la fabrication du papier de cet ouvrage provient de forêts certifiées et gérées durablement.

Imprimé en Espagne par Novoprint (Barcelone)
Dépôt légal : août 2019 – N° d'édition : 03580493-04/nov 2022

PEFC PEFC/14-38-00277